TAS《タス》　特別師弟捜査員

中山七里

集英社文庫

CONTENTS

目次

特別師弟捜査員

TAS

一　警察故事

1

「ねえ。慎也《しんや》くん、放課後ヒマだったりする？」

相手が雨宮《あまみや》楓《かえで》だったので、僕は最初自分に掛けられた声だと思わなかった。

「え、僕に言ってんの」

「ちゃんと名前言ったじゃない。慎也ってあなた以外に誰がいるっていうのよ」

楓は当然のように言うが、話し掛けられたこちらは少しも当然じゃない。現に今まで僕と話していた拓海《たくみ》は、二人の顔を代わる代わる信じられないといった様子で見ている。

「ま、まあ帰宅部だから何もすることないけど」

「じゃあ、空けててね。絶対だよ」

真剣な目でそれだけ言うと、楓は長い髪をなびかせながら僕たちの前から立ち去っていった。彼女の通り過ぎた後には甘い香りが仄《ほの》かに残っていた。

「何だよ何だよ何だよ、何だよあれ」

拓海は顔中を抗議と羨望にして、僕に食ってかかる。

「おまっ、お前いつの間に楓しゃんとそーゆー仲に」

「知らねーよ。こっちが聞きたいくらいだわ」

「知らねーはずねーだろおっ。そしたら何か、学校一の美少女が、彼女いない歴＝年齢の非リア充に一方的に告白すんのかよっ。そんな展開、最近のラノベだって有り得ねえぞ」

「僕、いつの間に非リア充とかに分類されてるんだよ」

「二次元にしか希望が見出《みいだ》せないヤツはみんな非リア充なんだよっ」

「それ、お前のことじゃん」

「だけど、ホントに身に覚えとかない訳か？　たとえば楓しゃんが不良に絡まれたところを助けたとか、実は血の繋《つな》がりがあるとか」

「頭湧いてんのか、お前」

拓海にはそう言ったものの、僕自身も本心では慌てふためいていた。

同じクラスでありながら、僕と楓の接点はないに等しい。たまに話すことがあっても、それは彼女がクラス委員の立場で言葉を交わすだけで、プライベートな会話をした覚えは一度もない。向こうはアイドル、こちらはその他大勢。片や二年生にして演劇部部長、片や帰宅部。片や常に学年十位以内をキープしている優等生、こっちは——やめよう、いちいち違いを挙げていたらどんどんみじめになってくる。

　とにかく、あの真剣な眼差《まなざ》しが気になる。どんな理由があるにせよ、人からあんな視線で見られて気にならない訳がない。

「今からにやついてんじゃねーよ」

　拓海が僕の胸を小突く。そうか、やっぱりこの顔はにやけていたのか。

「あのな。お前だって楓と同じ演劇部だろ。僕なんかよりずっと接点あるんだから、このくらいのことで突っかかってんじゃないよ」

「るせー。同じ部つったって俺は大道具専門なの。で、キャストとスタッフの間には高い高い壁があるのっ」

　とにかく放課後がくれば解答が出る。それが降って湧いたような幸せなのか、ひどく現実的な業務連絡なのかはともかく。


「それじゃあ、催し物についてアンケートを取ります」

　取らなくていいから、そんなの。早くこいよ、放課後。

　僕は内心で野次を飛ばしながら楓を見る。

「文化祭までまだ三カ月ありますけど、夏休みをフルに使えるか分からないので、着手は早めにしたいんです」

壇上で楓が必死に声を張り上げているが、聞いているのはクラスの七割ほど。あとの三割は隣のヤツとのバカ話か、隠し持った携帯ゲームに余念がない。真面目なのか不真面目なのか、参考書を引っ張り出しているヤツもいる。

僕はと言えば最後列窓際の席。教室全体を俯瞰《ふかん》するには絶好の位置で、皆の所作を眺めている。

「模擬店でいいんじゃないの」

「メイド喫茶ー」

「執事喫茶ー」

「ヒツジ喫茶ー」

「もうさ、純粋にコスプレ大会でいいんじゃね？」

発言するヤツも半分方は遊び半分だ。そしてクソ真面目に板書している楓も苛立《いらだ》ちを隠さない。

こうして眺めていても、楓が掃き溜《はだ》めに鶴だというのがよく分かる。身長一六五センチ、モデル体型で、本当に内臓が詰まっているのかと疑いたくなるようなウエスト。言っちゃあ悪いけど、他の女の子が別の生き物に思えてくる。

その時、右肘がちくりと痛んだ。見れば隣に座っていた瑞希《みずき》がシャープペンシルの先で僕を突《つつ》いていた。

「なーに、見惚れてんのよ」

「べ、別に見惚《みと》れてなんかいねーよ。何でまたクラスメートに今更」

「ふーん」

鼻であしらわれて、僕は瑞希をひと睨《にら》みする。家が近所だったので幼稚園からの腐れ縁だが、付き合いが長過ぎてもはや異性とすら思えない。そう言えば、こいつも楓と同じ演劇部だったと遅まきながら思い出した始末だ。

いや、瑞希のことなんかどうでもいい。今は何より楓のことだ。

いったい彼女が僕に何の用があるのか。彼女に呼び止められてからというものずっと考えているが、未《いま》だに何の理由も思いつかない。一つあるとすれば、拓海が言ったように向こうから告《こく》られるという超絶な展開だが、そんな妄想にどっぷり浸れるほどおめでたくもない。

「もっと、みんな真剣に考えてください」

楓が軽くキレた。怒った顔も美人なので、持っているヤツはとことん持っているものだと感心する。そう言えば楓の家は開業医という話だから、家柄もいいということになる。

いくつもの小さな紛糾を繰り返した結果、我ら二年A組の演《だ》しものは誰の発案か3D

プリンター作品の実演即売会と決まった。

実際、昼休みが終わる頃になると僕はそわそわし始めたようだった。自分では意識していなかったのだが、自分の席に座っていると拓海がそれについて弄《いじ》りにきた。

「どうした、慎也くんよ。何も手がつけられないみたいだけど」

口調はともかく、目が笑っていない。

「そんなことないよ。それより、他の誰にも言ってないだろうな。こんなことが知られたら……」

「それな」

拓海は僕の顔に人差し指を突きつける。

「体裁を気にしてるんなら、充分そわそわしてるってことじゃんか」

拓海は時々、鋭い指摘をするので油断がならない。

「まさかとは思うけど、ついてくるなよな」

「あーね」

拓海はとぼけるようにはぐらかす。わざとこちらがいらつくような受け答えをしているのは、拓海なりの抗議だ。もっとも、僕の方に抗議されるような謂《いわ》れはないと思うのだが。

「単独行動を許してもいいし、秘密厳守も誓ってやるけどその代わり……」

拓海がそこまで言った時だった。

窓の外を、人の形をしたものが落下した。

え?

一瞬、拓海の視線も外に向けられた。

直後、地面に何かが激突した。音からすると固いものではない。

「おい、今の」

拓海が呟《つぶや》くのとほぼ同時に、僕たちは窓から地面を見下ろした。

それは、あまり現実感のない光景だった。

花壇と花壇の間に空いたアスファルトの通路。そこに女の子の身体《からだ》が横たわっていた。関節を有り得ない方向に曲げ、頭から流れ出た血が赤黒い溜《た》まりを拡《ひろ》げている。

現実感がなかったのは、それが顔見知りだったからだ。

横たわっていたのは楓だった。

〈現場は一時、騒然となり〉というのはニュースの常套句《じょうとうく》だが、実際には一時どころではなく学校全体が終日大騒ぎとなった。

まず浮足立ったのは言うまでもなく生徒たちで、楓が落下した場所近くにいた女生徒一人がその場で卒倒、二人が気分を悪くして保健室へ直行した。窓から一部始終を眺めていた生徒たちも半ばパニックとなり、当然のように午後の授業は中止となった。

そしてやがて警察官たちが大挙してやってきた。後から聞いた話では、警察官が学校の敷地内に入ってきたのは常盤台《ときわだい》高校創立以来だったという。

警察の動きはとても迅速に見えた。すぐに楓の死体の周りにブルーシートのテントを作り、外部からの視線を完全に遮断した。聞きかじりの知識では、テントの中では検視とかが行われているはずだったが、元より僕に覗《のぞ》きたいなんて気持ちは皆無だった。それよりも普段慣れ親しんだ場所で警察官が動き回っていること、そのブルーシートのテントの中にクラスメートの死体が転がっている違和感の方が大きかった。

部活動もへったくれもなく、生徒たちは一部の例外を除いて強制的に下校させられた。〈鑑識〉の腕章を嵌《は》めていた捜査員が動き回っていたのはごく限られた範囲だったが、学校側の対応はもっともだと思った。こんな状態で授業や部活動に身が入るはずもない。

「慎也、今日は一緒に帰ろうか」

下校の支度をしていると瑞希が駆け寄ってきた。どうせ家は近所だし、彼女が不安な理由は痛いほど分かったので断る理由は何もない。僕も不安だったのだ。

まだ午後二時を少し過ぎただけだった。学校行事でもないのに、こんなに日の高いうちに帰宅するのにも違和感が付き纏《まと》う。

しばらくは二人とも口を噤《つぐ》んでいた。切り出したのは瑞希の方だった。

「自殺……なのかな。やっぱり」

「うん？」

「さっき先生たちが話していたの聞こえたんだけど、美術室の窓から飛び降りたみたいなんだって」

特別教室は本校舎の四階に集中している。あの高さから墜落したら、到底怪我《けが》では済まされない。

「でも、全然自殺するような素振り見せなかったじゃないか。ホームルームの時だってちゃんと司会してたし」

「そうだよね……そうだよね。楓に自殺しなきゃならない理由なんてないものね」

僕は頷《うなず》いてみせた。誰からも好かれ、成績は常に上位で、家庭は裕福。他人から羨ましがられるものを三つも四つも持っていた人間が、自殺するなんてとても考えられなかった。自分を悲観する理由もない。イジメを受けていた事実もない。

「楓、演劇部だったろう。文化祭、どうするんだよ。確かお前が副部長だったよな」

どうでもいい話題を振ったのは、そうでもしないと際限なく深刻な方向に向いてしまうと思ったからだ。

「さあ……あたしの副部長なんてお飾りみたいなもんだし、それでなくても部のことは楓が全部回してたし……」

「何を演《や》る予定だったんだよ」

「ギブソンの〈奇跡の人〉。楓がヘレン・ケラー役」

「主役じゃんか」

「しかも兼監督。だから今、どうしていいのか全然分からない」

それきり、また会話は途切れた。

家に帰ると、早速母親からの質問攻めに遭った。連絡ルートで生徒が飛び降り自殺したことは伝わっていたが、具体的な名前や当時の状況までは把握できていないらしい。

「誰が死んだのよ。ねえ」

必ずしも興味本位で聞いているのではないのは分かったけれど、話したい気分ではなかった。第一、話せるような新しい情報など僕も知らなかった。

「あんまり知らないんだってば」

死んだのが誰だったのかを言う気にもなれず、僕は母親を置き去りにして二階の部屋へ上がっていった。

部屋に入ってドアを閉めると、やっと一人きりになれた。

ベッドに身体を投げ出すと、やっと忘れていた感覚が甦《よみがえ》ってきた。

腹がずん、と重くなる。

まだエアコンをつけてもいないのに、腕の先が冷えている。

怖かった。

訳が分からなかった。

冗談みたいに思えた。

正面で言葉を交わしていた相手が壊れた人形のように身体を曲げ、もう二度と動かなくなってしまう。

理由も、最後に何を思ったのかも分からないまま。

一番応えたのは、僕も楓と同じ人間だという事実だった。息をし、話をし、元気いっぱいにしていても、死んでしまえばただのモノになってしまう。その儚《はかな》さに怯《おび》えた。

肌寒くなって、僕はベッドの上で丸くなる。

『放課後ヒマだったりする？』

『じゃあ、空けててね。絶対だよ』

最後に聞いた言葉が頭の中で何度も反響する。

いったい楓は僕に何を伝えようとしたのだろうか。

半日考えていても分からなかったけど、その答えは永遠に失われてしまった。

親しい仲ではなかった。接点もほとんどなかった。

それでも何か大切なものを失ったように、胸に穴が開いたようだった。

僕に何を言おうとしたんだ。

どうして飛び降りなんかしたんだ。

スマートフォンは断続的に着信を告げた。どうせクラスメートのヤツらが連絡を取り合おうとしているのは分かりきっていたので無視し続けた。

階下から夕食に呼ばれるまで、僕はずっとその姿勢でいた。


翌日は土曜日ということも手伝って、午前の授業終了後に全校集会が開かれた。

体育館は異様な静寂に包まれていた。仮にさほど知られていない普通の生徒でも皆は動揺したのだろうが、学校一の人気者が飛び降り自殺したのだからその衝撃は大きい。集会の始まる前から、泣き出す生徒までいる。

『全校の皆さんに残念なお知らせをしなければなりません』

壇上に立った蜂屋《はちや》校長はそう切り出した。

『知っている人もいるでしょうが、昨日二年A組の雨宮楓さんが亡くなりました』

マイクを通しても悲痛な声だった。その声を聞いた途端、泣き出す生徒が増えた。

『昨日のお昼休みが終わる頃、四階美術室の窓から墜落したようです。すぐに警察と救急車を呼びましたが、手遅れでした。昨日以来、皆さんの間で色んな噂《うわさ》が飛び交っているようですが、現在はまだ警察の捜査が済んでおらず、事故の詳細は分かっていません』

　事故、という言葉が妙に引っ掛かった。

　教室は特別教室に限らずどこもそうだが、窓の縁が腹よりも少し上の部分に位置している。そのまま外に乗り出したとしても重心は前に移動しないので、放り出されるようなことはない。だから事故というのは可能性が薄い。つまり自分から飛び降りたと解釈するのが一番自然なのだ。ところが校長は、それを事故と表現している。

『雨宮さんはA組のクラス委員を務め、性格も朗らかでみんなに好かれる生徒でした。また演劇部の部長でもあり、区の演劇コンクールで我が校が最優秀賞を獲得できたのも、偏《ひとえ》に彼女の卓抜した演技と指導力の賜物《たまもの》でした』

　何故《なぜ》なのだろう。

　校長の話していることは全て事実で、一点の誇張もない。僕を含め、ほとんどの生徒が同じ人物評価を下しているはずだ。

　それなのに校長の口から出た途端、称賛の言葉全てが嘘臭《うそくさ》く聞こえてしまう。

『また成績も優秀で、我が校の誇りと言える前途有望な生徒でした。そんな彼女の人生がこんな形で終わってしまい、我々教職員一同は慙愧《ざんき》に堪えません』

　体育館は徐々に啜《すす》り泣きの声で埋め尽くされていく。

『これ以降、雨宮さんと個人的に親しかった生徒は、警察から事情聴取を受けるかも知れません。それには全面的に協力し、彼女が学校生活において何ら不満も不安もなかった事実をきちんと説明してあげてください。学校は警察の捜査終結を待って、改めて皆さんとご父兄に最終結果を報告する予定です。そこで皆さんには注意というかお願いがあります。その報告があるまで、噂やデマを一切流さない、信じないという姿勢を徹底してほしいのです。いや、語り合うことも、LINEでやり取りすることも、ブログやSNSに書き込むことも禁止します』

不意に啜り泣きの声が止《や》み、代わりに小波《さざなみ》のようなざわめきが起こる。

『これは単純な事故に過ぎません。しかしそういった事故に対しても、とかく部外者は尾鰭《おひれ》をつけたがるものです。単純な事実を面白おかしく膨らませて憂さ晴らしの材料にするのです。これは全く見下げ果てた行為であり、人間として失格としか言いようがありません。わたしは皆さんの中にそんな品性下劣な人はいないと信じていますが、誘惑は常に身近な場所に潜んでいるものです。既に一部報道ではこの事件をニュースにしていますけれど、今後色んなメディアから取材を受けることがあるかも知れません。そんな取材に軽率に答えてしまえばデマの始まりになり、亡くなった雨宮さんやそのご家族を貶《おとし》めることにもなりかねません。従ってメディアの取材を受けることも全面的に禁止します。もし破った場合には、直ちにその生徒を処分の対象とします』

とても不愉快だった。

校長が〈事故〉を強調する理由は明白だった。事故なら学校側の管理責任が問われるだけだが、自殺となれば動機や背景が問題にされる。その中に学校由来のものがないという保証はない。下手《へた》をしたら、もっと大きな問題に発展する可能性がある。だから事故という判断で押し通してしまいたい。

要は楓の死を悼むよりも、自分たちの体面を気にしているのだ。

ひと言も喋《しゃべ》るな、ネットにも流すな、というのは一種の箝口令《かんこうれい》だ。言い換えれば箝口令を敷かなければならないほど、学校側は慌てふためいている。

急に壇上の校長を含め、神妙な面持ちでいる教師たちが不様で卑屈に見えてきた。

あんたたちの教え子が死んだんだぞ。

まだ十七歳だったんだぞ。

それなのに学校の体面の方が大事なのかよ。

僕と同じ感想を抱《いだ》いたのだろう。ざわめきは怒号となってあちらこちらから洩《も》れていた。

『静かに！　静かに！』

校長の甲高い声で、ざわめきがわずかに鎮まる。

『皆さんが不安に思う気持ちはよく分かります』

不安じゃない。不満なんだよ。

『デマというのは、そうした不安が生むものなのです。しかし事実さえ確定してしまえば不安は解消されるものです。だから皆さんは警察が結論を出すまでおとなしく、軽率な言動は厳に慎むように。以上です。では解散してください』

校長が閉会を宣言したのを合図に、生徒たちの整列が崩れた。反抗心を顔に出す者も少なくなかったが、教師たちがこれを咎《とが》める様子はない。さすがに顔つきまで統制できるとは考えていないのだろう。

校長の話を聞き、もやもやした気持ちは一層僕を混沌《こんとん》とさせた。

こんなことなら来るんじゃなかった——そう思いながら出口に向かっていると、後ろから声を掛けてきた者がいた。

振り返ると拓海と瑞希の他、加賀美汐音《かがみしおね》と鹿島翔平《かしましょうへい》の四人が立っていた。その顔ぶれを見渡してすぐに納得した。全員、演劇部のメンバーなのだ。

正確に言えば翔平の場合は、もう一つ無視できない要素がある。

翔平は楓と付き合っていた。そしてその翔平が僕を呼び止めていた。

「慎也、少しいいか」

思い詰めた顔をしていたので断る気にはなれない。

「拓海から聞いた。昨日、楓から放課後に会うよう約束させられたんだってな」

もう喋ったのか、この野郎。

じろりと睨むと、拓海は無言で手を合わせた。

「いったい楓は何の用事があったんだよ」

「こっちが聞きたいくらいだよ。言っとくけど、彼女とはそれきりで何も喋ってない。だから楓が何を話そうとしたのかなんて全然知らないんだ」

「本当か。本当に身に覚えがないのか」

翔平がずいと僕に迫る。上背があるので、迫られただけで結構な威嚇になる。それだけではなく、本人からはかなり剣呑《けんのん》な雰囲気が洩れている。付き合っていた彼女があんな死に方をすれば当然なのだろうが、僕に矛先を向けるのはそれこそ筋違いというものだ。

「僕と楓にほとんど接点がないのは、翔平だって知っているだろ。彼女に言われた時、僕がどれだけ間抜けな顔をしていたか、それも拓海から聞けばいい」

翔平に向き直られ、拓海はこくこくと頷いてみせる。

「分からないな……」

「彼氏のお前に分からないことが、僕に分かる訳ないじゃないか」

姑息《こそく》なようだが、相手の優越感を誘うように言ってみた。いくばくかの効果はあったらしく、翔平はゆっくり肩を落としていく。

「まあ……そう、だよな」

「それにしてもさ、今の校長の話、どう思う？　僕は一ミリも納得できないんだけど」

「それはわたしたちも同じ」

今まで黙っていた汐音が割って入った。険のある目が特徴だが、今はいつも以上に険しい目をしている。知らない者が正面に立てば、まず因縁をつけられていると勘違いするだろう。

「あんな説明で納得しろって。ホント、卑怯《ひきょう》よね。学校側の責任を回避したいって思惑がミエミエじゃない。あんなのがウチの校長だなんて、もう恥ずかしくて恥ずかしくて」

「あれは事故じゃなくて自殺、だよな」

口に出すのに勇気が要る言葉だった。それでも敢《あ》えて僕がそうしたのは、もやもやした気持ちを少しでも晴らしたいからだった。

自殺という言葉を耳にすると、四人は揃《そろ》って困惑した表情になった。

「それは……俺にも分からん」

翔平はとても辛《つら》そうに見えた。

「体調が悪そうだったり、無口だったりすることはあったけど、あいつ元々体力勝負の女子じゃないし、誰彼構わず話し掛けるタイプでもないし、全然自殺するような素振りなんて見せなかった。それはここにいる全員に訊《き》いても同じ答えだったろうさ」

「でも、どう考えたって自分で飛び降り……」

「だから分からないって言ってるだろっ」

いきなり翔平が大声を上げたので、周囲の生徒たちは驚いた様子で僕らから距離を取る。

「楓が死んだのも納得できねえけど、自殺だなんてもっと納得できねえ。校長が蓋をしたがるのも納得いかねえし、他の先生が右へならえで全員口を噤んでるのも納得いかねえ。とにかく一切合財、何もかも納得いかねえっ」

それには僕も同感だった。

2

翌日曜日、楓の告別式が行われた。

休日なのに通学時と同じ服で出掛けると、改めて制服が僕たちの正装なのだと思い知らされる。

葬式に参列するのは母方の祖父が死んで以来だから、五年ぶりになる。まだ小学校の時分だったけど、可愛《かわい》がってくれた祖父だったので泣けて泣けて仕方なかったのを今でも憶《おぼ》えている。

参列するのに気が進まなかったのはその思い出があったからと、そして——やはり怖かったからだ。

現実味のないクラスメートの死。それが葬儀の場面を目撃することで、嫌でも現実だと思い知らされるような予感がした。それでも瑞希や拓海から一緒に来いと誘われたら、行かない訳にいかなかった。

斎場は広い駐車場を備えた、立派な建物だった。外観からは結婚式場にも見えるが、会場に漂う線香の香りが現実を教えてくれる。

「慎ちゃん、こっち」

馴染《なじ》みのある声に振り向くと、受付の近くで瑞希と拓海が遠慮がちに手を振っていた。

二人と合流して記帳を済ませる。

普段は無駄に饒舌《じょうぜつ》な拓海も、今日はさすがに言葉少なだ。僕たちは口を閉ざしたまま列に並ぶ。

しめやか、なんて言葉はそうそう使う機会がない。でも葬儀の場では哀《かな》しいくらいにしっくりくる。大人よりは常盤台高の生徒の姿が目立つ。当然、感極まって泣いている女子は一人や二人ではない。

順番を待ちながら、僕はずっと居心地の悪さを感じていた。

やっぱり間違っている。

ここに僕たちが参列していること、そして何より楓の名前が故人として扱われていることを、まだ僕自身が納得していない。

やがて僕の番がやってきた。祭壇の横に並んでいる遺族に一礼する。面影があったので、楓の母親はひと目で分かった。

目の前の祭壇には白布に包まれた棺《ひつぎ》、供花《くげ》、供物。そして遺影。いつ、どこで撮った写真だろう。黒い縁取りの中の楓は艶然と笑っていた。彼女が年齢以上の気品を備えていたことに、今更ながらに気づく。

棺は蓋が開かれ、死に装束の楓が全身を晒《さら》している。生前と同じく、端整に整った顔だった。

教室から見下ろした光景は未だに網膜に焼き付いている。じわじわと広がる血溜まりの中で、彼女の頭の形は確実に崩れていた。それをここまで修復したのは警察の仕事だろうか、それとも葬儀会社のオプションなのだろうか。

不意に胸の奥底から塊が噴き上がってきた。熱くて重い感情のマグマだった。

涙は出なかったが、胸が詰まった。口元で押さえなかったら、きっと変な声が出ていたに違いない。

出掛けに母親から教えてもらった作法に則《のっと》り、短く切られた供花に手を伸ばす。白い花は顔の周りに、色の着いた花は肩から下に手向《たむ》ける。別れ花というらしい。

僕は白い花を楓の頭の上に置いた。外見が華やかだった楓には不似合いだと思ったが、しきたりなので仕方がない。

再び一礼して、後を瑞希に譲る。

そして僕は戸惑う。儀式の呆気《あっけ》なさに愕然《がくぜん》とする。

たったこれだけだった。

遺族に一礼し、花を一輪添えて合掌。それで楓との最後の挨拶が終わる。

何て理不尽なのだろうと思う。自殺を決行するような人間が未練を残さないはずがない。きっと楓も葛藤や絶望を抱えて美術室から飛び降りたに違いない。

それなのに僕たちはその思いも知らされないまま、強引にサヨナラを言わされている。

胸の苦しさとともに絶望が口を開く。

人間の死はこんなにも呆気ないものなのだ。どれだけ美しくても、どれだけ活発でも、どれだけ周囲の羨望を集めても、生命の火が消えるのは一瞬だ。若くても老いていても、それは変わらない。人は簡単に死んでしまう。

その儚さに叫び出したくなる。

やり場のない怒りと不合理さが胸の裡《うち》で渦巻く。周囲の雰囲気とは裏腹に、僕の感情は爆発しそうだった。

だが、それも次の瞬間に消えた。

既に別れ花を終えて外に出たおばさん連中の間から、とんでもない単語が洩れ聞こえたからだ。

「でも意外よね。あの齢《とし》で麻薬だなんて」

「本当。そうなると自殺というより、やっぱり事故なのよね」

僕は耳を疑った。

麻薬だって？

「でも、ちょっと信じられない話ね」

「それがさ、ウチの子が刑事さんたちと擦れ違う時に、小耳に挟んだのよ。ほら、検視だっけ。それで体内から、そういうクスリが出てきたんだって」

思わず足を止めていた。

背中に人の気配を感じて振り返ると、瑞希と拓海が信じられないものを見るような目でおばさんたちを凝視していた。

多分、僕も同じような顔をしているはずだった。

参列者全員が別れ花を終えると、家族たちの手で棺に蓋がされる。その上から石で釘《くぎ》を打つ。

かつん。

かつん。

かつん。

建物の外にまで乾いた音が飛んでくる。その音が重なる度に、心が重くなる。いつの間にかクラスの主だった連中や演劇部のメンバーも顔を揃えていた。中でも瑞希と翔平はひどく思い詰めた顔をしている。

やがて家族に担がれた棺が運び出されてきた。

喪主となった楓の父親が参列者の前で深々と頭を下げる。

「……本日は娘、楓のためにわざわざ足をお運びいただき、ありがとうございました。クラスメートの方もこんなに大勢来ていただき、きっと楓も喜んでいると存じます」

僕の横で鼻を啜り上げる音がした。瑞希だった。

「生前より明るく、そしてしっかり者の娘でした。親の贔屓目《ひいきめ》なのでしょうが、父親ながら自慢できる娘でした。正直に申し上げれば、楓が亡くなってからはここにいる家族ともども胸に大きな穴が開いており、そこから風が……」

父親の声がいったん途切れる。

「……風が、吹いているような感じなのです。この穴がいつ、どんな風に塞がってくれるのか、到底思いもよりません。し、しかし、このままでは楓に笑われてしまいましょう。楓は強い娘でした。家族の誰かが力を落としていたら、力任せに引っ張り上げるような強引さがありました。だから……ですから、これから少しずつでも、この残酷な現実と折り合いをつけていこうと考えております。ご参列の皆様、今日は本当にありがとうございました」

　喋り終えると、父親は頭《こうべ》を深く垂れ、しばらくそのままの姿勢でいた。涙に濡《ぬ》れた顔を上げたくないのが、僕にでも分かった。

「ご出棺です」

　司会者の声を合図に、棺が霊柩車《れいきゆうしや》の中に納められる。楓の両親が座席に乗り込むと、いよいよ最後の別れがやってきた。

　クラクションが細く、長く響き渡る。

「楓え……」

　堪《こら》えきれなくなったのだろう。翔平は、そろそろと動き出した霊柩車にしがみつこうとした。

「危ないよ、君」

　係員に取り押さえられ、翔平の手が霊柩車から離れる。

「楓」

「楓え」

「楓えっ」

　号泣と啜り泣きが交錯する中を、しずしずと霊柩車が滑るように進んでいく。

　そして会場の外へ消えていった。

僕も堪えきれずに空を見上げた。

憎たらしいほどの青空だった。


月曜日、校長が予告した通り警察の聞き取り調査が行われた。

調査といっても生徒全員ではなく、楓と親交の深かった者を対象としていたので、授業中であっても一人ずつ抜け出して質問に答える形だ。なるほど、これなら授業を丸ごと潰すことなく捜査が進められる。警察としても質問の対象者が集まっているので、一石二鳥という訳だ。

重点が置かれたのは、やはり演劇部のメンバーと二年A組だった。授業中にも拘《かかわ》らず、僕たちは事情聴取を終えた者から質問内容を聞き知っていた。

警察の関心事は主に四つに絞られていた。
一　最近、楓に何か変化があったのか。
二　自殺の原因で思い当たることはないか。
三　楓を巡ってイジメは存在したのか。
四　楓が飛び降りる瞬間を目撃した者はいないか。
警察が楓の自殺した動機を探っているのはそれで見当がついた。問題はその動機と麻薬がどう関連しているかだ。

楓が麻薬を使用していたというのは、現段階では未確認情報に過ぎない。いくら僕たちが素人でも、葬儀の場での噂話を百パーセント信じるほど愚かではない。そしてまた、全く無視できるほど賢くもない。

そして僕の順番が巡ってきた。場所が授業中には使用されない図書室になっているのも、学校側への配慮なのだろう。

中に入ると、貸出カウンターの前に男が一人座っていた。

僕は思わず声を上げた。

「公彦兄《きみひこにい》……」

「やあ」

こちらの気が抜けるような笑みを浮かべているのは葛城《かつらぎ》公彦、母方の従兄弟《いとこ》だった。

「どうして公彦兄が」

「この事件の担当させられてさ。それで今日は生徒さんからの聴取役」

「そう言えば警視庁勤務だったっけ」

僕は改めて公彦兄を見る。

どこか抜けた、人の好《よ》さそうな顔。物腰も口調も柔らかで、素性を知らない者には真面目なサラリーマンにしか見えないだろう。

公彦兄と僕は十歳違いになる。向こうもウチも一人息子だったせいで、公彦兄は僕を本当の弟のように扱ってくれた。実際、二人ともウマが合ったので兄弟同然の付き合いが続いている。

人畜無害の優男、取柄はとにかく生真面目さだけ、というのが公彦兄に寄せられた人物評だった。だから本人が警察官になると言い出した時には、親類縁者が代わる代わる説得に回ったらしい。絶対に向いていないからやめろ、という訳だ。ところが公彦兄は持ち前の粘り強さで一人一人を逆に説得し、とうとう警視庁のしかも刑事部捜査一課に配属されてしまった。今でも続いているところをみると、それなりに資質があったようだ。

「僕が常盤台の学生だって、当然知ってたよね」

「知っていたけどね。親戚だからといって、別に事件の当事者じゃないなら辞退する必要なんてないしね」

公彦兄は平和な顔で言う。

「それとも慎也は当事者なのかい」

「とんでもない」

「でも、雨宮楓さんが亡くなった当日、放課後に会う約束をしていたんだろ」

畜生、もう警察の耳にまで届いているのか。

「確かに約束はしたけどさ。何の用件だったのか僕にも分からないんだよ。それに楓との接点なんて、クラスメートという以外何もなかったし」

「ふーん。まあ、慎也がそう言うんならそうなんだろうなあ」

「……簡単に信じちゃうんだ」

「だって、こんなことで嘘吐《つ》いたって何も得しないだろ。ちょっと調べたら分かることを隠したら却《かえ》って不利だ。そんなことも計算できないようなヤツを従兄弟に持った覚えもないし」

公彦兄は値踏みをするような目で僕を覗き込む。

じゃあ、お返しだ。

「でも、どうして警視庁勤務の公彦兄が担当なんだよ。ただの事故だったら所轄署の仕事なんだろ」

「……我が従兄弟ながら、なかなか鋭い突っ込みをするじゃないか」

「しかも捜査一課だろ。捜査一課なんて殺人やら強盗やら凶悪な事件専門なんだろ」

僕が畳み掛けるように言うと、公彦兄はあからさまな困惑顔になった。こんな分かりやすい反応で、どうして捜査一課の刑事なんて務めていられるのだろう。

「昨日、楓の葬式だったんだよ。そこで参列者が変な噂をしているのを聞いた」

「へえ」

「検視をしたら、楓が麻薬を使用しているのが分かったたって。それ、本当なのかよ」

公彦兄はますます渋い顔をする。

「まさかその参列者、警察関係者か何かかい」

「ブルーシートの横を通り過ぎる際、刑事が話しているのを聞いたヤツがいるんだ」

「所轄も脇が甘いなあ。きっと周囲が高校生だったから油断したんだろうな」

「それ、事実を認めた発言だよね」

「……変に賢い従兄弟も考えものだな」

「言えよ、公彦兄」

僕は身を乗り出して公彦兄に迫る。

「ここに公彦兄が来ている時点で、楓の死が事故じゃないのは分かってるんだ。それに、変な隠し事をされたら僕だって証言しづらくなる」

「隠し事って。捜査で得られた情報は家族にも口外できないんだから」

「放っておいてもマスコミに流れるような情報、隠しておいても意味ないでしょ。それを前提に話すか話さないかで、証言の集めやすさも違ってくると思うけど」

へえ、と公彦兄は感心したように僕を見る。

「現役の刑事を相手に駆け引きかい。成長したなあ、慎也も」

「駆け引きなんかじゃない」

僕は、楓が放課後を迎えないまま死んだことで悩んでいる事実を打ち明けた。

両親にも言えないことを相談できる相手がいるのは幸せだ。僕の場合、公彦兄がちょうどその相手だった。

僕の打ち明け話を聞いた公彦兄は、頭を掻《か》き出した。

「麻薬云々《うんぬん》の噂は、どこまで広がると思う？」

「話していたおばさんたち、そういうの好きそうだったからね。それに楓って超優等生だったから……言いたいこと、分かる？」

「うん。品行方正な子だったら、真逆の情報は格好のネタだものな」

「明日には学校中に広まってるよ」

「それじゃあ支障のない範囲で教える。彼女の匂いを嗅いだことはあるかい」

「女子と話す時、いきなり鼻を近づけるような高二男子は健全だと思う？」

「彼女の皮膚および口内からは独特の匂いが漂っていた。市販の香水に近いものだけど、熟練の検視官には、すぐそれと分かる大麻の匂いだ。大麻というのは注射じゃなくて、乾燥したものをタバコに混ぜたり気化したものを吸引するのが一般的だから、どうしても匂いが残りやすい。それで検視官は被害者の麻薬使用を疑った」

彼女が通り過ぎた時に漂った甘い香り。

あれが大麻特有の匂いだったのか。

「その場で判明した訳じゃないんだ」

「薬物利用の簡易鑑定は主に毛髪と尿検査だけど、現場でできる検査じゃないしね。それで雨宮楓の遺体は医大の法医学教室で解剖されることになった。結果は陽性。彼女は大麻の薬物常習者だった」

大麻——想像はしていたものの、いざ真実を目《ま》の当たりにすると、なかなか楓と大麻が結びつかない。

「クラスメートの証言を集めてみると、彼女は最近体調が悪そうだったり口数が少なくなったりしていたそうだ。慎也は何か気づいていたかい」

「気づけるような範囲にいなかった」

「……哀れというか物悲しいというか」

「でも、ジャンキーって頬が骸骨みたいにこけたり、目が血走ったり、突然訳の分からない行動に出たりするんでしょ。楓は全然そんな風じゃなかった」

「それは末期的な症状だし、個人差だってあるからね。嫌な話だけど、普通に生活している主婦や学生の中にも薬物の常習者は大勢いる。一例を挙げると、よく麻薬所持とか使用で芸能人が逮捕されたりするけど、逮捕のニュースが出るまでファンや視聴者の多くは彼らが常習者なんて想像さえしない。あれと同じだよ」

言われてみればその通りなので、僕は頷くしかない。

「彼女が飛び降りた時、問題の美術室がどんな具合だったか聞いているかい」

それは生徒の間を色んな形で飛び交っている話だった。

落下していく楓を二年A組の教室で目撃した僕たちは、楓が真上にある美術室から飛び降りたものと信じて疑わなかった。ところが校庭側には人影が少なく、その瞬間を目撃できた者は一人もいなかったせいで、数々の憶測を呼んだのだ。

まず楓は屋上からダイブしたという説が流れた。これは絵面《えづら》としても違和感がなかったが、肝心の屋上に出る扉は厳重に施錠されているので、やがて立ち消えた。

次に出てきたのが、同じ特別教室でも隣の音楽室から飛び降りたという説だ。あの日は時折突風が吹いていたので楓の身体は落下途中、風に流されたというのだ。しかしこれも、当時音楽室でピアノの練習をしていたという生徒の証言で否定された。

「結論から言うと、彼女は美術室の窓から身を投げたんだけど、ご丁寧に窓の下には椅子が置いてあった。ちょうど窓枠までの階段みたいにね」

その光景が頭に浮かんだ。窓枠は結構高い位置にある。それを乗り越えて飛び出すとなると、一度窓枠に立ってしまった方が楽だ。窓の下に椅子を置けば窓枠へ上がるにはちょうどいい段差になるから、ダイビングにはうってつけだろう。

「じゃあ、事故じゃなくて、やっぱり自殺だったんだ。でも、自殺だったら何で捜査一課の公彦兄が」

「単純な自殺だったらともかく、麻薬絡みだからだよ。同じ麻薬でも暴力団が絡んでいたら組対《そたい》の担当だけど、現時点では捜査一課の領分。それに、腑《ふ》に落ちない点もある」

不意に公彦兄は押し黙り、僕を直視する。

この意味が分かるか、という問い掛けだ。

しばらく考えて、僕は矛盾に気がついた。

「自殺の動機がない」

「その通り。中毒症状が進んでぼろぼろになって世を儚んだというのならともかく、彼女は少なくとも他人に常用を疑われるような段階じゃなかった。家族からも事情聴取したけど悩んでいた様子もなかったらしいし、クラスでイジメに遭っていた事実もない」

楓がイジメに遭う図など想像もできない。イジメというのは弱い者が更に弱い者をいたぶる息抜きだ。だが楓は、学校内では女王様のような立ち位置にいた。苛《いじ》める側ではあっても、決して苛められる対象にはなり得ない。

「家庭と学校の中で理由が見つからないのなら、それ以外に目を向けるしかないよね。そこで刑事なら誰でも思いつくのが、麻薬の売り手と買い手に発生する揉《も》め事」

「楓が脅迫されてたってこと？」

「家柄がよくって学校のアイドル的存在なら、麻薬常習者なんてレッテルは命取りだからね。下手に恵まれていない子よりも、プレッシャーは大きいんじゃないのかな」

その説明で合点がいった。捜査一課が首を突っ込んできたのは、麻薬の売人に目をつけたからだ。

「ヤクの売人というのは大抵複数の顧客を持っている。客が雨宮楓一人だったというのは有り得ない。そして顧客が増えていくのは、これも大抵は友人を介してというケースが圧倒的なんだよ」

公彦兄の言わんとすることが分かると、急に息苦しくなった。

「……学校内に、まだ大麻を吸っているヤツがいると考えてるんだね」

「うん。慎也にはショックだろうけど、その可能性は小さくない。そして、そこまで考えると、もっと嫌な可能性にもぶち当たる」

「何？」

「その売人が学校内にいる可能性」

「有り得ないよ」

声は自然に大きくなった。

「ウチの高校で生徒同士が麻薬の取引をしてたなんて、そんな馬鹿な話があるもんか」

「お前が怒る気持ちも分かるんだけどさ」

公彦兄は困ったように、また頭を掻く。

「僕は生徒同士だとはひと言も言ってないぞ。売人は生徒以外の誰かかも知れない」

「だけど」

「じゃあ逆に聞くけど、お前はこの学校のどこからどこまでを知っているんだい。先生の私生活とか交友関係とか経済状態を全部把握しているのかい。そんなことないだろう」

「それは、そうだけど……」

「生徒にしたってそうだよ。一学年四クラス、全学年で十二クラス。その生徒全員の間柄や家族状況を全部知っているのかい。現にクラス委員がヤクに手を染めていたのを、お前は知らなかったじゃないか」

公彦兄は意図していなかっただろうが、その台詞《せりふ》は僕の胸を深く抉《えぐ》った。

「いいかい。何不自由のない学校一のアイドルが、誰にも知られずに麻薬を常習していた。今回の事件の肝はここなんだよ。そんなアイドルが常習者だったら、ちょっと優秀な生徒、可もなく不可もない生徒、それからどうしようもない生徒が同様に常習していたとしても、何の不思議もないんだよ」

普段と同じ柔らかな口調だが、喋っている内容は僕にとって槍《やり》のようなものだった。イジメの可能性を探るだけならアンケートで事足りる。楓の最近の様子を聴取するだけなら、全員を一カ所に集めてヒヤリングでもすればいい。

わざわざ生徒一人一人を個別に呼びつけていたのは、そういう事情があったからなのだ。

「やっと理解してくれたみたいだな。この事件はお前が考えている以上に、もっと根が深く、もっと暗いのかも知れない。だから可能な限り警察に協力してくれ」

不意に、足元に大きな穴が出現したような気がした。

3

公彦兄と話したことで、気分は晴れるどころかますます暗澹《あんたん》とした。

暗澹としたのは僕だけではなくA組全体が暗い淵《ふち》に沈んでいるようで、翌朝登校しても皆の顔は一様に冴《さ》えなかった。

「今日は午後からだってよー」

拓海は心底気乗りしない様子だった。もっとも刑事と話すのが楽しいなんていうヤツも、そんなに多くないだろう。

二年A組の人数は四十人。一日では足りないため、生徒への聴取は二日間に分けて行われている。拓海の番は後半だった。

「お前、いったい何を訊かれたのさ」

「事前情報のままだよ。近頃、楓に変わった様子はなかったのか。自殺する理由は思い当たらないか。楓を巡ってイジメはなかったのか」

「その質問、全部ひと言で終わるんだよな。ナッシングって。なのに、一人当たり十五分くらいかけてるじゃん。お前の時なんて三十分近くかかってた。何をそんなに話すことあるんだよ」

「時間、計ってたのかよ」

するると拓海は破顔した。

「ちげーよ。今のは引っ掛けだ。事情聴取が始まってしばらくしてから、後半に予定されてたヤツらは強制的に下校させられたんだ。知らなかったのか」

「へえ、そうかい」

「おっと、折角引っ掛かってくれたんだから話せよ。三十分近くも何を訊かれたんだよ」

普段はひたすら軽薄な喋り方だが、付き合ってみると意外に賢いのが分かる。

まさか取り調べに当たったのが従兄弟だったとは言えず、僕は話を逸《そ》らすことにした。

「あのさ、前から訊こう訊こうと思ってたんだけど、何で僕以外にはチャラ男《お》で通すんだよ。そこそこ鋭いとこ見せたら、評価上がるかもよ」

きっと嫌な質問だったのだろう。拓海はさっと笑みを引っ込めて白けたような顔をした。

「そりゃあ楽に世渡りするためよ」

「話が読めない」

「あーのさ、慎也。その齢になって、まだそんなことも分かんねーの？　世の中ってさ、他人から軽く見られた方が楽なんだって。そんなの、楓見てたら分かりそうなもんじゃん」

「どうして、そこに楓が出てくるんだよ」

「学校のアイドルで成績優秀でクラス委員で、非の打ちどころなし。楓ってそーゆーイメージだろ。本人にしたら堪《たま》ったもんじゃねーよ。毎日毎日、アイドルで、優等生でいなきゃいけない。カッコ悪い真似《まね》はできない、人の悪口は言えない、成績はキープしなきゃならない、おまけに周囲から憎まれちゃいけない。これって相当にプレッシャーだよ？　四六時中神経張り詰めて、しかも相手からは一定の距離を置かれる。一種のイジメみたいなもんだと思わない？」

聞いていて意外な感に打たれた。今の今まで、楓をそんな風に捉えたことがなかったからだ。

「変に祭り上げられたり、才能見せつけたりするとさ、重くなんのよ、色んなことが」

「拓海は、ずっとそんな風に楓を見てたのか。じゃあ、追っ掛けみたいにしてたのもフリだったのか」

「だって、その方が軽く見られていいじゃん。でも実際、軽く同情してたんよ。俺とは真逆に生きてる人だから」

「同情、ねえ」

「そんなもの、本人に向かって同情してますなんて言えねーし。無視してたら感じ悪いし。だったら追っ掛けのフリするしかないだろ。それが一番無難なリスペクトだったし」

どうにも歪《ゆが》んだリスペクトだと思ったが、拓海なりに楓のことを気遣っていたと考えれば納得もできる。そういう意味では、やっぱり楓は皆から好かれていたのだと再認識した。

四時限目が終わると、僕は美術室に足を向けた。今まで何となく足が遠のいていたのだが、どうしても見ておきたかったのだ。

楓が飛び降りてからしばらくの間、美術室は黄色いテープで封印され、警察関係者しか立ち入ることができなかった。公彦兄の話では、現場検証とか鑑識作業とかが行われていたらしい。そのテープも今日から外されたのだが、楓への哀悼からなのか、それとも気味が悪いのか、野次馬が美術室に鈴なりになることはなかった。

僕が美術室を見たいと思った理由は上手《うま》く説明できない。下衆《げす》な好奇心ではないはずだが、それでも断言できるほど自分の心を知ってはいない。

はっきりしているのは、とにかく彼女が最後に立っていた場所で祈りたいと思ったのだ。ここから消えても、皆から想《おも》われている——死んだらそれで終わり、ではあんまり切な過ぎるではないか。

美術室のドアを開けると、中には男子生徒が一人いるだけだった。

彼は楓が飛び降りたとされる窓際に佇《たたず》んでいたが、僕の気配を察してこちらを振り向いた。

背丈は僕よりも低く、身体つきは華奢《きやしや》。振り向いた顔は中性的で、睫毛《まつげ》が女の子のように長い。

知った顔だった。

「ああ、先輩。どうしたんですか」

一年A組の一峰大輝《かずみねだいき》。楓と同じ演劇部の後輩で、瑞希たちと一緒にいることが多いので挨拶くらいは交わしていた。

「そういうお前は何しに来たんだよ」

「僕はこれです」

大輝は左手を掲げてみせる。その手には小ぶりの花束が握られていた。

既に窓際には花束だけではなく、ペットボトルや色紙が扇状に拡がっている。

淡い花弁を見ていると胸がちくりと痛んだ。

「奇遇だな。花は持ってないけど、僕もそうだ」

「よかったら、一緒に手を合わせます？」

こちらの方に否はない。僕は大輝と並んで、窓に向かって合掌した。

不意に静寂が襲い掛かる。

窓の外の喧騒《けんそう》も掻き消され、生徒たちのざわめきも聞こえない。手を合わせている時間が、ひどく長く感じられる。

少し考えて思い当たった。

この静けさは死者の静けさなのだ。

「……悔しいです」

「何が」

「僕、楓先輩を尊敬してました」

「知ってる」

彼が楓を崇拝していたのは、僕や演劇部の連中だけではなく、大輝を知る者ほとんどが認識していたのではないだろうか。

大輝を見掛ける時は、大抵その近くに楓がいた。いたというよりも、大輝が子犬のように楓に纏わりついていたと表現した方が正しいだろう。傍《はた》から見ても大輝の楓に対する信奉ぶりは呆《あき》れるほどで、中には〈楓のポチ〉と揶揄《やゆ》する者までいる。

「楓先輩の演技力は色んなところで評価されたけど、あの人が凄《すご》いのは演技力よりも努力でした。その役になりきるために何時間も何時間も稽古してたんです」

「瑞希からよく聞かされた。楓が粘るから部員全員の帰宅が遅くなるってこぼしていた」

「僕ら一年にも親切で」

「うん。楓を嫌っていたってヤツは知らないな」

「僕にとっては親よりも大事な人でした」

「……それはちょっと言い過ぎじゃないのか」

「両親と同じように生きるより、楓先輩の後を追った方がずっと有意義な人生になると思います」

この場に大輝の両親がいたら、どんな顔をすることやら。

「この学校に来てよかったと思ったのは、あの人がいてくれたからです」

「それで、何が悔しいのさ」

「楓先輩が死んでも、普通に授業が再開されました」

大輝は少し憤っているようだった。

「楓先輩が死んでも、みんなは普通に生活しています」

「そりゃあ当然だろ」

「僕にしたって、ご飯を食べなかったら空腹になります。夜がくれば寝てしまいます。

トイレも我慢できないし、暑かったら汗を掻きます」

「だからそれも当然だって。生理現象じゃないか」

「楓先輩がいなくなったのに、世の中はそんなことなかったみたいに同じ一日を繰り返している。あんなに楓先輩を大切に思っていたはずの僕でも、当たり前に腹が減って、当たり前に眠たくなる。それが本当に悔しいんです」

子供みたいな理屈だったが、そう言いたくなる気持ちは痛いほど分かる。

小学校に入るまで、僕たちは最強だった。

時間は永遠で、やろうと思えばやれないことは一つもないと漠然と考えていた。頑張りさえすればサッカー選手にもアイドルにもなれると信じていた。だけど、それがただの勘違いだと知るのに大した時間はかからなかった。

小学校、中学校と進むにつれ、僕たちの価値はどんどん目減りしていく。最強の存在どころか、世界に示せる力は情けないほど微力であることを思い知らされる。

そして高校に入ってからも、無力感はずっと更新され続けている。世界に比べれば僕たちは塵芥《ちりあくた》の存在でしかなく、ナンバーワンでもなければオンリーワンでもないことを胸に無理やり刻まれる。

だからこそクラスメートの死が怖い。

命の儚さ以上に、その死が軽く扱われることが怖い。

「それから学校側の対応に腹が立ちます。色々腑に落ちない点があるのに、単なる事故だとか言い繕って、早く僕たちに忘れさせようとしている。単なる事故ならマスコミなんて怖がる必要ないのに、箝口令を敷いている。矛盾してるじゃないですか」

「それも当たり前だよ。先生なんて生徒一人の命より、学校の体面の方が大事だもんな。もし楓が自殺で、その原因がイジメなんて話になったら最悪だ。なるべく調べられずに済ませたいというのが本音だよ。よその学校のイジメ報道を見てみろよ。どこも一緒じゃないか」

「……先輩は悔しくないんですか」

「僕だって悔しいよ。だけど、僕たちじゃどうしようもないじゃないか」

僕がそう言うと、大輝はこちらを恨めしそうに見る。妙に目鼻立ちが整っているので、まるで女の子から睨まれているみたいだ。

たったの一つ違いで大人ぶるのは滑稽かも知れなかったが、自分の非力さに怒りを覚える彼の一途《いちず》さが少し眩《まぶ》しかった。

「でも、それじゃあ楓先輩が可哀想《かわいそ》過ぎます」

「じゃあ、君ならどうするんだ。校長に直訴して、楓がイジメに遭ってなかったか全校アンケートでも取ってみるか」

「どうして自殺と決めつけるんですか」

「事故じゃないなら自殺でしょ」

「誰かに殺されたかも知れないじゃないですか」

ぎょっとした。

楓は殺されただって？

そんな可能性を疑ったことは一度もなかった。

「あいつが麻薬やってたって噂は聞いているよね？　麻薬常習者なら事故か自殺しか有り得ないと思うけど」

「それ、理屈としておかしいです。麻薬常習者なら殺される訳がないなんて、まるで論理的じゃありません」

論理的ではないときたか。それなら楓を顧みない世界が許せないというのは、論理的だとでもいうのだろうか。

「じゃあ訊くけどさ。君は楓が他人から憎まれたり恨まれたりするような人間だったと思うか」

「……楓先輩は充分、他人から憎まれたり恨まれたりしたと思いますよ」

「今のは聞き捨てならないな。あまり接点はなかったけど、とてもそんなヤツに見えなかったぞ。誰にでも優しくて、努力家で、決して自分をひけらかすような真似はしなかったんだろ」

「誰にでも優しくて、努力家で、決して自分をひけらかすような人じゃなかったから、他人に恨まれるんです」

不意に大輝は大人びた言い方をして、顔を近づける。

「な、何だよ」

「先輩。僕の顔、どう思いますか」

「僕にそっちの気《け》はないぞ」

「真面目に」

「……はっきり言って、羨ましいくらい可愛い」

「クラスの女の子からも、よくそう言われます」

「自慢？」

「僕にとっては屈辱ですよ。でも、女子に好かれるってだけで僕を目の仇《かたき》みたいにしているヤツらがいます」

それはそうだろうと思った。一年生に限らず、他人からどう認識されているかが最大の関心事だから、モテるモテないがクラス内のヒエラルキーを構築してしまう。拓海の言う、リア充と非リア充の格差だ。

「本人が自慢できないようなことで憎まれたり恨まれたりすることって、結構あるんです。楓先輩なら尚更《なおさら》そうだったと思いませんか」

僕は素直に頷くことができなかった。

他人より秀でた部分が多かったから楓は憎まれることもあった——そこまではいい。だが校内で彼女が殺されたということは、校内に犯人がいるという意味だ。クラスメートか、それとも先生か。とにかく僕の見知った人間のうち、誰かが楓を殺したことになる。この、いかにも男の娘《こ》という呼び方が似合いそうな彼はそう言っているのだ。

「この学校の誰かを疑っているのか」

「楓先輩の自殺説よりは、そっちの方がよっぽど信憑性《しんぴょうせい》があります」

「勝手に言ってればいいよ。きっと誰も本気にしない」

「ええ。僕だけが本気になればいいことですから」

大輝はそう言いきると、再び窓の外に向かって手を合わせた。

教室へ戻ると皆がひどくざわついていた。

早速、拓海が理由を教えてくれた。

「今日の事情聴取、中止になったんだとよ」

「えっ。じゃあ明日以降になるのか」

「だから延期じゃなくて中止。要は打ち切りになったんだよ」

「ど、どうしてだよ。どうして警察が途中で捜査投げ出すような真似するんだよ」

「俺が知る訳ないじゃん」

五時限目の予鈴が鳴り、やがて担任の室田《むろた》先生が姿を現した。

「あー、授業の前に連絡がある。もう知っているかも知れんが、午後に予定していた聞き取り調査は中止になった。よって五時限目と六時限目は誰の途中退席もなく、通常通り行う」

その口調で、室田先生が捜査打ち切りを歓迎しているのが分かった。中止を告げても収まりを見せない生徒たちに向かって、「静かにしろ」と声を荒らげる。

「お前ら、何を騒いでいる。雨宮の件は完全な事故だったんだから、本来なら聞き取り調査も不要だった。これで学校生活が元通りになるなら、万々歳じゃないか」

室田先生は嫌いじゃなかった。

適度にがさつで適度に慎重で、時折僕たちと同じ目線で喋ってくれるのが高ポイントだった。生徒からの軽口をギャグで返すセンスも好きだった。

でも、この瞬間から嫌いになった。

楓がいなくなっても、世の中はそんなことがなかったみたいに同じ一日を繰り返している――不意に大輝の言葉が甦る。

「質問」

驚いたことに、そう言って挙手したのは僕自身だった。驚いたのは僕だけではなく、室田先生もクラスメートたちも意外そうな顔をしている。

「何だ、高梨《たかなし》」

「完全な事故って、警察がそう判断したんですか」

「決まっているじゃないか。学校が捜査の中止を申し出る訳がない」

「事故だと判断した根拠は何だったんですか」

「知らん」

「担任の先生にちゃんとした説明もないのに、警察は捜査をやめちゃうんですか。そんなの変じゃないですか」

見る間に室田先生の顔色が変わっていく。頭の中で警報が鳴り響いたが、もう途中で止めることはできない。

「あれは事故といったら事故だ」

「楓が麻薬の常習者だったからですか」

そのひと言で教室内の空気が、一気に凍りついたのを感じた。

「美術室の窓から身を乗り出したくらいじゃ飛び降りられないのは、誰でも知っています。麻薬で意識が朦朧《もうろう》としていたから、窓枠を飛び越えたとかの解釈ですか。だったら事故と片付けても仕方ないですよね。でもその解釈だったら、楓がどうやって麻薬を手に入れていたかが改めて問題になりますよね」

「黙れ」

「楓は部活動に一生懸命で、いつも帰宅が遅かった。元々成績がいいから塾に行くこともありませんでした。だから楓が家族以外の人間と接触するのは、登下校時を除けば学校だけでした。だから、もし楓に麻薬を渡していた人間がいたのなら、そいつは学校の……」

「黙れと言ってるのが聞こえないのかあっ」

「生徒が自殺したというだけだったら、ただの不幸で済むけれど、その生徒が麻薬を常習していたなんて世間に知れたら大事《おおごと》です。その生徒に麻薬を渡していたのが学校関係者だったら二重に大事です。そんなこと絶対に知られちゃいけない」

　クラスの連中は、全員僕の声に耳を傾けているようだった。一人として僕から目を離そうとする者もいない。

　喋りながら、僕は背筋にぞくぞくしたものを感じていた。絶頂の快感にも似た、抗《あらが》い難い衝動だった。もうずいぶん昔、これとそっくりの気持ちよさを覚えた記憶がある。あれはいったい何だったのか——。

　思い出した。

　幼稚園の頃、他の園児が一生懸命組んだ積木を、一瞬で叩《たた》き壊してやった時の快感。

周囲から注目を浴びる快感。あの破壊衝動が僕を突き動かしている。蜂屋校長をはじめ学校関係者が必死で護《まも》ろうとしているものを、呆気なく破壊してやることに悦《よろこ》びを感じているのだ。

「これ以上、捜査が続いたらもう学校の体面が保てなくなる。だから学校は警察に捜査の中止を……」

　言葉は最後まで続かなかった。

　室田先生がいきなり突進してきて、僕の口を塞いだからだ。

「高梨、ちょっと来い。他の者は先生が戻ってくるまで自習しておくように」

　大人の力を侮るものではない。室田先生の腕は万力のようで、口を塞がれた僕の身体を軽々と抱え上げた。

　どこへ連れていくんですか、という言葉は封じられた。室田先生は僕を担いだまま、階上へと上がっていく。

　やがて辿《たど》り着いたのは四階の音楽室だった。中には誰もいない。

「ほら、ここに座れ」

　室田先生は空いている椅子の上に、僕を乱暴に下ろした。急に落とされたので、尻がひどく痛んだ。

「さっきのはどういうつもりだ、高梨」

「どういうつもりって……」

「らしくもないと言ってるんだ。お前、ああいうキャラじゃないだろう。普段のお前なら、もっと冷静なはずだ」

「クラスメートが麻薬絡みで死んで、冷静でいられるヤツなんていませんよ」

「麻薬絡みだなんて誰が言った」

「みんなが噂していますよ」

「そういう噂に左右されるような人間じゃないだろ、お前は」

室田先生は片手で自分の顔を覆った挙句、今まで聞いたこともないような深い溜息《ためいき》を吐いた。

「勘弁しろよ。雨宮の件でいい加減振り回されてるんだ。これ以上、面倒を起こさんでくれ」

「……先生？」

「ずいぶん腹を立てていたみたいだな」

「さっき一年生に言われたんです」

僕が最前に大輝と交わした内容を伝えると、室田先生は渋々といった体《てい》で軽く頷いてくれた。

「それで柄にもなく突っ走ったって訳か。お前たちの気持ちも分かる。ただし視野が狭い上に一方的だ。担任の俺や演劇部顧問の先生が、雨宮を失って悲しんでいないなんて本気で思ったのか」

意表を突かれた。

楓は生徒たちだけではなく、先生からの受けもよかった。先生たちもまた楓に思い入れがあったはずなのに、僕はそのことをすっかり失念していたのだ。

「そういう熱血な真《ま》っ直《す》ぐは他で発揮してくれ。俺も嫌いな方じゃないが、タイミングが悪過ぎる」

「タイミングなんですか」

「人の生き死にとかの重大な局面では論理的になれ。感情に走ると大抵、手痛い失敗を引き起こす原因になる」

「でも、このままじゃ絶対に収まらないですよ。室田先生は違うのかも知れないけど、学校側が真実を隠したまま幕引きを焦ってるって、みんなそう思ってます。生徒一人の生命の扱いよりも学校の体面の方を大事にしてるんだと考えてますよ」

室田先生はしばらく僕の顔を正面から見据えていた。普段はあまり見せることのない鋭い眼光で、そのままの体勢でいるとこちらの内心までも見透かされそうな気分になってくる。

「他人の死に立ち入るには、それ相応の覚悟がいる。野次馬根性とか冷やかし気分で覗くもんじゃない。それは分かるな」

「はい」

「俺はいつもこんなことを言わんが、こんなケースは特別だから敢えて言う。他人の死を興味本位に扱うようなヤツは最低だ。個人的にはどこかで野垂れ死にしてほしいとさえ思っている。お前もそのクチか」

「……いいえ」

「今から俺の話す内容を、決して口外しないと誓えるか」

僕は少し考えてから答えた。

「誓えます」

「よし、それなら話してやる。お前がさっきみんなの前で喋ったことは半分正解で半分間違っている。まず雨宮が麻薬の常習者だったというのは、死体を解剖して判明したことだから真実だ。そしてその真実をうやむやにして学校の体面を保ちたいとする勢力があるのも事実だ」

「やっぱり……」

「しかし、警察の捜査に横槍を入れようとしたのは蜂屋校長でもなければ俺たち教員でもない。考えてもみろ。事はお前の言った通り、麻薬絡みの事件だ。いくら校長や担任が懇願したところで、警察が捜査を中断させるはずがないだろ。教師なんて警察に盾《たて》突けるほど偉くないぞ」

　言われてみれば、その通りだった。同じ公務員でも、向こうは拳銃と手錠を持っている。先生たちが持っているのは、おそらくプライドくらいのものだ。

「じゃあ、いったい誰が横槍を入れたんですか」

「この学校が理事会によって運営されているのは当然知っているよな。それに、俺たち教師や校長が理事会の意向に逆らえないことも」

　僕は努めて神妙に頷く。

「結論を言ってしまえば、警察に圧力をかけたのは理事会だ。校長にも、それは事後報告だったらしい」

「そんなの変ですよ。何で理事会が警察よりも権力を持っているんですか」

「理事の一人に鵜《う》飼《かい》昭三《しょうぞう》という人物がいる。警察OB、そして国会議員でもある。自分たちの先輩で、尚且つ国会議員から圧力が掛かれば警察だって矛を収めざるを得んだろう。理事長が鵜飼議員に頼み込んだのか、それとも鵜飼議員が理事長に提案したのかは知らんが、つまりはそういうことだ」

4

　音楽室から解放された僕はいい見世物だった。

「おー、シャーロック・ホームズの帰還だ」

「室田に何言われたー？」

「向こうは麻薬絡みって認めたのかよ」

四方から飛んでくる声を躱《かわ》しながら、僕は自分の席に戻る。少し遅れて室田先生が戻ってきたので、事なきを得た。これで自習時間が続きでもしたら、質問責めにされるのは分かりきっている。

「みんな、待たせてすまんな。じゃあ、再開するから」

こうして授業が始まったが、僕は周囲の空気が微妙に変化しているのを感じた。

捜査打ち切りを告げられた時の不満はまだ残っていたが、それ以外にも称賛めいた視線が僕に向けられているのだ。心なしか瑞希の視線もいつもより熱っぽい。

意外だった反面、よしてくれとも思う。目の前にいた室田先生を仮想敵に仕立てたのは、僕の早合点でしかなかった。忌むべき者たちは先生たちのずっと後ろに控えている。

五時限目が終了すると、僕は声を掛けられる前に席を立った。トイレにでも隠れていれば、皆から追及を受けずに済むと算段したからだ。

ただし、それでも拓海は諦めてくれなかった。

「なーに、逃げてんだよ」

小走りにしていたが、廊下の途中で捕まった。

「別に逃げてる訳じゃないけどさ」

「期待されてることをしないのを、逃げるって言うんだよ」

首の後ろから腕を回された。

「で？　やっぱり学校側の要請で、警察は捜査を打ち切っちゃった訳なの」

室田先生から口止めされたのは、理事会の意向と鵜飼議員の出自についてだった。学校側の要請で警察が事情聴取を打ち切ったのは、広義の意味で正しいのだから、拓海の質問に嘘で答える必要もない。

「まあ、そんなところらしいね。はっきりとは分からないけど」

「麻薬絡みなのは認めたのか」

「そういうこと、担任の立場で明言すると思う？」

「しねーよなー」

拓海は納得したような声を上げる。

「慎也はこの先の展開、どうなると思う？」

「この先って……警察の捜査が強制終了させられたら、これ以上話は進まないだろ」

「かなあ？　そんなに学校側に都合よくならないと思うけど」

「どうしてさ」

「ある日、生徒が自殺する。不幸な出来事だったと校長が全校集会で悔やみの言葉なんか述べたりする。人の噂も千里を走る」

「七十五日の間違いだろ、それ」

「七十五日もしないうちに、生徒の親が本人の日記を見つけたとか言い出して、事態はたちまち大炎上。警察が乗り出すわ、保護者たちは騒ぎ出すわ、教育委員会は調査に入るわ、ネットでは学校叩きが始まるわ、草が生えるわ……」

「つまり、楓の両親が放っておかないっていう意味か」

「楓の親父《おやじ》さんって、開業医だぜ。戦闘資金は充分にあるはずだよな。一人娘だったから、学校に人質を取られている訳でもない。楓の死んだ理由がはっきりするまで、とことん学校側に揺さぶりをかけるんじゃねーかな……。葬式ン時の親父さん、見ただろ。あれ、泣き寝入りするような親父さんには見えないんだよな」

その推測には僕も同意見だった。ただのクラスメートである僕たちですら、こんなに憤っているのだ。楓の両親にしてみれば、あまりの悔しさに血の涙を流すのではないだろうか。

「でも警察が事故と断定すれば、それで終わりじゃないか」

「だからあ！　強制終了したものでも、カネと熱意を持った人たちは引っ繰り返しちゃうんだって。って言うか、俺はそういう展開に期待したい」

「何だ、期待かよ」

「悪いか」

「悪くはないけど情けない」

「楓の親は力を持っている。俺たちは持っていない。持ってないヤツが持っているヤツに期待して何が悪い」

乱暴で無責任な理屈だったけれど、拓海の言わんとすることは分かった。とにかく誰のどんな力でもいいから、事件の真相を究明してくれということだ。多分、それは楓を知る者全員に共通した思いなのだろう。

続いて六時限目の授業が始まったが、内容は全くと言っていいほど頭に入らなかった。拓海の言葉は正鵠《せいこく》を射ている。警察の捜査が打ち切りになって、楓の両親が黙っている訳がない。きっと事の真相を暴くために独自捜査をするだろう。ひょっとしたら探偵まで雇うかも知れない。

一方、僕たちは学校側の鉄面皮を見せられたばかりだった。全校集会で蜂屋校長が見せた醜悪さ、事情聴取の中止で理事会が見せた必死さ。組織の体面を保つためならなりふり構わないやり方は、楓の両親の執念を大きく凌駕《りようが》している可能性がある。

考えれば考えるほど、腹が立って仕方がない。僕たちの見ている前で、クラスメートの死が闇に葬られそうになっているというのに、僕たちは何も抗う術《すべ》を知らないのだ。だから情けないけれど、楓の両親に期待するしかない。

その無力さが何にも増して腹立たしかった。

終業ベルが鳴ると、僕はそそくさと帰り支度を始める。元より帰宅部の身であるし、学校に留《とど》まっていたら、誰かに付き纏われるのは決まりきっていた。

どうして、あんな風に皆の前で声を上げたのだろう。時間が経《た》つに従って、勇敢だったはずの行動が浅薄な愚行のように思えてならない。声を上げる資格を持つ者は、自分が口にした言葉を実行できる者に限られる。無責任に声を上げるだけなら、ただの野次馬だ。

お前はそういうキャラじゃないだろう——室田先生の声が不意に甦る。

その通りだ。僕は正義の味方でもなければ義憤に駆られた戦士でもない。十人並みの勇気と十人並みの情けなさを兼ね備えた脇役の一人に過ぎない。

その脇役が挨拶を交わす程度だったクラスメートの死に、これだけ拘《こだわ》っている理由は一つだけ。

楓はあの日の放課後、僕に何を告げようとしていたのだろう。

考える度に身悶《みもだ》えしそうになる。

永遠に聞こえない声、永遠に解けない謎。

そのひと欠片《かけら》でも集めようとして、僕は彼女の死に迫ろうとしているのかも知れない。

「慎ちゃん」

背後から声がした。僕のことを慎ちゃんと呼ぶ人間は、学校では一人しかいない。

歩を緩めると、すぐに瑞希が追いついてきた。

「なーに、真剣な顔してんのよ」

「笑えない話が続いたから。ってか、ついてくんなよ」

「家、同じ方向じゃん。今更、何言ってんのよ」

「……でも、話すために追いかけてきたんだろ」

「まあね。ひと言、言っておきたくて」

「何をさ」

「室田先生への質問、カッコよかったよ」

「やめてくれよ。さっきから、それで自己嫌悪の嵐なんだからさ」

「どうしてそうなるのよ。楓の死をうやむやにするもんかって気迫で、先生もたじたじだったじゃない。これ言うと慎ちゃんのためにならないから黙っていようと思ったんだけど、先生に連行されていった後、慎ちゃんヒーロー扱いだったんだよ」

「ヒーローねえ」

「何か不満そうに見えるんだけど。今なら、どの女の子に声掛けてもホイホイついてくるんじゃない？」

「……すごく面倒臭い」

「言うと思った。でさ、結局のところ、もう警察は完全に手を引いちゃった訳？」

「僕に訊くなよ」

「室田先生と膝詰めで話したんでしょ」

「口外するなって言われてるんだ」

するとと瑞希は、意地悪い笑みを浮かべてみせた。

「本っ当に慎ちゃんて昔から進歩しないね。そんな言い方したら、白状してるのも同然じゃん」

しまった、と思った時は遅かった。瑞希にかかると、僕の嘘や隠し事はまるで通用しない。家が近所で兄妹みたいにして育つと、こういうリスクがある。

「じゃあ、どうやって楓に麻薬が渡ったのかも話に出たんだよね。違う？」

口を開いたら、また要らぬことを白状しそうだった。

無視するに限る。そう決めた時だった。

「へえ、面白そうな話してるじゃない」

今度は聞き覚えのない声を背中で聞いた。振り返ると、そこにはショートボブの女と取材用のカメラを肩に担いだ男が立っていた。

「そこの彼氏、ちょおっと話を聞かせてくれないかなあ」

鼻梁《びりょう》が綺麗《きれい》なので美人系なのだろうけど、物欲しそうな雰囲気がそれを台無しにしている。初対面の相手に馴れ馴れしい口の利き方もマイナスポイントだった。

「常盤台高校の生徒さんよね」

「あなた、誰ですか」

「えーっと、宮里《みやざと》っていうレポーターなんだけど……ニュース番組とか見ない？」

「すみません。あまりテレビ見る習慣がないんです。オバサン、有名人なんですか」

オバサンという言葉を聞いた途端、宮里の顔が強張《こわば》った。聞く相手が悪い。十七歳男子にとって化粧の濃い女は、みんなオバサンだ。

「最近の子はスマホしか見ないっていうから、まあいいか。ちょっと耳に入ったんだけど、あなたたち、死んだ雨宮楓さんのクラスメートだよね」

「そうですけど」

「警察があなたたちからの聞き取り調査を中断したって本当？　詳しい話、知りたいんだけど」

「そういうのは警察に訊いた方が確実じゃないんですか」

「警察発表よりも、当事者や関係者の生の声が臨場感あっていいのよ。それで楓さんて子はどんな子だったのかな」

宮里が無遠慮に突き出してきたのはＩＣレコーダーだった。

「友だちは多かった？　それとも少なかった？　死んだ時はショックだった？　警察の捜査が打ち切られたと聞いた時には、どんな気分だった？」

　どんな気分だったたって？　『嫌なヤツだったんで、死んでくれてせいせいします』なんて言うヤツがいると思っているのか。哀しくて、切なくて、やりきれないのは分かりきっている。分かりきっていることをわざわざ訊いてくるヤツは馬鹿だ。

　僕が罵倒の言葉を口にしようとしたその時、瑞希が割って入った。

「すいません。マスコミの人に話すなって言われてるんです」

「ふーん。まあ生徒にまで箝口令敷くってのは、隠したいからだろうし。どうせ麻薬常習犯だったのなら、とんでもないビッチだったんだろうけど」

　宮里の前に出ようとしたが、瑞希の背中に邪魔をされた。

「雨宮さんは普段から様子がおかしかった？　ほら、突然ハイになったと思えば、次の瞬間には落ち込んでいるとか。夏でも長袖を着ていたとか」

「楓はクラス委員を任せられるくらい、聡明《そうめい》で優しくて、人望のある人でした」

　宮里は小馬鹿にするように驚いて見せた。

「へえ、所謂《いわゆる》女王様みたいなタイプ？　じゃあ、その女王様が麻薬常習者になったきっかけは何だったのかなあ」

「知りません、そんなこと」

「ううん、知らなくてもいいの。何となく、みたいな感想でもいいから。そういう、何でも持っている人だったら、当然周りのやっかみとか嫉妬も多かっただろうから、憎んでいる人もいたよね？　クラスで彼女を巻き込んだ争いごととかなかった？　イジメとかさ。あっ、麻薬を手に入れるために彼女が援交《エンコー》していたとか、そういう噂があったら嬉《うれ》しいな」

「行こ、慎ちゃん」

いきなり瑞希は僕の手を引いて、その場から立ち去ろうとした。

「こんなのと話してたら、耳が腐る」

さすが幼馴染《おさななじみ》だと思った。

このままだったら瑞希の耳が腐る前に、僕がこのクソ女を何とかしそうだと察したのだ。

「あ。逃げるのなしだから」

宮里は素早く僕らの前に回り込む。

「ちゃんと視聴者は視聴者の義務を果たしてくれなきゃ」

「何ですか、視聴者の義務って」

「一般の視聴者さんは、いつもあたしたちが掻き集めてきたニュースを見て、泣いたり笑ったり怒ったりしている訳。事件の被害者に感情移入して自分の優しさを確認したり、凶悪犯のプロフィールを知ってやっぱり底辺の人間は最悪だと蔑《さげす》んだりして日頃の憂さを晴らしている訳。だから自分がインタビューに答える側になったら、ちゃんとそういう役割を認識してくれなきゃダメよ」

僕の頭の中は混乱し始めていた。

このクソ女はいったい何を言っているのだろう。

「退《ど》いてください。あたしたち急いでるんです」

「えっと、学校には知られないように首から上は映さないし、声も加工してあげるよ？」

「そういうんじゃなくって！」

「ああー、そういうことね」

宮里は意味ありげに笑ってみせた。

「あのさー、あなたたちが思ってるほど取材費って出ないのよ。でも、いい話聞かせてくれるんならお小遣い程度は」

今度は僕の手の方が速かった。

僕は宮里の突き出したＩＣレコーダーを引ったくり、そのマイク部分に向かって思いつく限りの卑猥《ひわい》な言葉を並べ立ててやった。

瑞希と宮里たちは呆気に取られた風で僕を見ている。

「あなたのインタビューに答える言葉なんて、これで充分だ」

それだけ言って宮里の手にＩＣレコーダーを返し、僕はその横を強引にすり抜けていく。

「このクソガキ！」

背中に浴びる宮里の罵倒はむしろ快感だった。

すぐに瑞希が追いついてくる。

「本っ当に、色々と期待裏切らないよね」

「引いただろ」

「メッチャ引いた。でも聞かなかったことにする」

「どうして。明日クラスで話せば、いいネタになるぞ」

「あのオバサン見てたらさ、人の悪口を言ったり探したりするのが、どれだけ醜悪なのかって分かるもの。そういう意味じゃ、ああいう存在って貴重よね」

「他のヤツらにも、ああやって訊き回ってんだろうな。みんな、無視してくれればいいんだけど」

「無理だと思う」

瑞希はぽつりと洩らす。

「あんな人に絡まれたら、逃げたくなってつい何か言っちゃいそうになる。現に今のあたしがそうだったし……ああっ、嫌だ嫌だ。さっきのインタビューが使われたら、あたし学校に行けなくなる」

「楓のこと褒めてたから別にいいじゃないか」

「話した内容じゃなくて、ニュースの一部にされるのが嫌なのっ。ああー、今度はあたしが自己嫌悪の嵐かよ」

「首から上は映さないし、声も加工するって言ってただろ」

「それでも嫌だ」


瑞希と途中で別れ、家に戻るとお客が待っていた。

「やあ」

僕の部屋で寛《くつろ》いでいたのは公彦兄だった。

「いくら従兄弟でも、思春期十七歳男子の部屋に無断で入るのはよくないと思うぞ」

「ごめんごめん。リビングで待ちますと言ったら、叔母さんから慎也の部屋で待ってろと言われてさ。でも、この部屋も居住者と同じで変わらないよね」

公彦兄は懐かしそうに部屋の中を見回す。

「もう、誰か連れ込んだりした？」

「そんな話ではぐらかそうったってダメだから」

僕はわざと素っ気なくした。

「怒ってるみたいだね」

「当たり前だろ。何で捜査打ち切りなんだよ。警察ってそんなに国会議員に弱いのかよ」

公彦兄は困ったように頭を掻いた。

「その話、誰から聞いたんだい」

室田先生は口外無用と言ったけど、当の警察関係者相手なら構わないだろう。僕は室田先生から聞いた内容をそのまま伝える。

「うーん、大筋はその通りだなあ」

「見損なったよ、公彦兄」

僕は部屋の中央で胡坐《あぐら》をかいた従兄弟の正面に座る。

「公彦兄を尊敬してたのに」

「それはどうも」

「いつもへらへらして、大した大学にも行かず、親戚の間でも軽く扱われて、その齢になるまで女っ気一つもなくて、愛想のいいのが唯一の取柄で」

「……それ、本当に尊敬しているのか」

「それでも正義感が人一倍なのは昔から知っていたから、刑事になるって言い出した時には僕一人が応援してやった」

「その節はどうも」

「それが何だよ、このざまは。警察OBだか何だか知らないけど、国会議員一人のひと声で尻尾巻いて逃げ出すなんて。今まで僕がしてきた尊敬を返せ」

「そんなに責めるなよ。二年A組生徒への聞き取り中止は、僕も今朝知らされたばかりだったんだから。それに尻尾を巻いた訳じゃない。どちらかと言えば、尻尾を立てて唸《うな》っている。警察官も公務員だから上下関係の柵《しがらみ》がある。定年後のことを考えたら、OBにはどうしたって腰が引ける。それでも自分の仕事を理不尽な理由で取り上げられて憤慨しないヤツなんていない。みんな口には出さないけど、相当腹に溜め込んでいる。もちろん僕もその一人だ」

柔和な口調ながら怒りが聞き取れたので、僕は少し反省した。

「横槍の種類もそんなに横暴じゃなかった。過去には、凶悪犯罪の主犯格が自分の息子だからって露骨な圧力をかけてきた警察官僚の例もあったけど、今回のは大学受験を控えた三年生ともども生徒たちに無用な不安を与えるべからず、というのが申し入れの趣旨だったらしいしね」

「えっ」

「どうしたら、そんな変な考え方になるんだろ」

「無用な不安っていうけど、そんなの解決しない方が不安になるに決まってるじゃないか。要は学校の体面を護りたいだけなんだろ」

「確かにそういう部分もあるだろうな。でも私利私欲だけで一刀両断するのも可哀想だよ。向こうも他人の子供たちを預かっている身だから、なるべく生徒たちをリスクから遠ざけようとする。過保護気味になるのはそのせいだと思う」

「上はもう十八歳なんだよ」

「まだ十八歳だ」

公彦兄は僕をたしなめるように笑う。

「今だから言えることだけど、十代の自分は何て愚かだったんだと思う。タイムマシンがあったら、行って十代の自分を何度も平手打ちしたくなる」

「今の僕が愚かだってことか」

「愚かとは言わないけど、一方的な見方しかできないだろ。誰にも自分の立場と責任がある。関係者全員の利益と言い分が一致するなんて、そうそうあることじゃない」

「……公彦兄から、そういう大人な発言を聞くとは夢にも思わなかった」

「いつか、お前も話すようになるよ」

そうだろうか、と僕は自問する。

齢を重ねれば誰もが思慮深くなり、誰もが他人の立場を理解できるようになるというのは、公彦兄だからこその性善説ではないだろうか。僕の目から見ても、尊敬できない大人は少なからずいる。その立ち居振る舞いで心底軽蔑したくなる大人もいる。いい例がさっきの宮里とかいうレポーターだ。いくら仕事のためとはいえ、自分たちの醜悪さや横暴さを正当化するようになったらお終《しま》いだと思う。

「このまま、楓は事故死ってことで解決しちゃうのかい」

僕はわずかな望みを託して訊いてみる。

「楓を知っている人間は、事故死なんて結末じゃ誰も納得しない。中には殺されたんじゃないかって言うヤツもいる」

「へえ、そんな生徒もいるのか」

「生徒を抑えたとしても、楓の両親までは抑えられないし、僕たち以上に納得いかないと思う。警察が捜査を中止したのなら尚更だ」

「うーん、ちょっと誤解があるみたいだな」

「どんな誤解だよ」

「中止になったのは生徒への聞き取り調査だけだ。捜査そのものが中止になった訳じゃない。鵜飼議員の介入は事実だけど、たったそれだけで捜査本部が解散すると思うのなら、慎也は警察官を見くびっている。圧力を掛けられたからといって、上から下まで全員が権力になびく訳じゃない。十七歳の、これから夢も希望もあった女の子が麻薬絡みで死んだんだ。その真相を究明したいというのは、慎也たちだけじゃない」

不意に懐かしい感情が込み上げてきた。

親戚の連中は誰も言わなかったけど、僕は公彦兄のこういうところが好きだった。臆面もなく正しいことを正しいと言い、当たり前のことを当たり前に語れる従兄弟が誇りだったのだ。

「鑑識が現場で採取したものも揃いつつある。麻薬に関しても組対と連携して情報を集めている。ただ、生徒たちの話が訊けなくなったのはやっぱり痛い。楓さんに一番接触があったのは学校関係者だからね。再三調べたけど、彼女が校外で第三者と接触した事実は遂《つい》に摑《つか》めなかった」

「でも、聞き取りはもうできなくなったんでしょ」

「それで、今日は頼みがあって、ここへ来た」

公彦兄の口調が改まった。

「彼女の死は必ず学校内に原因があるはずだ。校内、特に彼女と関わりのあった人間を、それとなく探ってくれないか」

「……それってスパイみたいなもの？」

「民間の、しかも学生に刑事と同じ権限を与えることはできない。でも情報収集させることならできる。雨宮楓さんの死の真相を探るため、僕に協力してくれ」

二　師弟出馬

1

すぐには公彦兄の言葉を理解できなかった。

「警察に協力って……僕、高校生だよ」

「高校生だから頼んでるんだ。お前だったら楓さんの同級生だろうが部員だろうが先生だろうが訊き取り自由だし、相手も気を許す。僕たちみたいな警察官じゃそうはいかない。手帳を見せた途端に警戒心を抱く。話していいこと、話しちゃいけないこと、重要なこと、重要でないことを自分の頭で判断してから答えようとする。でもお前にならニュートラルに話してくれる。僕たちが求めているのは、まさにそういう情報だ」

そこまで説明されると、さすがに僕でも分かってきた。

「でも僕たちが普段話していることって、大抵他愛《たわい》ない話なんだよね」

「だからそこなんだよ。他愛ないかどうかは人によって違う。慎也たちにとっての石ころが警察にとったらダイヤかも知れない。とにかく情報は集められるだけ集めた方がいい」

いつになく自信ありげな公彦兄の言葉が僕を揺さぶる。

ついさっきまで無力だと思っていた自分にも、できることがある。そして、ひょっとしたら楓の死の真相を暴くきっかけになるかも知れない。こういうのを〈渡りに舟〉というのだろうか。

「これはどこまで秘密なんだよ」

「取りあえずは僕と慎也だけの秘密だ。叔母さんたちが知って、頑張れとか応援すると思う？」

「まあ、止めるよね」

「幼馴染だとか親友に教えて、事件の関係者まで広まらない自信は？」

「神に誓って無理だと思う」

「つまりそういう訳だよ」

「見返りは？」

「悲しいこと言うようになったなあ、我が従兄弟は」

公彦兄は大袈裟《おおげさ》に天を仰いでみせる。

「自分の手でクラスメートの遺《のこ》した謎を解明する。これ以上の見返りなんてないだろ」

「今日びの高校生が、そんな言葉で釣れると思うの？」

「うん。僕が話している相手は今日びの高校生じゃなく、高梨慎也という物事をはっきりさせないと気が済まない人間だからね」

「……芸風変わったね、公彦兄」

「芸風とか言うな。それで引き受けてくれるの。くれないの？」

「条件がある」

「そっちこそ芸風を変えたね。聞こうじゃない」

「僕の方からありとあらゆる情報を上げる代わりに、公彦兄からも捜査本部で判明したことを教えてほしい」

「それはダメ」

公彦兄は言下に答えやがった。

「捜査上の機密情報は外部に洩らすことができない。それくらいは慎也だって知っているだろ」

「だったら僕が危険を回避できる範囲で教えてよ。警察の見立てでは、学校関係者の中に麻薬の売人がいるっていうんだろ。もし、僕が不用意にそいつに近づいたりしたら、当然危険度マックスな訳だし、まさかいたいけな従兄弟をそんな危険な目に遭わせてのほほんとしている公彦兄じゃないよね」

うーんと唸りながら公彦兄は考え込んでいる風だったが、やがて渋々頷いてみせた。

「分かった。警察で危険だと判断した情報についてのみ慎也に知らせる。それで手を打て」

「OK」

公彦兄が拳《こぶし》を突き出したので、僕も拳を突き出して合わせる。これで交渉成立だ。

「それじゃあ公彦兄への連絡はどうするのさ。スマホ?」

「いや。電話している時、誰が聞いているか分かったもんじゃない。定期的に僕がここに立ち寄ることにする。ここ以上に安全な場所はないからね」

「しょっちゅう出入りしたら、いくら公彦兄でも母さんが変に思うんじゃないかしら」

「そこはそれ、従兄弟のよしみだよ。学校生活で悩みがあるけど、年頃なので親には相談できない。だけど兄弟同然に育った僕には腹を割って話せる」

「……ちょっとキショい」

「慎也には気色悪くても、叔母さんの世代にはすんなりと受け入れられるはずだよ」

「芸風どころか性格まで変わってる」

「性格は変わってないと思うよ」

それはその通りかも知れない。この真面目そうな従兄弟は奸計《かんけい》を巡らすとか人を騙《だま》す才能はからっきしだけれど、とことん相手を観察した上で懐に飛び込むような周到さを持っている。

「じゃあ、早速明日から頼む……ああ、そうだ」

部屋を出ようとした公彦兄は、思い出したようにこちらを振り返る。

「頼んでおいて何なんだけれどさ、情報集めするにしても深入りはするなよ」

「は？　どういう意味」

「お前はさ、自分じゃ冷静でテンション低い方だと思っているんだろうけど、決してそんなことはないから」

反論しようとした時には、もう公彦兄はドアの向こう側へ消えてしまっていた。大方、今頃は母さんにこれからもちょくちょく顔を出すからと根回しをしているに違いない。さてと。

僕はベッドの上に大の字になり、天井を見ながら作戦を立てることにした。明日から態度を急変させて、当たるを幸い楓のことを訊き回ったら、必ず変に思われる。変に思われた時点で情報収集の障害になる。では、どうすれば自然な形で楓を巡る人間関係を調べることができるのか——。

しばらく考えていると名案が浮かんだ。

翌日の昼休み、僕は職員室へ出向き、演劇部顧問の壁村陽子《かべむらようこ》先生の前に立った。壁村先生は三年生の担当なので、普段の接点は皆無に等しい。何だ、お前、というような顔をされたが、それも当然だ。

眼鏡の奥に光る目はどことなく暴力的で、用件がない限りこちらから話し掛けたいと思うようなタイプではない。そう言えば瑞希からは、男勝《おとこまさ》りな性格と聞いた覚えがある。

「二年A組の高梨です」

「何か用？」

「演劇部に入部したいんです」

その途端、壁村先生の目の色が変わった。

「今、どこかに入っているか」

「帰宅部でフリーです」

「入部希望者は大歓迎だけれど、でもどうして今頃？　もう六月だよ」

心境の変化で、というのは嘘臭いだろうな。

「前々から演劇には興味があったんですけど、面倒臭さがあって。でも最近、部員の人と話をするうちにやっぱり入部したくなって」

よし、この回答なら完璧だ。壁村先生の目にも疑いの色はない。

「部員って誰」

「萩尾《はぎお》瑞希。家が近所なんです」

「あー、瑞希か。なるほどね」

壁村先生はいったん合点してから、少し険しい顔をする。

「あのね。入部しといてから話が違うとか言い出したら困るんで今のうちに言っておくけど、部員のみんながみんな舞台に立てる訳じゃないのよ。て言うか、舞台に立たずに裏方やってる人数の方が多いの。その辺の事情は聞いてるの？」

「大丈夫ですよ。僕、スポットライト浴びたいとか全然考えてませんし」

「裏方ってホントに地味よ」

「そういうのが性に合ってるんです」

壁村先生は数秒間僕を睨んでいたが、直《じき》に抽斗《ひきだし》の中から一枚の紙片を取り出した。

「じゃあ、これに名前書いて」

見れば入部希望書という表題がついていた。

「へえ、こんなものに書いて入部しているんですね、みんな」

「念書みたいなものよ。中には奴隷契約書なんて悪口言う輩《やから》もいるけど」

「何です、それ」

「まあ、文化系じゃなくて体育会系の部活なんだけどさ。昨今は部員を土日にも練習させているとか、イジメの温床になっているとか、顧問が実績欲しさに部員に無茶を強いているとか、外部からの圧力がうるさくてうるさくて。それで、ちゃんと本人の意思で入部したことの証明に、こんなものを書かせているのよ」

こんなものを書かせるから余計に疑われるんじゃないかと思ったが、口にはしなかった。

僕が名前を書き込むと、壁村先生はそれを待ちかねていたように入部希望書を引っ掴んだ。

「これでもう今日から君は演劇部の一員だからね。半端な理由じゃ退部なんて認めないからそのつもりで」

まるで獲物を捕獲した捕食動物のような目を見て、僕は少しだけ後悔した。

演劇部への入部を決めたのは、もちろん情報収集のためだった。雨宮楓という生徒の人間関係をより深く知るためには、彼女が一番情熱を注いでいたという場所に身を置くのが有利だと考えたからだ。

そもそも僕が知っているのはクラス委員としての楓だけだ。文化祭で舞台の彼女を見たのは去年一度きりだし、どれだけ彼女が演劇に夢中になっているのかも他人からの伝え聞きだ。

僕はまだまだ楓という人間を知らな過ぎる。そんな状態で公彦兄に有益な情報を流せるはずもない。演劇部で彼女が何を語り、どう振る舞っていたのか——それを探っていくうちに、楓と楓を巡る人間関係が見えてくるような気がしたのだ。

終業ベルが鳴ると、僕は演劇部の部室に向かった。ちゃんと専用の部室があるのは知っていたけれど、入るのはもちろん初めてだったので少なからず緊張した。

緊張の理由はもう一つある。言うまでもなく、これが潜入捜査の第一歩になるのだ。

部室の前で息を整えてからドアを開ける。

「失礼します」

ドアを開けた瞬間、そこに居並ぶ部員たちが見渡せた。

瑞希に拓海、汐音に翔平、そして大輝とまだ知らぬ顔。数えてみればざっと八人。どの顔も僕を見てきょとんとしている。

「何よ、慎也くん」

最初に声を上げたのは予想通り拓海だった。

「瑞希と仲良く帰りたかったんなら残念！　ただいまお取込み中で」

「何でそうなる。まだ何も聞いていないのかよ」

僕を知っている者全員が、ふるふると首を振る。

「今日から演劇部に入部しました二年A組の高梨慎也です。どうぞよろしく」

「でえええっ？」

ひときわ大袈裟な拓海、ならびに瑞希たちは一様に目を剝《む》いた。

「今日は初日ということもあるので、まず挨拶に伺いまし……」

だが折角暗記してきた挨拶も、いきなり飛び出してきた拓海と瑞希に遮られてしまい、最後まで続かなかった。

「ちょお、こっち来い、慎也」

拓海と瑞希は僕を部室の隅に連れていった。

「いったい何の冗談なのかね、うん？　知っての通りウチは今、楓という精神的支柱を失って文化祭の演しものさえ危うくなってるの。そういう時に悪ふざけはよくないなあ」

「そうだよ、慎ちゃん。ギャグも時とところを選ばなきゃ」

「悪ふざけやギャグで入部希望書にサインなんてするかよ」

「えっ、おまっ、あれにサインしたのかよ」

「嘘……だって慎ちゃん、今まで演劇に興味があるなんてひと言も」

「あーっ、二人ともちょっと黙れ」

僕は二人を手で制する。二人の背後では他の部員が興味深げに見守っている。ここを無難にやり過ごさなければ、後々面倒なことになる。

「あのさあ、瑞希。お前、ことあるごとに演劇部の話とか、楓の演技力とか話してただろ」

「う、うん」

「そういうのを何度も何度も聞かされていると、気になってくるのも当たり前だと思わない？　ほら、好きでも何でもなかった曲が何度も聴いているうちに耳に馴染んでくるだろう。あれと一緒さ」

「興味、湧いたの？」

「湧いたら悪いのか。って言うか、演劇部の人数が増えるのがそんなにみんな嫌なのか」

　僕のひと言で瑞希も拓海も、ぐっと言葉を詰まらせた。

　以前、演劇部は総勢十五人だったらしい。それが、楓が不在になるや否や一挙に六人が退部してしまったのだという。その六人がどんな目的で在籍していたかは不明だが、いきなり七人もの部員を失った演劇部が新入部員を拒絶できるはずがない――それが僕の読みだった。

　果たして汐音、それに他の部員も顔を見合わせて困惑している様子だった。

　いや、例外が一人だけいた。

　翔平だった。

「人数が増えることはいい。問題は入部の動機だ」

席を立った翔平はずんずん歩み寄ると、拓海を押し退《の》けて僕を壁に追い込んだ。

男に迫られると、こんなにも気味が悪いのだと初めて知った。

「人の話を聞いているうちに、演劇に興味を持っただと。いい加減なこと言ってんなよ。区のコンクールで優勝してる演劇部に、そんな薄っぺらい動機で入部しようってのか」

「そういう栄《は》えあるところだから、余計に入ってみたいじゃないか」

「だったら楓がいる段階で入部するのが普通だろう。それなのに、あいつがいなくなってから入るなんて矛盾してるじゃないか」

痛いところを突かれた。

次の言い訳を必死に考えたけれど、何をどう答えても藪蛇《やぶへび》になるような気がした。

「答えろ、慎也。いったいどういうつもりでここへ来た」

「いや、それは」

「以前の演劇部なんてコンクールにノミネートもされないようなグダグダの部だった。それをここまで有名にしたのは楓の功績だ。言い換えりゃ、この部はあいつの遺産みたいなもんだ。それをな、いい加減な気持ちで踏み込まれたら俺の立つ瀬がないんだよ。答えろ。入部の本当の目的は何だ。お前の本音を言ってみろよ」

翔平が顔を近づけてくる――って、だからその気がない人間に、そんな風に迫るな。

その時、開いていたドアに別の人影が立った。

壁村先生だった。

「何だ、もう来てたのか。用意がいいね。うん？　もう翔平相手に立ち稽古か。それはいくら何でも早過ぎるな」

「けど壁村先生、こいつ……」

「はいはいはい、雑談アンドじゃれ合いはここまで。みんな座って座って」

剣呑な空気を振り払うように、壁村先生はぱんぱんと手を叩く。僕を取り囲んでいた翔平、それから瑞希と拓海も何やら納得がいかない顔をして、不承不承席に戻る。

空いている席があったが、瑞希の目配せで、そこは僕が座ってはいけない席だと分かった。きっと楓の指定席だったに違いない。

「どうした、高梨くん。座らないのか」

「その席は僕が座らない方が……」

「ああ、そういう意味ね。まさか楓の霊がそこにいるとでもいうのか。それとも親ぐるみで何かの宗教に入信しているのか」

「いや、別にそういうことはないんですけど」

「じゃあ、座れ。一人だけ立っていられたんじゃ、わたしが落ち着かん」

僕は仕方なく空いている席に、遠慮がちに座る。ここでも翔平のじっとりとした視線が気になった。

「話が前後しちゃったけど、今日から入部した高梨慎也くんだ。みんなよろしく頼む」

今度は部員たちが遠慮がちに僕を見る。まあ、ファースト・コンタクトとしてはこんなものか。

「さてと、それじゃあ懸案の議題に入るか……嫌な話だけれど、これをはっきりさせておかないと前に進めないからね」

壁村先生は全員を見回して切り出した。

「残念なことに楓が不慮の事故で亡くなって、もう数日が過ぎた。何だか嘘みたいな話だ。あんなに生命力に溢《あふ》れ、あんなに演劇の好きな生徒は珍しかった。この部の中心であり、みんなの牽引力《けんいんりよく》でもあった。本当に、本当に惜しい人間を失《な》くした」

男っぽい壁村先生の物言いだからこそ、余計胸に沁《し》みた。大輝などは早くも涙目になっている。

「もう本人がいなくなったから正直に言うけど、わたし自身、楓に頼っていた部分がかなりある。区のコンクールで優勝できた原動力が彼女の存在だったのは誰も否定できないが、言葉を換えればそれだけ彼女に依存していたということだ。だから彼女を失ってみんなが動揺したのは、わたしの責任でもある。何もかも彼女一人に頼ってしまった結果だ」

壁村先生は軽く頭を下げる。入部したてで右も左も分からない僕だが、これだけの説明で現在の演劇部が置かれている状況は大まかに呑《の》み込める。要は絶対的なエースを失った野球チームのようなものなのだろう。

「区の演劇コンクールは十一月。こちらはまだ五カ月の猶予があるとして、差し当たっての問題は九月に控えた文化祭だ。とにかくこれを乗りきらないことには次が続かない」

話が読めなかったので、僕はおずおずと手を挙げた。

「質問、いいですか」

「どうぞ」

「文化祭を乗りきらないと次が続かない理由を教えてください」

「ああ、悪い。高梨は知らなくても仕方ないか」

壁村先生は咳払《せきばら》いを一つした。気分転換の仕草に見えた。

「演劇部の年間目標は区のコンクールで上位入賞することだ。もちろん狙いは優勝。ただしここの区のレベルは全国的に見ても相当高いから、一つの演目を一年かけてみっちり練習する必要がある。これは分かるな」

「はい」

「題材選びからシナリオの作成、キャスト選抜、舞台装置設定……ゼロから始めて十一月のコンクールにピークを持っていくんだが、その二カ月手前の文化祭で、まず出来栄えと観客の反応を確認する。つまり本番前の最終チェックを兼ねて上演する訳だ。他の生徒たちには失礼な話になるが、細部の詰めに都合がいいので、今年もこのやり方を踏襲したい。差し当たって文化祭を乗りきらなきゃならないというのは、そういう意味だ」

「あの、確か今回の演しものは〈奇跡の人〉で、楓は主役だったと聞いてたんですけど」

「その通りだ。だから問題なんだ」

ギブソンなる原作者は知らないが〈奇跡の人〉の内容なら僕でも知っている。見えない・聴こえない・喋れない、三重苦を背負ったヘレン・ケラーが家庭教師サリバン先生とともに障害を克服していく物語だ。

「〈奇跡の人〉はサリバン先生も主役の一人なんだけど、やっぱりヘレン・ケラーの演技は目立つし、ヘレン・ケラーあってのサリバン先生ということもできる。三重苦だから基本的に一人芝居の要素が強くなるから、相応の演技力と表現力が要求される。それに楓は監督も兼ねていたから尚更だ」

「取りあえずサリバン先生の役はあたしなんだけどさ」

瑞希が申し訳なさそうに口を差し挟む。

「傍《そば》で見ていても楓のヘレン・ケラーは凄かったのよ。ちょっと演劇かじった人は目立つかってよく障害者の役を演りたがるんだけど、あれって一つ間違うとギャグに見えちゃうんだよね。目立つから余計に誤魔化《ごまか》しが利かないしさ」

これに今まで黙っていた汐音が割り込んできた。

「ハリウッドスターでも、オスカーを狙う時にはそういう役で勝負するって話があるものね。純粋に演技力が評価されやすいのよ」

それでようやく僕のような門外漢にも話が見えてきた。つまり演劇部が半年かけて取り組んできた〈奇跡の人〉は、相応の演技力が求められるヘレン・ケラーを演じる楓がいなくなってしまったために、頓挫しかかっているということなのだ。

それで素朴な質問をしてみた。

「他にヘレン・ケラーを演じられる人はいないんですか。その、楓ほどじゃないにしても」

その途端、数人から一斉に睨まれた。劣等感を刺激されたというような睨み方だった。

見かねた様子で瑞希が口を添えてくれる。

「あのね、誰もがこの半年、ヘレン・ケラー役は楓しかいないと思って進めてきたの。人数も限られているからもしもの場合なんて予測もしていなかった。今から誰かがヘレン・ケラーを演ろうとしても、時間がなさ過ぎるのよ」

僕は部員の面々を眺める。

楓を失った絶望と自分への不甲斐《ふがい》なさ。

主役の不在で改めて浮かび上がった演劇部の層の薄さ。

先刻、僕の入部宣言に拓海や瑞希のみか翔平までが過敏に反応した理由が遅まきながら理解できた。皆、不安で不安で堪らなかったのだ。不安で堪らないのに解決策が見当たらないから、何の前触れもなく現れた僕に当たり散らした。

「新入部員への事情説明はそれでよしとして、さあみんな、何か名案はない？」

壁村先生の問い掛けに手を挙げる者は誰もいない。僕を除いた全員が俯《うつむ》き加減で口を噤んでいる。

僕にさえ、空気の重さが分かる。時間がひどく長く感じられる。

沈黙を破ったのは壁村先生自身だった。

「まだ動揺が収まっていないみたいだな。それも仕方ないか」

何人かの部員がほっと安堵《あんど》の溜息を洩らすのが聞こえた。さしずめ死刑執行を猶予してもらった囚人といったところだろうか。

「でもね、時間がないのも確かなんだよね。はっきり言うと、ここ二、三日で何らかの方向性を決めなきゃいけない。それに関して顧問としては強制もしないし反対もしない。あなたたちが決めたことを支持はしてあげるけどね」

聞いていて少し驚いた。

区のコンクールで優勝までした演劇部だから、その顧問となればもっと介入していると想像していたのだが、どうもそうではなかったらしい。しかし意地の悪い見方をすると、それだけ楓に頼っていたということになる。

壁村先生は演劇部顧問として相応《ふさわ》しいのか、それとも相応しくないのか。

不意に湧いた僕の疑問をよそに、演劇部の会合は締まりなく終わった。


学校の正門を潜《くぐ》ると、後ろから声を掛けられた。振り返ると案の定、瑞希だった。

「話したいことがある」

「僕の方はない」

「だよね。慎ちゃん、聞きたがりだもんね」

早くも嫌な予感がした。

幼馴染というのはお互いの過去を知っている。過去を知っているということは考え方や癖まで知っているということだ。

「演劇部入部の動機、あれ、どれだけ練ったの」

「練ったも何も、正直な気持ち」

「あのさ、他の誰かならともかく、あたしにあんな言い訳通用する？　いったい何年幼馴染やってると思ってるのよ」

「瑞希が事あるごとに部活の話をしていたのは本当じゃないか」

「その都度、ほとんど慎ちゃんが無視を決め込んでいたのもね。何が急に興味が湧いた、よ。よっぽどあの場で問い詰めてやろうかと思った」

「どうして問い詰めなかったのさ」

「あの場面で下手な答え方したら、あたしゃ拓海くんより怖いのが、慎ちゃんを殴りにくると思ったから」

翔平のことか。

「今の翔平くん、剝き出しの地雷みたいなもんだから。不用意な発言したら一瞬で大爆発起こすよ」

「へえ、そんなにデレてたのか」

「あの二人が付き合ってたのは知ってるよね」

「そこまでとは思わなかった。僕、他人の恋愛ごとにはまるで興味なかったからね」

「あー、あんたはホントにそうだった。てか十七にもなるっていうのに、未だそういうのに無関心だった」

何が気に障ったのか、瑞希は別の理由で怒り出した。

「で？　慎ちゃん。入部の目的はいったい何なのよ。まさか演劇部の中がグシャグシャになっているのを近くから見物したいため、じゃないよね。少なくともそれほど腐った人間じゃないのはあたしだって知ってるし」

「そりゃどうも」

「死んだ人間のことを暴こうなんてゲスの極みみたいな人間じゃないのも知ってるし」

「重ね重ねどうも」

「だから言いなさいよ、本当の目的」

「だから演劇愛に目覚めて……」

「いい加減にして」

瑞希は真顔で僕に近づいた。

こんな至近距離で彼女を見つめるのは小学校の時以来だった。

そのせいだろうか、急に動悸《どうき》がした。

「いくら慎ちゃんに悪気はないと分かってても、あたしだって楓に負けないくらい演劇に賭けてるの。だから半端な気持ちで入部してほしくない」

一瞬、公彦兄との取引内容を打ち明けようかと思ったが、すんでのところでやめた。

僕だって、そのくらいの分別はある。

「僕も瑞希の癖や考え方は知ってるつもりだよ」

「えっ」

「普段は傍観者みたいな顔をしてるけど、結構みんなを引っ張ったり、引っ張ってるヤツの背中を護ってるよな。自分じゃ謙遜してるけど副部長の肩書きは伊達《だて》じゃない」

「……やめてよ」

「本当は弾《はじ》けたいのに我慢している。だから楓が死んで求心力を失うと、途端にテンパる。たかが時期外れの新入部員にあれこれ妄想を膨らませる」

「も、妄想って」

「僕が死んだ楓について考えてるのはその通りだよ。言っただろ。放課後に会わないかって誘われた話」

「……うん」

「何で碌《ろく》に話もしなかった僕にそんなことを言ったのか、楓は何を話すつもりだったのか。今となっちゃ分からないことだらけだ。まるで解答のない問題を押しつけられたような気分だ。気にならない方がおかしいだろ、そんなの。だから楓がどんな人間だったのかは、もちろん興味がある。だけど、それと今度の入部には何の関係もない。気紛《きまぐ》れだとか言われそうだけど、瑞希だったら、僕がある程度気紛れなのも知っているよな。急に髪型変えたり、突然ゲームの趣味を変えたりしたことなんて一度や二度じゃない」

「う、うん」

「でも、こういう言い方はできるかもね。死んだ楓がどんな人間だったのか気になる。だから彼女が一生懸命だった演劇に興味が湧いた。それで答えになるんじゃないの」

すると瑞希は不満げな表情ながらも頷いてみせた。

2

入部二日目に待っていたのは、何と体力作りだった。トレーナー役の拓海は、僕が部室に来るなりジャージに着替えろと命令した。

「何がジャージだよ。演劇部って文化系だろ。最初は演技指導とか台本読むとかじゃないのか」

「あーのね、昨日入部したばかりのど素人が、なあに生意気こいてんのよ。草生やすぞ」

「草を生やすなら生物部だろ」

「とーにかく着替えろ。新入部員は先輩の言うことにおとなしく服従しようね」

拓海はジャージに着替えた僕を体育館の裏へ連れていく。

「もう体育館の裏って、ひと昔前のイジメの印象しかないんだけど」

「も一度言う。新入りには拒否権なんてないから」

軽めのストレッチを済ませると、次に拓海は発声練習をすると言う。

「発声練習だって。ちょ、ちょっと待った。僕は別に役者希望じゃないんだけど」

「大道具だって、何かのアクシデントが起こったら脇役に突然抜擢《ばってき》されることもあるし」

語尾を濁す。アクシデントの中には〈飛び降り〉という項目が含まれているからだろうと、僕は意地悪い見方をする。

「じゃあ、俺の後に続いて発声。いくぞ。ア・エ・イ・ウ・エ・オ・ア・オ」

「ア・エ・イ・ウ・エ・オ・ア・オ」

「ダメだダメだダメだ。お前、口で喋ってる」

「言葉って口から喋るんじゃないのか」

「それだと対面するヤツに聞こえても、客席には届かねーんだよ。一音ごとに腹を凹《へこ》ませて、腹から声を出すイメージな。腹式呼吸ってヤツだよ。で、口は大きく開いて喉は欠伸《あくび》の状態を維持する。慎也さ、テレビで劇場中継とか見たことない？」

言われてみれば、ステージの上で演じている役者は、誰も彼もオーバーアクトで声も大きい。

「カメラで撮っている訳じゃないから、観客は等身大の役者しか見えない。手先をちょこちょこ動かしたって分かりゃしない。だから手足の振りが実際よりは大きくなる。声も同じ。囁《ささや》き合うような場面でも、客席の一番奥に届くような声で話さなきゃならんから、囁いている形だけを演じるのな。ミュージカルなんて一番そんな風だし」

「……意外」

「何がよ」

「拓海からそんなレクチャー受けるとは思わなかった」

「あーのな。一応、去年からやってんだぞ」

「悪いな。部がシッチャカメッチャカの時に新入りのトレーナーとか」

「まーな。でも、俺も都合いいっちゃ都合いい。今、部室にいても居心地の悪さパねえから」

拓海は凝りを解《ほぐ》すように首を振る。

「じーっさい、演しものが決まらないうちは俺らがいたって何の役にも立たねーし」

「昨日の雰囲気だと、汐音が結構うるさそうだったな」

僕は話しながら、昨日の汐音を思い出す。彼女とも普段は碌に話もしないのだけれど——改めて考えると、僕が女の子と接触する機会なんてほとんどないんだよな——案外、芝居には詳しいらしいので驚いた記憶がある。

「シナリオ選びって既存のものからチョイスするんだろ」

「まーな。図書室にもシナリオ集の類いは充実してるし、それこそ部の予算で福田恆存《ふくだつねあり》とかの全集揃えたりしてるからな。上演時間と役者の数、それから必要とされる演技のレベルを……おーい、俺の話、聞いてる？」

「いや、拓海の口からフクダツネアリとか聞き慣れない人名聞いたんで戸惑っている最中」

「ホント殴るよ、お前」

「やっぱり汐音って、そっちの方面は詳しいのかい」

「ああ、あいつは演る方より書く方だからな。去年も楓が見つけてきた脚本、徹底的に手を入れて常盤台演劇部バージョンに仕上げちまったからな」

「へえ、すごいじゃん」

「ひと悶着《もんちゃく》あったんだよ。楓が見つけた脚本とあいつのオリジナルでコンペまでやったからな」

「ええっ、オリジナルまで書くのか」

「演る方より書く方だって言っただろ。ホントのところは劇全体を仕切りたいんじゃねーのか。ただ演技力じゃ楓の方にアットー的なアドバンテージがあるから、演出に口出しできなかったんだけどさ」

拓海のニュアンスから、僕はトラブルの臭いを嗅ぎ取った。

「ひょっとしてさ、楓と汐音の間に何かあったのかい」

「慎也が考えてそうなことはないよなー。純粋に演劇に対するアプローチの違い。ってか、ありゃあ趣味の問題だな。楓は古典的な舞台劇が好きだったし、汐音の方は下北沢《しもきたざわ》の小劇場で演ってるような現代劇が好きだ。あいつの書いたもの読むとよ、明らかにケラリーノ・サンドロヴィッチとかクドカンの影響モロに受けてんのな」

「悪い。そのケラリーノなんちゃらって何人なんだ」

「バリッバリの日本人だって。おま、そんなことも知らずによく演劇部に入ってきたよな。びっくりだわ」

びっくりだわ、はこっちだわ。

拓海が現代演劇の雄を知っていることも驚きなら、汐音がオリジナル脚本を書き、それを拓海が相当熱心に読み込んでいるのはもっと驚きだった。

何だか、いきなり横っ面をはたかれたような気分だった。

普段からわざと軽薄なふりをしている拓海。

人の顔を覗き込むような素振りで、何を考えているのか見当もつかない汐音。

その二人がこと演劇の話題になれば語る語る。教室の中でしか彼らを知らなかった僕には、結構なショックだった。

いったい僕は彼らの何を見ていたのだろう。

どうして普段から目にする姿だけが実体だと思い込んでいたのだろう。

そしてこうも思う。拓海や汐音ですらこれだけ違う顔を見せるのだ。あの楓だったら、もっと落差のある顔を見せていたのかも知れない。皆から羨望され憧れの対象になるような人形ではなく、もっとぎらぎらした、汐音と唾を飛ばし合いながら自身の演劇論を闘わす熱い人間。

「あ、でも汐音が楓に対抗意識持ってた訳じゃねーから。対立してたのはあくまで演劇の方向性だけで、後は裏方に徹してたからな」

「汐音にはステージに立つ希望とかないのかな」

「ないな、あれは。本人も言ってたけど、常盤台に雨宮楓という生徒がいる限り、他にヒロインは必要ない。いても邪魔になるだけだ、とよ。大体、汐音は役者や演出よりも脚本の方が向いてる気がすんだよな。結構人を見る目がシビアだし、ぶっとんだ話考えるし、かと言って腐女子《ふじょし》みたいな走り方しねーし……」

「えらく汐音の属性に詳しいよね、拓海くん」

からかい半分に言うと、意外な反応が返ってきた。

「……人にチクったら殺す」

ああ、そうきたか。

「大丈夫だよ。これでもジュラルミンの口と呼ばれている」

「とんでもなく軽いってオチだろ。じゃあ、たっぷり重たくしてやる。発声練習再開。カエルの声になるまで続けるからな」

拓海は軽薄なふりをしているくせに、有言実行タイプの人間だった。

発声練習を終えると、しばらく話すのが億劫《おっくう》になった。それでも新入部員はまだ研修が必要だからという理由で、今度は体育館の中に送り出された。

ステージ横の空いたスペースに照明機材と格闘する翔平と大輝の姿があった。翔平は気まずそうに僕を一瞥《いちべつ》し、大輝は律儀に頭を下げた。

「何もすることがないなら手伝え」

ぶっきらぼうな物言いだったが、それが精一杯の愛想であるのが知れたので、僕は翔平の隣に腰を下ろした。

二人が取り組んでいたのは手製の照明器具だった。全長三メートルほどの丸みを帯びた直方体。中はがらんどうになっていて、二人はその内側にせっせと銀紙を貼っていた。銀紙は反射板の役目を果たすのだろう。

「慎也は反対側を貼ってくれ」

翔平から刷毛《はけ》と糊《のり》を渡されて作業に参加する。

「……昨日は、その、言い過ぎた」

翔平はこちらを見ずに唇だけ動かした。

「別に何とも思ってない。立て込んでいる時だったから仕方ないよ」

「だけどまだ百パーセント信じた訳でもないからな。不純な動機で入部したと分かった時点で追い出す」

こんなに一本気なヤツだったとは——これもまた、部活で知り得た彼の意外な一面だった。

「これはスポットライトか」

「いいえ、フットライトというんです」

翔平の向こうに座っていた大輝が割り込んできた。険悪なムードを察してのことなら、なかなか空気の読める後輩だ。

「こいつを二基、ステージの上手《かみて》と下手《しもて》に置いておくと役者さんの足元を照らしてくれるんです」

「頭の上からじゃ、足りないのか」

「スポットライトの光量が強いと俯いた時、影ができて表情が見えにくくなるんですよ。それでフットライトと両方で光量と角度を調整して、演出の一部にするんです」

これは新入部員の僕にも理解できる理屈だった。登場人物の心情や場面の切迫感を光の強さで表現したり、朝晩の時間経過を光量で示すという意味なのだろう。

「でも、どうしてわざわざ自作するんだよ。区で優勝するような部だったら、予算だって潤沢だろうに」

これには翔平と大輝が同時に首を横に振る。

「先輩は生徒会の予算報告とか聞いてないんですか」

「興味ない」

「部活の予算は体育会系に偏っているんです。人数比が文化系四、体育会系六に対して、執行される予算は文化系二、体育会系八」

「そりゃあ、体育会系はユニフォームやら器具やら、それから他校と試合するなら遠征費用も必要だし」

「おカネがかかるんだったら文化系だって同じですよ。例えば軽音楽部でも楽器一つが数万円の世界なんです、演劇部だって例外じゃありません。衣装代だって物語の時代設定次第で結構な金額になっちゃうんですよ」

「つまりはあれか。学校側の配慮」

　この程度は説明されなくても分かる。部活動で全国大会に進出できたとしても、自《おの》ずと脚光を浴びるものとそうでないものに分かれる。脚光を浴びる最たるものが野球だ。甲子園《こうしえん》にでも行ったものなら宣伝効果は数千万円単位だと聞いたこともある。一方軽音楽や演劇では全国一になったとしても、それこそ知る人ぞ知るだけで宣伝効果なんてゼロに等しい。同じカネのかかるものなら、体育会系に投資するのが有意義というものだ。

　ただし、それはあくまで大人の、学校側の論理に過ぎない。テレビで学校名を連呼されようがカメラにどれだけ映ろうが、部員たちの流す汗の量は同じじゃないか。

「コンクールで優勝したって演劇部に下りてくる予算じゃ市販のフットライトも買えな

い。だから自作するより他にないんです」

「それはちょっと頭にくるな」

「楓もよく怒ってたよ」

不意に翔平が会話に加わる。

「もう少し予算があれば舞台表現の幅が広がるのに、どうして学校側は野球部やサッカー部だけに色目を使うんだってな。部活の予算は生徒会費じゃなくて学校の年間予算だから決裁権を持っているのは校長先生と理事会だ。壁村先生に言っても埒《らち》が明かないから、あいつ校長へ直談判したんだぜ」

あの楚々《そそ》とした楓が、そんなことをしていたのか——僕はこの日何度目かの戸惑いを覚える。誰も彼も、どうして演劇が絡むと人が変わってしまうのだろう。

「楓先輩、本当に演劇部が大事だったんです」

大輝がしみじみとした口調で言う。

「アイドル的存在の優等生。だけど、こと演劇の話になれば別人みたいでした。クラスでの評判はともかく、僕はあんなに熱くなれる人を今まで見たこともありません」

「大輝は大輝で、あいつを過大評価してるんだよ」

翔平は手を動かしながら話す。

「あいつの家、結構躾《しつけ》とか厳しくてよ、中学の頃までは親の許可なしに外出することもままならなかったらしい」

「へえ、ますます深窓のお嬢様って感じだな」

「締めつけが厳しかったから、その反動だったんじゃないか？　あいつが舞台で生き生きしてたのは、そこしか自由な場所がなかったからなんだと思う」

さすがに彼氏の分析には相応の説得力がある。大輝は萎《しお》れた花のように押し黙ってしまった。

「それにしても二人とも大道具係とはちょっと意外だったな。翔平なんかタッパがあるから舞台向きだと思ってた」

「俺は……苦手なんだよ。人前に出るのが」

「えっ」

「今はこうやって普通に話していられるが、ステージに立つと固まる。思う通りに手足が動かない。舌を噛《か》む。台詞をど忘れする。一度楓の目の前で本読みをしたことがあるが、大惨事だった」

とてもそんな風には見えなかった。

ああ、今日は本当に意外性のつるべ打ちだ。

「じゃあ大輝はどうなんだよ。可愛いっちゃ失礼だけど、舞台映えする顔していると思うよ」

「僕はまだ一年生ですから……それに、今はキャストとかスタッフとか言ってる場合じゃなくて、正直僕も翔平先輩も差し当たってすることがないから、大道具の仕事しているようなもので……」

「昨日の話の続きとしちゃあどうなのさ。やっぱり〈奇跡の人〉を続行するの」

二人は返事もせず、顔を俯き加減にする。どうやら僕はまた地雷を踏んでしまったらしい——もっとも意図的にだけれども。

「走り出した列車と同じだ」

ふと翔平がぼそりと呟いた。

「乗客を乗せて運行中の列車から、いきなり運転士が消えたんだ。このまま難路を走れば列車は必ず転覆する。対処の仕方は何が考えられる?」

「そうだな。まず他の運転士を座らせる」

「替えの運転士がいない」

「列車を停止させる」

「猛スピードで走っているから、急ブレーキをかけると乗客が怪我をする」

「燃料切れを待つ」

「そうしたら目的地に辿り着けない」

「じゃあ、どうするんだよ」

「どうしようもない。乗客はクラッシュに怯えながら座っているよりしょうがない。それが今、演劇部の置かれている状態だ」

話しているうちに、僕の手元からは銀紙が尽きた。

「こっちは貼り終えた」

「だったら、ここはもういい。部室に戻って着替えるなり何なりしろよ」

体のいい厄介払いか――まあいい。楓と翔平の知られざる一面が垣間《かいまみ》見えただけでもよしとしよう。

部室に戻ると、汐音一人が机で小冊子と首っぴきになっていた。見ればその傍らにも同じような冊子が山積みにされている。

「翔平に戻れと言われたから戻った」

「そう、ご苦労さま」

汐音は読んでいる本から目を離さない。表紙には『祈りと怪物～ウィルヴィルの三姉妹～』とある。きっと誰かが書いた芝居のシナリオなのだろう。

「折角入部したのに身の置き場がない」

「それは残念だったわね。でも高梨くんのタイミングも悪過ぎ」

僕を苗字《みようじ》で呼ぶのが、そのまま二人の距離感を表しているように思えた。

「それともやっぱり冷やかし入部？　昨日、翔平が口走ったこと、全部じゃないにしろ一部はあたしたちの総意を代弁してるんだからね」

汐音は相変わらず険のある目で僕を睨みつける。

「そんなに、演劇に興味を持つヤツって珍しいのかよ。自分たちのことは棚に上げて」

「にわかと一緒にしないで」

「そういう選民意識がファン層を薄くするんじゃないのか」

「……言ってくれるじゃない」

「そっちこそ。入部するまで加賀美汐音がこんなハリネズミだとは思ってもみなかった。教室ではあまり目立たずに息を殺していたみたいだったからな」

「当たり前よ。目立とうなんて思ってなかったから」

「そう言えば裏方が好きなんだって？」

「うるさい」

「つんけんするなよ。僕だって裏方志望なんだぜ」

「物好きね。大抵、演劇部の入部希望者なんて役者志望なのに」

「主人公に向いてないことくらい自覚してるさ」

「ステージに立つのが主人公とは限らない。演劇で一番必要なのはヒトでもモノでもカネでもない」

汐音は読んでいたシナリオの表紙を指先で叩いてみせる。

「脚本。これさえ完璧なら、後は何とかなるものなの」

「ふうん。でも実際には何ともならないじゃないか。さっき部員の一人からぴったりの言葉を聞いた。今の演劇部は運転士を失った列車なんだとさ」

汐音は反論するでもなく、ただ僕の真意を探るような目をしている。

「難路を突き進んでいるから、放っておけば列車は転覆。猛スピードで走っているから急ブレーキもかけられない」

「もう一つ別の方法がある」

「どうするんだよ」

「ポイントを切り替えて難路じゃない道を走らせる。それなら他の運転士でも列車を制御できる」

なるほど、汐音がここでシナリオを読みふけっていたのは、今からでも移行できる演目を探していたからか。

「折角、入部したんだ。僕でできることなら手伝うけど」

「要らない。どうせ関心なんてないくせに」

ここまで言われたら引っ込みがつかない。

「関心はあるさ。因《ちな》みに、そこに積まれてる本、一冊いいかい」

「部の備品だから好きにすれば。でも関心のない人が読んでも退屈なだけよ」

「しっつこいな」

僕は勢いに任せて、山積みにされた一番上の冊子を手に取った。

「お先」

汐音は返事もしなかった。

3

僕は自分の部屋に戻るなり、部室から持ち出した冊子を手に取った。タイトルは『ファンキー！　宇宙は見える所までしかない』。作者を確かめてちょっと驚いた。松尾《まつお》スズキとある。この人はよくテレビで見掛ける俳優さんだと思っていたけど、元々は脚本家でもあったらしい。

僕は中学までパソコン部に所属していた。入部の動機はもちろん好奇心からだったけど、それも途中から興味が薄れた。同じ部にはすっかりパソコンオタクになったのもいたが、僕にはそこまで究めるつもりはなかった。大体、僕という人間は昔からそんな風で、何にでもひと通りは興味を示すものの、それにありったけの情熱を注いだことなんて一度もない。

高校に入ってもこれはと思える部が見つからなかったので、帰宅部にはなるべくしてなったという風だ。家に帰ってからは人並みに小説を読むようになったので、戯曲でもそれほど抵抗を覚えなかった。

初めて読んだ戯曲の感想は——とにかく面白かった。

登場人物は全部で二十四人。それぞれのストーリーが交錯して本当に纏まるのだろうかと心配になったけど、最後はきちんと収束してくれた。全編、自虐じみた笑いに溢れ、奥付を見ると結構前に発表された作品だったにも拘らず、不思議に古めかしい感じはしない。物事を斜《はす》に捉えた視点も、無闇に拡大しない世界も、熱いものをさらりと受け流すような作風も不快にはならなかった。何より登場人物の心情をいちいち描写していない体裁が、僕にはとても読みやすかった。

正直に言えば演劇というのはもっと深遠で、理屈っぽく、どこか大袈裟なものだという印象が強かった。一例を挙げれば楓たちが練習していた〈奇跡の人〉なんかがそうだ。でも、この戯曲を読んでそんな先入観は綺麗さっぱり吹っ飛んでしまった。

演劇ってこんなに自由なんだ。

俄然《がぜん》興味を覚えた僕は、翌日も部室から何冊かの戯曲を持ち出そうとした。本棚を眺めてみると、図書室の蔵書も含まれていてラインナップはバラエティに富んでいる。古いところでは紀田順一郎《きだじゅんいちろう》から三谷幸喜《みたにこうき》、鴻上尚史《こうかみしょうじ》、本谷有希子《もとやゆきこ》なんてのもある。

「これ、面白かったよ」

部室にいた汐音に松尾スズキの本を渡すと、目を丸くされた。

「ひと晩で読んじゃったの？」

「うん？　大抵の本ならひと晩あれば読めるよ。でもそれを差し引いても一気読みだった。現代演劇って思った以上にエンタメなんだな」

「エンタメって……高梨くんは松尾スズキをそういう読み方するんだ」

「いいじゃん、どんな読み方したって。それこそ読者っていうか受け取り手の自由だろ。少なくとも肩ひじ張ったような話じゃないし」

まあそれが特長と言えば特長なのだけれど、と汐音も同意の標《しるし》に頷く。

「比べるほどは知らないけどさ、シェークスピアや例の〈奇跡の人〉とかは、こういうのと全然違うんだろ」

「そりゃあ時代背景も違うし、古典だからこその臭みがあるし……でも逆に完成された頼もしさというのはあるかもね。学生が演じてもそこそこ観《み》ていられるのは脚本が完成しているからだもの。昨日も言ったと思うけど、脚本さえ完璧なら後は何とでもなる」

普段の無口さがまるで嘘のように、汐音は熱心に喋り出す。

「楓はそういうところで古典に信頼を置いていたのよね。あの子も現代演劇が嫌いな訳じゃなかったけど、現状のメンバーでコンクールに出るのなら古典の方が減点になりにくいって計算していたのよ」

　その話も初耳だった。

「へえ、ずいぶん戦略的だったんだ」

「部活動としてやる以上はただの趣味や遊びじゃなく、結果を出さなきゃダメだって口癖みたいに言ってたからね。好きなようにやりたければ実績を積んでからだって、一種のプロ意識みたいなものがあった。そういう人が間違いのない脚本を選んで、一番演技力の要求される役に立候補して、極力減点の少ない舞台を構成する。コンクールで上位入賞するには最適の戦略だった」

　その言い方が少し引っ掛かった。

「汐音は不満だったのかよ」

　すると汐音は気まずそうに目を伏せた。

「趣味嗜好《しこう》は二の次三の次。まず実績というのは正論だし……」

「何だ、やっぱり不満だったんじゃないか」

「文化系だって体育系だって一緒よ。自分一人の趣味を押し通して、みんなに迷惑をかける訳いかないもの。そういう意味で楓はやっぱりちゃんとしたリーダーだったのよ」

　座が湿っぽくなり始めたので、早々に退散することにした。

「また何冊か借りてくよ」

とにかく少しでも名前を知っている作者の戯曲を五冊ほど抱えて部室から出る。

家に帰ると早速読み耽《ふけ》った。

作風というのもあるだろうけど、やっぱり古い作品よりも最近の作品、訳の分からない自己主張が溢れ返るようなものよりも、観客を楽しませてやろうというものが僕の琴線に触れたようだった。

「ご飯って言ってるのに、どうして返事もしないのよ」

母親の声で僕は我に返った。

「部屋に入る時にはノックくらいしろよな」

「したわよ、三回も!」

そして僕を睨んでいた母親は意外そうな顔をした。

「何、このありさま」

気がつけば僕の周りには読み終えた本が放射状に散らばっている。まるで絵に描いたような読書家じゃないか。

「読書もいいけど、食事は決まった時間に摂《と》りなさいよ」

ゲームをしていた時とは打って変わった態度に戸惑いながら、僕は読みかけの本にスピンを挿《はさ》んでキッチンに降りていく。

ご飯を掻き込んでいると、母親が興味津々といった風で訊いてきた。

「いつの間にあんな読書家になったの。ちょっとびっくりしちゃった」

横にいた父親が僕の代わりに反応した。

「どんな本を読んでたんだ」

「表紙はアニメ絵じゃなかったみたい。ねっ、あれ、何の本だったのよ」

「……戯曲っていうんだよ」

「慎也だってもう高校生だ。そういう本くらい読むだろう」

活字ばかりの本を読んでいるというだけで株が上がるらしい。僕はあまりの単純さに呆れたものの、決して損にならない誤解なので放っておくことにした。

食事が終わるとごちそうさまも早々に済ませて、また部屋に戻る。スピンを上げて読みかけだった戯曲の世界に舞い戻る。

母親の言い草ではないけれど、本当に僕はどうしてしまったんだろう。つい昨日の朝までは欠片ほどの興味もなかったものに、今はこんなにも惹《ひ》かれている。

ただの読書ではなかった。元より舞台化を前提としているせいだろうか、読んでいる端から頭の中に映像が浮かぶ。目に飛び込んできた文字が、すぐ色彩と音声を伴ったステージに脳内で変換される。こんな体験は初めてだった。

一冊読んでは余韻に浸り、呪縛が解けたら他の本に移る。一時間なんてあっという間に過ぎていく。風呂に入る間も惜しんで次々にページを繰っていく。ふと時計を見ると、いつの間にか日付が変わっていたので切りのいいところまで読み進めてから、慌ててベッドに入る。

そんなサイクルを二日も続けていると、借りてきた五冊は読破できてしまった。今までも何冊か小説を読んだことはあったけど、こんな風にとり憑《つ》かれたような読み方をしたことはなかった。

おかしなもので、読んでいる最中はストーリーを味わうことで一杯だった頭が、本を閉じてからは別のことを考え始める。

たとえばこの役をあの俳優が演じたらどんな風に映るのだろう？

いや、俳優じゃなくて演劇部の誰それに演じさせたらどうなる？

待てよ、演じる方がよくてもこのストーリーじゃ観客が退屈するかも知れないな。じゃあ、ここの場面はこんな風にシンプルにしてみたらどうだろう？　それからこのギャグはさすがに古いよな。今だったら、僕だったらこんな風にした方が確実に受けると思うんだけど——。

「たった二日で読んじゃったの！」

五冊を返却すると、汐音は素っ頓狂な声を上げた。彼女のこんな声を耳にするのもちょっとした驚きだった。

「読んだだけじゃない。色々と妄想を膨らませた」

「……エロいのは頭の中だけにしてよね」

「そういうんじゃなくて第五の選択」

「何よ、それ」

「この間、汐音も言ってただろ。運転士を失った列車の話。一、他の運転士を座らせる。二、列車を停止させる。三、燃料切れを待つ。四、汐音の意見だけどポイントを切り替える。で、第五の選択だけど、列車を改造してしまう」

「はあ？」

「演劇部としては、演しものを〈奇跡の人〉で始動していたんだろ。舞台装置も衣装も演目に合わせて作ったから、今更それを廃棄して別のものを用意するには時間と予算が足りない。かと言って〈奇跡の人〉を上演するには主人公不在でどうしようもない。そういうことなんだろ」

「そうだけど……」

「じゃあ〈奇跡の人〉のストーリーだけ変えちまえばいいじゃないか。殊更ヘレン・ケラーだけに演技力を求めず、台詞やストーリーの面白さや斬新さで観客の興味を惹くっていうのもアリじゃないのか」

「つまり現代風にアレンジするって意味？」

「それなら楓ほどの演技上手でなくてもヘレン・ケラーを演れる。舞台装置と衣装はそのまま使用できる。全体的な演技力の拙さは、ストーリーの新奇さでカバーできる」

僕にしてみれば、熱に浮かされた挙句の思いつきみたいなものだった。実現の可能性や効果よりも、自分がアイデアを出したこと自体に興奮していたきらいもある。代わりとなるシナリオを渉猟している汐音を、多少からかってやろうという気持ちも手伝っていた。

いいアイデアだけどちょっとねー、みたいなノリを期待していたのだけれど、汐音の反応は僕の予想の斜め上をいった。

「……それ、面白いかも」

「えっ」

まさか。

本気にしたのかよ。

「イメージ、あるの？」

「イメージって、何が」

「具体的にどんなストーリーだとか、どんな台詞が飛び交うんだとか」

「そりゃあまあ、漠然とは」

汐音は机の上に散らばっていた冊子の中の二冊を僕に差し出した。

両方とも〈奇跡の人〉というタイトルがついていた。

「何だよ、これは」

「見れば分かるでしょ。ウチが上演予定だったウィリアム・ギブソン原作の〈奇跡の人〉とあたしが書いたシナリオ」

「だから、こんなもの渡されても意味分かんねーよっ」

「原作を読み込んだ上で脚色してみて。シナリオの体裁はあたしのを参考にしてくれればいい」

ようやく僕は汐音の言わんとすることを理解した。

「……あのな。ど素人にいきなり脚本書かせようっていうのか」

「誰でも最初は初心者だし、おカネのやり取りが発生しないのなら、みんな素人。〈ど〉がつくかつかないかの違いよ」

「お前は無茶を言っている」

「〈奇跡の人〉みたいな古典を現代風にアレンジするなんていうのが、そもそも無茶じゃないの。今更何言ってんのよ」

汐音は僕を睨みつけた。

「本気で代案出すつもりなら口より先に現物を出して。じゃなきゃ検討したくてもできない。当たり前じゃない」

「あの……」

「仮にも脚本担当に意見したんだからね。撤回も弁解も許さない」

「ひでえ暴君だな」

「暴君と言われるような地位でもないし、第一、部活動が民主主義だと思っているのがそもそもの間違い」

「……期限は？」

「特に設けないけどさ、部の現状を見たら悠長なこと言ってられないのは分かるよね。遅い仕事なら亀だってやれる」

亀は脚本なんて書かないと思うぞ。

「いきなり決定稿書けって言ってんじゃないわよ。叩き台にできればそれで充分なんだからさ。まずは形にすること。喋るだけ批判するだけなんて、どんな馬鹿にだってできる」

きっと今まで脚本を書いてきて、ずいぶんなことも言われてきたのだろう。部長は楓、副部長は瑞希だけれど、もしかすると演劇部を裏で仕切っていたのは汐音なのかも知れない。

僕はそれ以上抵抗するのを諦め、強引に手渡された二冊を携えて部室を出た。

家に帰ると着替えもせずに、まず原作本の方を開いてみた。〈奇跡の人〉という題名、そして三重苦ヘレン・ケラーの物語というのは知っているけど、逆に言えばストーリーの詳細は知らず終いだ。何をどこまでできるかは未知数だが、取りあえず原典を知らなければ何もできない。

原作はこういう話だ。

アラバマのケラー家に生まれたヘレンは一歳半の時の高熱が原因で、見えず聞こえず喋れずの三重苦を負ってしまう。障害を背負ったために甘やかされたヘレンはわがまま放題の少女に成長するが、家族はどうすることもできず手をこまねいていた。そんな折、ボストンにあるパーキンス盲学校の卒業生アニー・サリバンの許《もと》にヘレンの家庭教師の口が舞い込んでくる。アニーは貧しい家庭で暮らした経験があり、この家庭教師の仕事を成功させるかどうかが経済的自立の鍵だった。

アニーがケラー家を訪れ、ヘレンと面会した時から二人の闘いが始まった。行儀作法を教えようと奮闘するアニー、対するヘレンは野生動物のように振る舞い、アニーの干渉を許そうとしない。ヘレンに言うことを聞かせるため、アニーは乱暴な手段さえ使わざるを得ない。

アニーは二週間の期限つきで自分とヘレン二人だけの生活を提案する。その二週間でヘレンは何とか行儀作法を学ぶが、それはただアニーの真似をしているに過ぎなかった。

アニーが彼女に教えたいのは、そんなことではない。アニーは、世界には言葉が存在することを教えたいのだ。

約束の二週間が過ぎ、両親はヘレンを家に連れ帰ってしまう。このままではヘレンはまた元に戻ってしまう。アニーが焦る中、家族揃っての夕食が始まる。ナプキンを外すヘレン。それを付け直すアニー。ヘレンがまた外し、アニーがまた付け直す。アニーとヘレンの最後の闘いが始まった。水をこぼしたヘレンに対し、アニーは自分で水を汲《く》ませようと彼女を井戸のポンプまで引き摺《ず》っていく。

奇跡はそこで起きた——。

ラスト近くまで読んでいて、不覚にも目頭が熱くなった。本を閉じて最初に思ったのは、これを高校演劇の演目としてコンクールにぶつけようとした楓の周到さだった。

実は、今年も区の演劇コンクールにノミネートされそうな学校の情報は既に集まっている（年間を通じて舞台稽古をするので情報の遮断は困難だ）。現代劇が目白押しの中、古典で勝負するのは我が常盤台高演劇部だけらしい。汐音の言説に従えば完璧なシナリオがそこに存在するのなら、あとに求められるのは主役二人の演技力だけだ。僕たちにありがちな自己顕示欲や新奇さ狙いや〈参加することに意義がある〉オリンピック精神ではなく、確実に楓は勝ちを狙いにいっている。

コンクール入賞を目的とした戦略としては正しいと思った。自分の趣味嗜好を殺して

〈奇跡の人〉を演目に選択した楓は、間違いなくリーダーとしての資質を持っている。

でも、その楓も今はいない。

楓でなければ遂行できない戦略なら、他の人間がそれを踏襲したところで大怪我をするのが関の山だ。

僕は寝転がって天井を見る。

ヘレン・ケラーは確かに偉人だし、彼女をそういう人間に育てたサリバン先生もまた偉大な人だ。凡人の僕らには何となく近寄りがたい――。

突然、閃《ひらめ》いた。

設定さえ変えれば、ヘレン・ケラーもサリバン先生も身近なキャラクターに変身させることが可能なのだ。

僕は起き上がって、パソコンを起《た》ち上げる。ドキュメントに新しい項目を書き加え、現れた空白に思いつく単語を次々と入力していく。

社会不適合者。

二人三脚。

覚醒。

エンタメ。

自分で書き込んだ単語を眺めているうちに、イメージがどんどん膨らんでいく。汐音から借りたシナリオの体裁はひどく単純で、要は上下二段に分け、下の部分に台詞とト書きを書いていけばいい。

妄想じみたものが次第に明確な映像となって、頭の中で展開していく。僕はその様子をそのままシナリオとして打ち込んでいった。

まるで何かに急《せ》かされるように指が動く。それでも現れては消えるイメージの速さにとても追いつかない。僕は登場人物の言葉と仕草を逃がさないようにしながら、必死にそのさまを文章に変換する。

いったい僕はどうしたというのだろう。まさか自分が脚本を書くなんて今朝までは想像すらしなかったというのに、今はただ自分の指の遅さが恨めしい。

頭の中でキャラクターたちが喋り、動き、泣き喚《わめ》く。ストーリーは一瞬たりとも停滞することなく突き進む。

僕は一晩中、必死になって物語を紡ぎ続けた。

夜は猛スピードで過ぎていく。


「ヘレン・ケラーはヒキコモラーだとお?」

三日後、部室で僕の説明を聞いた拓海は大袈裟に仰《の》け反《ぞ》ってみせた。

いや、拓海でなくても集まった部員と壁村先生も一様に驚きを隠さなかった。

「だってさ、あまり外を出歩かず、家の中でわがまま放題に振る舞う。食事中は家族の皿の間を歩き回るとか、気に食わなかったら喚き散らすわ家の中の物を壊すわ、要するにタチの悪い引き籠りじゃないか」

「確かにそういう解釈も有り得るけどさ……」

瑞希は遠慮がちに反論しようとしていた。

「でも〈奇跡の人〉っていうのはヘレン・ケラーが三重苦だから、ラストシーンで観客が感動する訳じゃない。単なる引き籠りが社会復帰したくらいじゃ誰も感動しないと思う」

これに対する回答は用意してあった。

「それは引き籠りを余儀なくされている人に失礼だし、引き籠り自体社会問題だろ。それに引き籠りって世間が見えない、世間の声がまともに聞こえない、ネットを通じてでしか話すこともできないんだぞ。これだって立派な三重苦じゃないか」

「……慎ちゃんの方が、よっぽど失礼なような気がする」

「でもさ、この脚色だったら大道具をそのまま流用できる。時代を現代にしても、ケラー家は元々富裕層だから部屋の調度品を変える必要がない。衣装だって現代の服を使用できるから新たに作らなくていい」

ここで翔平が口を差し挟んだ。

「確かに大道具や衣装を新調する必要はないよな。だけど、それで区のコンクールを狙えるのか」

口調は辛辣だった。

「文化祭での受けを狙うだけならそれでもいいだろうさ。しかしコンクールで競える内容じゃなきゃ意味ないぞ。そんなんじゃ楓の遺志を継いだことにならない」

どうして楓の遺志を継がなければいけないのか。死んだ人間の方針や志向をいつまで大事にするつもりなのか。

喉まで言葉が出かかったが、すんでのところで呑み込んだ。

「コンクールで競えるかどうかなんて、実際にステージで演じてみなきゃ分かんないだろ」

「いいや、ステージを持ち出すまでもない。先生や汐音だったら、脚本を読んだ段階で箸棒《はしぼう》かどうかすぐに判断できる」

僕は声が出なかった。

そうだ。それこそ僕が一番懸念していたことだった。

恐る恐る汐音の方を窺《うかが》うと、僕の書いた脚本をほぼ読み終わっているようだった。

やがてその口が、慎重そうに開いた。

「それがこの脚本さ……案外いい線いくんじゃないかな」

部員全員が声にならない叫びを上げた。

「原典を下敷きにしているから無理な場面転換がないし、台詞も変に時代がかってないから喋りやすい。もちろん細かい部分での直しは必要だけれど、まともに上演したら三十分で収まりそうだからコンクールの規定には合ってるんだよね」

そんな、と絶句する拓海を無視するように、今度は壁村先生が会話に加わった。

「それとね、これは偶然の産物かも知れないけど、脚本の中で場所と筋がちゃんと一致している。これだと暗転も必要ないし、テーマが主人公の自立に限定されているからストーリーが錯綜《さくそう》することもない」

望外の称賛に僕は浮かれ始めていた。

何だ。満更でもないじゃないか。

その気分に拓海が水を差しやがった。

「ただなあ。ヘレン・ケラーがヒキコモラーっていうのは面白いけど、いい加減ゲスい解釈だよな」

「そのゲスさ、あたしはアリだと思う」

汐音の意外な援護射撃だった。

「〈奇跡の人〉なんて古典を現代風にアレンジするなら、これくらいゲスい方がちょうどいいかも知れない。引き籠りからの脱却も今日的問題だし、原典のテーマである〈自立〉を踏襲している。被《かぶ》せ方は下品でもテーマ自体は崇高。決してコンクールの趣旨を違《たが》えるものじゃない」

汐音はそこまで言ってから、僕を険のある視線で射抜く。

「今も言ったけど、ダイアローグとキャラの動きに一部不自然な箇所があるから修正が必要。でも、これが本当に生まれて初めて書いた脚本なら、ちょっと妬《や》ける」

「へ？」

「分かってる？　これってね高梨くん、楓とは別の意味で大した才能なんだよ」

汐音がそう宣言した途端、部室にいた全員が僕を奇妙な目で見た。

賛辞と、羨望と、非難が入り混じったような目だった。

僕にとって気まずい沈黙が流れた後、壁村先生が手を叩いて雰囲気を払拭してくれた。

「高梨の脚本について、他に何か疑問点か代案はないか」

手を挙げる者が誰もいないのを見計らって、一度だけ頷く。

「よし。それじゃあ高梨の脚本を叩き台にしてわたしと汐音と三人で決定稿を作る。その上で早急にヘレン役を立てて練習を再開する。以上だ」

あの、と僕は遠慮がちに口を出す。

「何だ、高梨」

「ヘレン役なんですけど、僕が他薦してもいいですか。実は脚本を書いている最中、その人をヘレンに重ねていたものだから」

「ほう、いったい誰を当て書きしたんだ」

「汐音です」

「ちょっ……」

振り向くと、汐音は座ったまま絶句していた。まるで信じられないものを見るような顔だった。

そうだよ。その顔が見たくてうずうずしていたんだ。

4

いきなりヘレン役を振られた汐音はその場で猛烈に抗議したが、既に決定しているキャストを除き、台詞をこなせる女子はもう汐音しか残っていなかった。

「あれだけ慎也の脚本を絶賛したんだから、その責任は取れよな」

僕と同様に彼女の慌てふためくさまを見たかったのか、拓海が絶妙なアシストをしてくれたお蔭《かげ》で汐音も承諾するよりなかった。

ただしちゃんと恨み言も忘れなかった。

「……いいわよ。なるべくヘレンの台詞を少なくしてやるから」

それから丸二日をかけて、僕と汐音と壁村先生は脚本の修正に全力を傾注した。

自分では問題ないと思っていた箇所が他人から見れば説明過多だったり、逆に説明不足だったりする。初めての経験だからか、そういうことを指摘されても嫌な気は全くしない。むしろ他人の意見や手が入ることで、内容が少しずつ洗練されていくのは快感でさえあった。

「いっそ時代設定は現代のアメリカ、ボストンにした方がいいと思う」

壁村先生は断定気味に提案する。

「扱うテーマが引き籠りなら、下手に時代を逆行させると違和感が生じる。舞台を日本にすると今度は生臭くなる」

理屈は通っているので、僕と汐音は一も二もなく同意する。

「シーンをケラー邸で固定しておくのはそのまま。サリバン先生の生い立ちはモノローグで説明させれば事足りるし、可能な限り場面転換はしたくない」

「どうしてですか。一回くらいは場を変えた方が面白いような気がするんですけど」

この疑問には汐音が答えてくれた。

「それは逆よ。折角三十分で収まる脚本にしたのなら、観客の集中力を途切らせない工夫をしなきゃ。場面転換はする度に観客の集中力を散漫にさせる傾向がある。舞台が長丁場になる場合は休憩の意味もあって有効だけど、短い舞台ではマイナス要素の方が大きい」

「へえ、そんなものかね」

「映画のカットバックじゃないんだから、観ている方は鬱陶しいだけ。基本を知らない人間が初めて脚本を書くとまず失敗するのがこれ。要はマンガや映画と一緒くたに考えてるのよ」

脚本修正で侃々諤々《かんかんがくがく》やり合っていると、今まで知り得なかった汐音の一面が垣間見られるようになった。教室でおとなしいだけだと思っていたのはとんでもない勘違いで、無口なのは周囲に溶け込むのを拒否していたからだと分かった。

「馬鹿騒ぎに使う暇があったら、もっと有効に使うわよ」

平然と言ってのける姿は人によっては鼻持ちならないものだろうけど、僕の目にはひどく清新に映った。何かと群れたがる者が多い中で、一人背を向ける姿は孤高と言い換えてもよかった。

「とりま、すごいよな、慎也くんたら」

拓海と瑞希は僕と付き合いが長い分、完成した脚本の出来に驚いていた。

「能ある鷹《たか》は尻隠さずってホントだったんだな。いやあ、びっくり」

それはいったいどんな鷹だ。

「でも慎ちゃんにあんな才能あったなんてね。きっとあたしたちが一番びっくりしていると思う」

それは違う。一番びっくりしているのは僕自身だ。

「大したことないって」

「大したことあるよ。あの汐音があれだけ褒めるのって、そうそうないのよ。しかも自分と同じ仕事で」

「うん、それは俺も禿同《はげどう》。あいつってば、プロの書いた脚本にも容赦なかったりするから。て言うか、あいつが他人の書いたものを褒めたの、初めて見た」

「そうなのか」

「一応、副部長はあたしってことになってるけど、実質演劇部は楓と汐音の両輪で動いていたよね」

「うんうん。あの二人は趣味も方向性もほぼ真逆だったけど、だからバランスが取れてた、みたいなところがあったんだよな」

「よく部の中で抗争が起きなかったな」

「そりゃあ楓の方がずっと華があったからね」

同性だというのに、嫉妬の片鱗《へんりん》さえ見せずに瑞希が呟く。

「誰が何と言おうと演劇部の主役は楓だったもの。容姿もリーダーシップも文句なし。それは汐音も渋々認めていた。だから汐音は裏方に徹していたのよ。広告塔はあんたに任せるから、自分はあんたのしない仕事をするんだって。だから楓の演技については副部長のあたしに丸投げ」

汐音らしい態度だと思ったが、一方で割りきれない考えも残る。

「でも、それで本当に納得できるものなんだろうかね。汐音も結構、我《が》が強い性格なんじゃないのかい」

「ンなこたあない」

拓海は片手をひらひらと振りながら一笑に付す。

「二人とも役割分担はきっちりしてたんだよなー。意見の相違で言い合うことはあったけど、それで相手を無視するようなことはなかった。何ちゅうかさ、俺の見る限り同族だったんだよな、あいつら。我が強いのはその通りだけど、最後にはいい頃合いで着地点見つけてたからな。えっと、分を弁《わきま》えてる、みたいな？」

「そんなことより慎ちゃんだよ」

瑞希は強引に話を戻してきた。

「改めて脚本読んだけど、あたしもあれが処女作だなんて到底信じられない。あれはどう考えても、長年幼馴染やってきたあたしに対する裏切りだ」

「そっち？　瑞希だったら褒めてくれると思ってたんだけど」

「褒めるより先に、頭にくるのよ。どうしてそんな才能があるのに今まで隠してたのよ」

隠していたんじゃない。

隠れていたんだ。

「でもまあ、今の段階では感謝しなきゃね。少なくとも停滞していたスケジュールを再開させてくれたのは慎ちゃんだし。ヘレン役を汐音に振ってくれたのも、あたし的にはグッジョブだったし」

「えっ、そうなの」

「拙いあたしの経験で言うとさ、脚本書く人って大抵演技もそこそこなしちゃうのよ。きっと書いてる時点で役者の呼吸とか間合いとかを体得しちゃうんだろうな。だから一度、汐音がステージに立つところ見たかったのよね。しかも今回はあたしと常時絡む訳でしょ。それは正直言ってすごく楽しみ」

「瑞希が楽しむ分、向こうはしんどい思いしてるぜ、きっと」

拓海は他人事《ひとごと》にも拘らず、僕を恨みがましく睨む。

「裏方に徹するってのは、表に出たがらないっていう部分が絶対にあるんだからな。それを無理やり引っ張り出しやがって」

真剣に怒っているようなので、僕は視線を逸らす。

片や驚くでも怒るでもなく、接し方に困っていたのは大輝だった。部室で僕と鉢合わせすると、何やら思い詰めたような顔をする。あんまりそれが続くので、僕の方から確かめることにした。

「なあ、僕に言いたいことがあるなら言えよ」

「そんなのは、ないです」

「お前さあ、いやしくも演劇部所属ならもっと上手に嘘を吐けよ。態度と口調でバレバレだぞ」

「まだ一年生ですから。先輩みたいに持って生まれた才能なんてないし」

「そういうこと言うのかよ。これでも演劇部のために良かれと思ってしたことなんだけどな」

「知ってますよ、そんなこと」

大輝は非常に分かりやすく拗《す》ねてみせた。これだけ分かりやすいと怒る気にもなれない。

「ちょっと予想外だったものだから、感覚がついていけないんですよ。それに楓先輩が目指していた演劇とは、少し方向が違ってきたんで」

それで、ぴんときた。

二律背反というヤツだ。

楓が必死に護ってきた演劇部は存続してほしい。でも楓以外の人間がその舵《かじ》を取るのは、楓の座が奪われたようで腹立たしい。

「あのさあ、大輝」

　僕は彼を手招きした。彼より遅く入部しても一応先輩であることに変わりない。大輝は渋々ながら、こちらへ寄ってきた。

「楓がやってきた方向性と違うのは僕も自覚してるさ。それじゃあ彼女が目指していたのは何だったんだ」

「コンクールで入賞すること」

「だろ。だったら少なくとも目的は同じだ。〈奇跡の人〉の現代風アレンジなんて、はっきり言えば狙ってやってることだものな。つまりさ、目的地が一緒でも、そこへ行き着く経路が違うだけだ。こんな言い方が正しいかどうか分からないけど、今はメインストリートが不慮の事故で通行できなくなっているから、迂回路《うかいろ》を使おうって話なんだよ」

　我ながら拙い説明だと思ったが、大輝は不承不承ながら浅く頷いている。

「信じてくれなくてもいいけど、僕は楓に何の悪意も持っていない。ただ彼女が未練を持っているものなら叶《かな》えてやりたいと思うし、演劇部の連中もそれについては同意してくれると思う。で、大輝の方はどうさ？」

　大輝はしばらく僕の顔を穴の開くほど見つめていたが、やがてぽつりと洩らした。

「高梨先輩は狡《ずる》いです」

「うん？」

「そうやって、相手が否定できないように話を持っていくから狡いです。汐音先輩にヘレン役を振った時もそうです。周りの状況を固めておいてから本人を追い詰めるような方法採りますから」

そんな風に意識したことはなかったので、言われたこちらが驚いた。

「先輩の言い分に納得した訳じゃないけど、間違っちゃいないと思うから従います。だけど本当に策士ですよね」

そう言って大輝は立ち去っていった。

僕はただ後ろ姿を見送るだけだ。十七年生きてきて、策士なんて言われたのも初めてだった。どうもこのところ、人生初めての体験が多過ぎる。

一応脚本は決定稿が完成したものの、僕にキャストを無茶ブリされた汐音は、とんでもない形で逆襲してきた。

「いつもはあたしが脚本書いていたから楓と二人でステージを管理してたけど、キャストに振られたら演出まで手が回らない。だから……」

「おい、よせよ」

「言い出した者には責任が伴うのよ。だから……」

「よせったら！」

「ダメ。あなたも演出に加わりなさい。脚本書いた本人だから気が付くこと、言えることがあるんだから」

「正気かよ。ど素人に舞台の演出を任せるなんて。どうせ仕返しするんなら、もっとまともな方法でしろ」

「誰があなた一人に押しつけるなんて言ったのよ。ちゃんと壁村先生とペア組んでもらうようにお願いしといたわよ」

「だったら壁村先生に一任した方がいいだろ」

「責任の所在を明らかにする意味と、もう一つ。あなたには覚悟を持ってもらいたいのよ」

「覚悟って……」

「演劇部全体を巻き込んだんだもの。この劇がどこへどんな風に向かうのか、見届ける覚悟をしてもらわなけりゃね」

僕はそれ以上言い返すことができず、演出上の宿題を家に持ち帰らされた。

宿題というのは、ヘレンが家族に対して行う悪行についてだった。汐音のシナリオでは盲目という設定だったけど、僕の脚本では単に幼児的というだけだ。汐音バージョンには階段の中ほどから下に向かって物を投げつけるシーンがあるが、それを観客席から見て幼児的な暴力と理解できるように改変しろとの仰せだった。

既に書き込みで真っ赤になった脚本を開き、うんうん唸っていると何の前触れもなく来訪者が現れた。

「ずいぶん熱心にやってるなあ」

「公彦兄」

「慎也が脚本書きとはね。人間、一つくらいは秀でた才能があるってのは本当だったんだ」

「……愛想いいだけが取柄の従兄弟には言われたくない」

「聞いたよ。演劇部に入って、早くも頭角を現したんだって？　もちろん潜入捜査のつもりなんだろ」

「そうだよ。楓が心血を注いだ場所だし、クラスの中よりも人間関係が濃密な気がしたから」

「うん。目の付けどころは及第点をやるよ。それで成果は？　脚本任されるくらい信頼を勝ち取っているのなら、当然その濃密な人間関係にも探りを入れているよね」

それを訊かれると弱い。僕は公彦兄の視線を避けるように俯き加減になる。

「今まで知らなかった雨宮楓が見えるようになった」

僕は入部してからの顚末《てんまつ》を、順を追って話した。楓のみならず他の連中も部活動では違う顔を見せたこと。その演劇部でも楓のワンマン体制ではなく、汐音との一種共生関係があったこと。そして楓という人間が、意外に戦略家であったこと――。

「う｜ん」

話を聞き終えると、公彦兄は不満げな声を上げた。

「ちょっと期待外れだな」

「何がさ」

「慎也が青春しているのは聞いていてもよく分かるんだけどね」

「その言い回し、キショいからやめろ」

「確かに他愛ない情報を収集してくれと頼んだけど、あまりに事件と関係なさ過ぎる。たとえば演劇部の中で、誰が売人臭いとか、誰がタチの悪そうな連中と付き合っているとか、そういう話は欠片もなかったよね。逆に慎也が演劇部に取り込まれて、判断力を奪われているような印象がある」

「そんなことは……」

「ないと言いきれるかい？　それなら慎也が今、目の前に広げているシナリオはいったい何だよ。こういうのをミイラ取りがミイラになるって言うんじゃないのかい」

そう指摘されると返す言葉がなかった。

「やっぱり慎也には荷が重かったのかな。お前、あんまり人を疑うとかしなかったからなあ」

「それも公彦兄には言われたくない。憶えてる？　公彦兄が警察官になるって宣言した時に親戚連中が一斉に反対したのは、それこそ不向きだと思われたからだぞ」

「僕のことはいいよ。取りあえず刑事を続けているし、職業の範囲で人を疑うことにも慣れた」

職業の範囲で、というのがいかにも公彦兄らしかった。未だにこの従兄弟が刑事に見えないのは、その辺に理由がある。

「とにかく猛省を促す」

「クビにするという選択肢ってないのか」

「意に沿おうが沿うまいが、いったん引き受けたことには責任を持ちなよ」

汐音と同じようなことを言うので、僕はいささかうんざりした。

「忘れると困るから念を押しておくけど、慎也のクラスメートが薬物依存で死んだ。まだ捜査中だけれど、事によると殺害された可能性だってある。授業や部活動に熱心なのはいいけれど、お前の周辺には見えない悪意が潜んでいる。仮に殺人でなくても違法薬物の所持と販売だ。当事者の意識はどうか知らないけど、薬物関係の法律は存外に厳しい。ケースによっては人一人殺すのと同等の刑事罰が科せられる場合もある」

公彦兄は涼しい顔で怖《おそ》ろしいことを言う。

「死んだ雨宮楓さんとご遺族の無念を忘れるな。僕もいい加減な気持ちでお前に捜査を依頼した訳じゃない」

「……了解」

「まあ、別にこちらで考えていることもあるし……ところで、それが慎也の書いた脚本かい」

「うん」

「同じタイトルのシナリオが二冊あるようだけど」

「こっちのは僕が脚色する前のものだよ。以前はこのシナリオに沿って練習していた」

「それ、拝借してもいいかな」

「何冊もあるから別に構わないけど……でも、もう使用しないバージョンだよ」

「個人的な興味もあってね」

公彦兄も演劇に興味があるのか……好奇心が頭を擡《もた》げてきたが、質問する前に従兄弟は部屋を出ていってしまった。


何とか脚本を修正し終わった時には、とっくに日付が変わっていた。実質眠ることのできた時間は三時間少々で、僕は頭が半ば朦朧とするまま登校した。

一時限目は現代国語。国語教師の肥田《こえだ》先生はもうじき定年ということも手伝って、授業中もおっとりしたものだ。あわよくば教科書を読むふりをして居眠りできそうだった。

だが授業が始まる前のわずかな憩いを邪魔された。翔平が僕の机の前に立ったのだ。

「脚本、ちゃんと直せたのかよ」

わざわざそれを確認しにきたのか。

「ああ、ぎりぎりで間に合わせた。お蔭で碌に寝られなかった」

「お前の睡眠時間なんて知ったことか」

「ひどい言い方だな」

「優しく言ってほしいのか」

「そんな趣味はないけど……何だよ、まだお客さん扱いかよ」

「お客さんじゃなくても新人だ。全幅の信頼を置ける訳じゃない」

「へえへえ、結束の固いことで羨ましい限り」

「今度の劇は楓の追悼公演という意味もある。どんな形にしろ失敗は許さない」

翔平の顔は思い詰めていた。朝っぱらから、しかも寝ぼけ眼《まなこ》ではあまり対峙《たいじ》したくない顔だった。

「それにしてもえらく気にするんだな」

「当たり前だ。文化祭での発表まであまり日がないっていうのに、途中からシナリオの内容ががらりと変わっちまった。舞台装置はそのまま流用できるが、シナリオの修正次第じゃ、大道具の仕事が増えるかも知れない」

「心配すんなよ。大道具に余分な仕事をさせるような修正はしてないから。ただし色んな箇所に補強が必要にはなるだろうな」

「どうしてだ」

「汐音バージョンではヘレンは盲目だから、動き回るにしてもおっかなびっくりだ。椅子も階段も場所を確かめながらの演技だから、いきなり体重がかかることはない。でも僕の脚本だと、それこそ五歳児が狭い場所で暴れ回るような設定だから、やわな造りの大道具だと破損する惧《おそ》れがある。そこは気をつけてくれないと」

「そのくらい、言われなくても考えてる」

「なあ、翔平さ」

寝不足ということもあって、そろそろこいつの物言いに耐えられなくなっていた。

「ガキじゃあるまいし、いつまでつんけんしてるつもりなんだよ。僕が何か気の障ることでもしたのか」

楓が死んでからというもの、翔平の沸点は低くなった。僕の不用意なひと言で、翔平はたちまち顔色を変えた。

「ガキとは何だ」

途端に周りの空気が剣呑となるが、僕たちの間に瑞希が飛び込んできた。

「やめなさいよ二人とも、朝っぱらから」

「だけど、慎也が」

「はいはい、もういいから。続きは放課後に部室でやりなさいよ。どっちの言い分が正しいか、あたしたちでジャッジしてあげるからさ」

「いいねっ」

どんぴしゃのタイミングで拓海から茶々を入れられると、翔平は忌ま忌ましそうに僕を睨んでから自分のクラスに引き返していった。

「ホントにやめてよね。折角、軌道に乗りかけてるんだから」

瑞希は僕に念を押すのも忘れなかった。

不意にまた睡魔が襲ってきたので、今の一件もどうでもよくなり始めた。

頼むから一時間だけ寝かせてくれ。

やがて始業ベルとともに肥田先生が教室に入って来た。

「起立。礼」

挨拶を終えて全員が着席する。やれやれ、これでやっと僕のお休みタイムが始まる。

「ええー、授業の前にみんなに紹介しておこう。今日から教育実習で二年生の現代国語を担当することになった先生だ。さ、どうぞ入ってきてください」

教育実習だって？

この学校に教育実習生が来るなんて珍しい。いったいどんな人かと思い、教室へ入ってきた人物を眺めた。

眠気が一瞬で吹き飛んだ。

どうして、あんたがこんなところにいるんだよ——。

「じゃあ、自己紹介して」

「二年A組の皆さん、はじめまして。教育実習で今日から一カ月、皆さんと一緒に勉強させてもらう葛城公彦といいます」

三　龍兄虎弟

1

「葛城先生ーっ」

僕が職員室に入るなり大声でそう呼ぶと、公彦兄は悪戯《いたずら》の現場を見咎められた子供のような顔をした。

「え、ええっと、高梨くんだったよね。何かな」

「葛城先生にお話がありましてー」

今日やってきたばかりの教育実習生に何の話かと、職員室中の視線が集まる。公彦兄は慌てた様子で僕に駆け寄ってきた。

「そうかいそうかい。それじゃあ、ここで話すのも何だから別の部屋にでも行こう」

公彦兄はまるで僕を連行するようにして進路相談室まで引っ張っていった。

部屋の中に僕を押し込んでから廊下に人がいないかを再確認。そしてやっと僕の前に座った。

「で、何の話さ」

「葛城先生に厳重抗議」

顔を向かい合わせた人間とは喧嘩《けんか》しづらいと聞いたことがある。それでも公彦兄を前にして、僕の憤りは少しも収まらなかった。

「どうして公彦兄がのこのこ学校にやってくるんだよ。学校内での情報収集は僕に一任するんじゃなかったのかよ。第一、教育実習生って何だよ。刑事が教員との掛け持ちする気なのかよ。クラスで何を教えるつもりだよ、尋問の仕方か気づかれない尾行の方法か。そもそも公彦兄、齢はいくつだ。サバ読むのもいい加減にしとけよ」

溜まっていたことを一気に吐き出すと、少し胸が軽くなった。その様子を眺めていた公彦兄は、半分困ったように唇を曲げている。

「落ち着いたかい、高梨慎也くん」

「……何とか」

「まあ、いい顔はしないと思ってたんだけどね。それにしても単純というか真っ直ぐな怒り方をするんだなあ」

「それ、褒めてるの」

「もちろん褒めているよ。変に歪んで根に持たれたら、慎也の家の敷居が高くなって困る。えっと、これは抗議というより質問みたいだから順番に答える。まず僕が常盤台高校にやってきたのは、悪いけど慎也だけじゃ手に余ると判断したから」

「だってそれは」

「演劇部に潜入して楓さんを取り巻く人間関係を洗い出す。これは名案だよ。でも、それには部員の信頼を得なきゃ情報収集できないから当然時間が掛かる。実際、掛かっているよね」

　反論できないので、僕は黙っているしかない。

「それに生徒同士なら気軽に話せても先生相手ではそうもいかない。それならクラスメートは慎也に任せて、僕は教職員から話を訊き出す。それなら効率がいいだろ。二つめ、教育実習生という触れ込みはそんなにペテンでもない。これでも文学部で教職課程をとっていたから教育実習を受けて悪い決まりはない。言っておくけど、僕が大学時分に家庭教師のバイトをしていたこと憶えている？　確か慎也にも特別授業してやったよね。僕はそういうのに向いていないと思うかい」

「……教え方は上手いと思う」

「それはどうも。もちろんこれは捜査の一環だから、僕の身分を知っているのは校長と教頭だけだ。刑事部長からの根回しだけど、こと公務員同士の駆け引きになれば、そりゃあ警察の方が押しが強い」

「まあ、そうだろうね」

「最後に年齢のことだけど、二年浪人したから二十四歳ということにしてある。三つくらいのサバ読みなら充分許容範囲だろ」

癪《しやく》なことに、公彦兄は元々童顔なので二十歳《はたち》でも通ってしまうのだ。

「でも教育実習ってたかだか一カ月程度なんだろ」

「それだけ時間があれば充分さ。足りなくなったら何とでも理由は作れるしね」

「……でも、やっぱりペテンじゃん」

「それはバレたらの話だよ。教育実習生としてカリキュラムに則って、生徒さんにはちゃんとした授業をする。それで誰に迷惑をかけるものじゃない。バレない限りは誰の心も傷つかないし損害もない」

「詭弁《きべん》だ」

「おおお、ブンガクに目覚めた者の言葉だね。そうだ、詭弁だ。でも、理屈があれば無理を通しても言い訳になるからね。一種の社交辞令でもあるんだよ。民主警察は無理無体なことはしませんっていう表明」

公彦兄はいくぶん恥ずかしそうに笑ってみせる。自分の言っていることが屁理屈《へりくつ》だという自覚はあるらしい。

「ただ、何度も言うようだけど、これは捜査の一環だ。言い換えれば、ここまでするくらい本気だってことだ。十七歳の女の子をクスリ漬けにして死に追いやったヤツを、警察は決して許さない」

これだ。

いつもへらへらしているくせに、たまにこういう決意漲《みなぎ》るようなことを口走るから助けてやりたくなるのだ。

「納得してくれた？」

「納得しなくたって、捜査続けるんだろ。だったらしょうがないじゃないか」

自分でも嫌になるような言い方になってしまったけど、有難いことに公彦兄は僕の性分を知っているので変な風に受け取られることもない。

「でもバレなきゃいいって言うけど、バレるんじゃない。ほら、やっぱり従兄弟同士だし」

「そんな心配は無用だよ。従兄弟といっても苗字も違うし顔も似てない。瑞希ちゃんだっけ。慎也の幼馴染でも僕を見掛けたことは一度もないはずだしね」

「ちょ、ちょっと待った。そう言えば警察の聞き取り調査の時、公彦兄が担当してたじゃないか！　だったら、その時点でバレバレじゃんか」

「ああ。それ、ぎりぎりセーフ」

公彦兄はひらひらと片手を振る。

「聞き取り調査にやってきたの、僕一人じゃなくてね、二人担当制。一人が聞き役で、もう一人が記録係。ほら、図書室で聞き取りしていた時、貸出カウンターから離れた場所にもう一人座っていただろ」

正直、気がつかなかった。あの時はカウンター前にいた公彦兄に注意力を全部持っていかれていたからだ。

「あの貸出カウンターは扇形だから、生徒さんには死角だったのかな？　あの聴取で僕が聞き役になったのは慎也だけだったし、肝心の調査自体がその日を限りに中止になったからね」

何とも隙だらけの理屈に思えたけど、一方では納得もしていた。何しろ、公彦兄の顔は目以外に印象的な部分が少ない。

「正直、さっき生徒さんの前で挨拶した時は結構ドキドキしたんだよ。一人でも僕の顔を見た人間がいたら計画は台無しだからね。でも素直に仰天していたのは慎也だけだったから安心した」

あの中には演劇部の人間も交じっているんだぞ、と言おうとしたが、瑞希以外に演技力に秀でたのがいないことを思い出した。

「こういう時、公彦兄のキャラって得だよな」

「何がさ」

「親戚中からも言われていることだけど、優しい以外の取柄がない、覇気がない。あいつが目立つとしたら死体置き場くらいのもんじゃないかって」

「……ホント、親戚連中って口さがないヤツばっかりだなあ」

「目立たないから刑事には最適だって僕が援護してやったじゃん」

「あの時にはとても援護には聞こえなかった……。まあ、いい。とにかく慎也は調査を継続。ただし、必要以上に熱くならないこと」

「何それ」

「この前も言った。演劇に燃えるのはいいけど、お前って燃えると視野狭窄《しやきようさく》になる傾向があるから」

「くどいよ」

「説教はくどいくらいがちょうどいいんだよ。直接か間接かは不明だけど、この事件には慎也のクラスメートが絡んでいる。いつもどんな時も冷静でいないと大切なことを見逃してしまうよ」

「……取りあえず忠告として聞いておく」

「それで充分」

公彦兄は、僕に退室するよう手で合図をする。

何だかこのまま引き下がるのは癪なような気がしたので、捨て台詞代わりに憎まれ口を叩いてやった。

「どうせなら演劇部の顧問も引き受ければよかったのに。そうすれば二年A組だけじゃなく、演劇部の内偵もできたのに」

するると公彦兄は情けないという顔をした。

「申し入れはしてみたんだけどね」

したのかよ！

「実習生に認められているのはホームルームの参加と校務。だから副担任はあっても副顧問はないって断られた。もうひと押しだったんだけどな」

僕は密《ひそ》かに胸を撫《な》で下ろしていた。

クラスならまだいい。

でも演劇部にまで首を突っ込まれるのは、自分の部屋へ土足で踏み込まれるような抵抗感があった。


次の日から早速、公彦兄の授業が始まった。担当は現代国語。本来の担当である肥田先生は教室の隅に座り、メモを片手に授業内容の採点をする態勢でいる。

クラスメートの多くは物珍しげに公彦兄を見ている。印象は薄いが、どこからどう見ても善人面をしていることも手伝って温かい目で見守ってやろうというのが三分の一。

そして緊張のあまりどんな失態を演じるのか、興味津々というヤツらが三分の一。そして残り三分の一が教育実習生（せめて女子大生だったら話は別なんだけど）や現代国語に何の興味もないヤツらだ。

僕はと言えば現役の、しかも殺人現場を渡り歩いた刑事がどんな授業をするのかお手並み拝見といった気分だった。もちろん授業中に僕を当てるという可能性も有り得たが、もしそうされたら現在付き合っているという彼女に公彦兄の旧悪を暴露してやろうと考えていた。

今日の教材は梅崎春生《うめざきはるお》の『猫の話』という短編だった。

ある若者が運送屋の二階を間借りしているところに、一匹の猫がやってきた。猫は若者の部屋に居ついてしまい、若者もまた孤独だったので猫に愛着を感じるようになる。今までひどい生活だったと見えて猫はえらく痩せ細っていた。

そこで若者は食堂に（この時代は外食券食堂だ）行く度に残飯を紙に包んで持ち帰ってやるようにした。ただ猫が一番の好物にしていたのは部屋に闖入《ちんにゆう》してきたコオロギだった。

コオロギを捕獲する時の猫は野性そのもので、飛び掛かると必ずその口にはコオロギが咥《くわ》えられていた。それから猫はおもむろに獲物を食べ始めるのだが、いつも触角だけを残してしまう。だからいつしか部屋にはコオロギの触角が散乱し、若者の足の裏にざらざら触れるようになる。

若者はこの猫をカロと名付けしばらく可愛がっていたが、三カ月ほど経った時、部屋から見下ろせる道路でクルマに轢《ひ》かれてしまう。

しかし若者はカロを病院へ連れていくでも死骸を片付けるでもなく、ただ二階の窓から放置されたカロの様子をずっと観察する。

やがてカロの死骸は干からび、通過するクルマに少しずつ削られていき、そして遂に欠片も残さずになくなってしまう――。

何とも後味の悪い話で、最初に読んだ時には嫌悪感を覚えたものだった。どうして主人公は可愛がっていた猫が死んだというのに手厚く弔ってあげないのかとか、どうして死骸が朽ち果てていく様子をこうも冷静に観察できるのかとかが腑に落ちなかったのだ。

でも今は違う。

あれから他人の脚本を読み、自分でも書き、壁村先生や汐音と何度も細部の詰めをして〈物語〉やら〈テーマ〉やらの洗礼を受けたせいか、主人公の気持ちの一部が理解できるような気がしていた。

生徒による朗読が終わると、公彦兄は「さて」と言って皆の注目を集める。

「以上が『猫の話』なんだけど、うーん懐かしいな。実は僕が高校生だった頃も、この短編が教科書に使われてたんだよね。この梅崎春生というのは戦後派の作家なんだけど、君たちの年齢だったらホントはもっと現代の作家の小説の方がしっくりくるかも知れないな。あ、でも『猫の話』に書かれているのは舞台設定こそ当時のものだけど、内容は普遍的なものだ。だからこそ今でも教材に使う教科書があるんだろうね」

公彦兄の声を聞きながら、僕は少し驚いていた。

これが初めてだというのに、やけに堂々としている。しかも説明は流暢《りゆうちよう》で丁寧だ。僕が普段から聞き慣れているという事実を差し引いても、分かりやすいのではないだろうか。

「文芸作品を読ませた後で、〈テーマは何か〉だとか〈このシーンで主人公が何を考えたかを百字以内にまとめろ〉という設問は、はっきり言って意味がない。人それぞれに読み方や感じ方が違うし、誤読だって一つの読み方だ。読み方を強制して、読書が好きになる訳がない。これは実際にあった話なんだけど、ある小説がテストの問題に使われ、試しにその作者が解答したところ半分も点が取れなかったらしい」

国語の教師が国語の授業を否定するような言い方に、クラスがざわめく。横に座っていた肥田先生は早速口をへの字に曲げて、メモ帳に何ごとかを書き始める。顔色からすると、どうせ碌なことではない。

いったい何考えてるんだ、公彦兄——。

「ただ、テストということになると、やっぱり模範解答というか、大多数の読者が正しいと思う解答を引っ張ってこなきゃいけない。この辺が悩ましいところだよね」

何人かが我が意を得たりとばかりに頷き出す。皆、読書家で知られる生徒ばかりだ。

「だから、大多数の人間はこういう読み方をするけど、実はこういう読み方もあるという風に捉えた方が健康的だ。そしてその読み方こそが読み手の個性になる。他人の書いた物語を見聞きすることで自分という人間を再認識する……ねっ、面白いでしょ。そう考えれば読書というのは、うんと楽しくなるんじゃないかな。だから授業に使われたという理由で小説を嫌いにならないでほしい」

我が従兄弟ながら見事な前振りだと思った。こういう導入なら、誰もが忌憚《きたん》なく自分の感想を口に出せる。

「で、早速感想を言ってもらう訳だけど……えっと国沢《くにさわ》拓海くん。まず君から発表してもらおうか」

いきなり名指しされた拓海が慌てて立ち上がる。

「うーん、やっぱり可愛がっていた猫が死んで悲しいんだと思います。実際、その夜には長いこと泣いているし」

「じゃあ、どうして死骸を弔ってあげなかったんだろう」

「それは……夜のうちに散々泣いたので、もう流す涙が残っていなかったんじゃないんですか」

へえ。

そんな読み方もあるのかと僕は感心した。公彦兄は満足そうに頷いて拓海を着席させる。

「他に、別の読み方をした人はいるかな。ええっと萩尾瑞希さん」

はい、と瑞希が立ち上がる。

「これは無常観を描いた作品だと思います」

「うんうん。どうしてそう考えたのかな」

「主人公がコオロギの触角を踏んでいる時、不意に伯父さんから習った詩を思い出すという描写があります。〈蟋蟀《しつしゅつ》　在堂《どうにあり》　歳聿其莫《としここにそれくれん》〉という詩ですが、これは人生の無常を詠んだものです。だからこの小説の主題もそうなんだと思います」

「はい、みんな拍手。今の萩尾さんの答えで多分満点が取れます」

ぱらぱらとした拍手が不満なのか、瑞希はにこりともしないで腰を下ろす。

「早々と模範解答が出ちゃったんだけど、実は少し今の解答をずらした見方もあってさ。主人公は、轢かれて干からびて少しずつなくなっていく猫に自分の姿を投影したんじゃないだろうか。自分はこんなに若いのだけれど、いつかはあの猫と同じように死に、その身体は誰からも顧みられることなく腐敗し、欠片となって消えていく。生命は案外呆気ないものだという事実を、主人公は二階の窓からじっと観察しているのさ」

その途端、以前に味わったあの感覚を思い出した。

楓が死んだ日、自分も死んでしまえばただのモノになってしまうと自覚した時、腹が重くなった。あの重さが不意に甦ったのだ。

「自分とは縁遠いと思っていた死が、実はすごく身近に存在し、拍子抜けするほど呆気ない……そんな風に主題を捉えると、この短い物語も結構重い話に変わってくるだろう？」


放課後に部室を訪れると、瑞希と汐音が熱心に何ごとかを話している最中だった。

「それでさ、『主人公は二階の窓からじっと観察しているのさ』って言い放った時、葛城先生がとんでもないイケメンに見えた」

「本の読み方がその人の個性になる、というのもちょっとツボよね。少なくとも肥田先生の口からは絶対聞けない言葉」

「すっごい優しい顔してんのに、さらっとシビアな心理口にするもんだから、もうあれはギャップ萌《も》えよね」

何だ、公彦兄。えらく受けてるじゃないか。

「そっかあ？　肥田の前だから気張っただけじゃねーの？」

拓海が面白くなさそうに割って入るが、これは瑞希からきっと睨まれる。

「すーぐそうやって斜に見ようとする。それ、あなたの悪い癖だよ」

「確かに優しげではあるよな」

部室の隅にいた翔平が独り言のように呟く。

「その実習生と廊下ですれ違ったんだけど、虫も殺さないって言うか、下手したら虫に殺されそうな雰囲気だよな。でもどことなく芯が強そうでもあるし」

「でしょー」

瑞希は遠慮がちに笑いかける。

「それから後のアドバイスもよくてね。作品の主題を作者本人の人間性に絡めて答えさせようという問題があるけど、試験の時以外はそんなもの無視しろって。作品の内容と作者本人は全く別物なんだって」

へえ、と翔平は感嘆する。

「それを生徒相手に公言するのは珍しい先生だな。いくら実習生だとしても」

「思わず頷いちゃうわね」

汐音も同意を示す。

おいおい。公彦兄の評価、うなぎのぼりじゃないか。

「小説とか戯曲とか読めば読むほど、わたしもそう思う。太宰《だざい》なんてその最たるものでさ、『走れメロス』なんて友情もの書いている割には、本人は友だちを借金のカタみたいに扱うし、たかが文学賞一つ獲《と》るのに選考委員にくどくど憐《あわ》れっぽい嘆願書送るしさ」

「芸術あるあるってゆーの？　多いよな、そーゆーの。いいもの作るのに、本人は性格破綻してるか社会不適合者だったりすんの。俺が知ってる代表選手はモーツァルトなんだよな」

意外にも拓海がこの手の話題に食いついてきた。

「とんでもない名曲書いた天才なんだけど、本人ときたらとことん女好きで下ネタ好きで借金しまくり。ホントに才能と性格は別だと思うわー」

「でも、そんな人ばかりじゃないですよ」

端に座っていた大輝がやんわりと反駁《はんばく》する。

「才能があって人間的にも尊敬できる人は沢山いますよ。僕の中ではたとえば楓先輩です」

折角盛り上がっていた話に冷や水をぶっかけた。

先輩たちからたしなめるような視線を浴びせられるが、当の大輝は涼しげな顔をしている。

「高梨先輩はどう思いますか」

チクショウ。その上、こっちに振ってきやがった。

皆の視線が僕に集まる。

「教育実習の先生にしてはなかなかなんじゃないかな。初めての授業でこれだけ僕らを盛り上げさせてくれるんだから」

大輝は露骨に、逃げたなという顔でこちらを睨む。

ちょっと待ってろ。直球は無理だけど変化球で返してやる。

「にわか脚本家としてはさ、あの授業に結構思うところがあったんだよ。ネタは梅崎なんたらの『猫の話』って短編なんだけど」

僕は二年A組以外の人間に、ストーリーをかいつまんで説明する。

「もう楓の名前が出ちゃったから言うけど、キミ……葛城先生流の解釈を聞いていて、真っ先に思い出したのは楓のことだったからな。同じ教室にいた人間が死んだんだから、正直今でも引き摺っているのは僕一人じゃないはずだ。異論は認めない」

全員がぎょっとして僕を見た。

「だから『猫の話』の主人公が自分に重なるところがあった。楓の死を自分に置き換える、みたいな感じだな。まあ、単純といえば単純なんだけど、その後に全然別のことに気づかされた。何だか分かるか」

今度は大輝に話を振ってやった。大輝は不意を突かれて慌てている。ざまあみろ。

「結局さ、小説だろうと絵画だろうと音楽だろうと演劇だろうと、優れた作品と才能は観る者聴く者を刺激せずにはいられないんだよ。それは楓もそうだったんじゃないのか。楓の才能を間近に見て、そんな風に刺激を受けたヤツは少なくなかったと思うぞ」

大輝がにこりと頰を緩ませた。少しひねた部分はあるものの、自分の崇拝しているものを称賛されて嬉しがる様子は何だか微笑《ほほえ》ましい。

「上手くまとめましたね、先輩」

ぶち壊すつもりだったのかよ、お前。

「でも先輩には驚かされます。この間までは演劇なんてまるで関係なかったはずなのに、それがあっという間に汐音先輩を押しのけて脚本家デビューしちゃうんですから」

何気なさそうなのに、いちいち言葉の端が引っ掛かる。天然でやっているのか、それともしっかり挑発しているのか。

「タイミングから考えると、先輩は楓先輩がどんな人間なのか興味があったから入部したんですよね」

ちらりと瑞希を一瞥する。どうやら僕が話したことを他に洩らした訳ではないらしい。

「だったら今の言葉通り、先輩も楓先輩の才能に触発された一人ってことですよね」

「否定はしないよ」

「じゃあ僕の仲間ですよ」

大輝は今にも握手を求めてきそうな笑い方をする。

「僕も楓先輩の才能に惹かれて入部したクチですからね。さっきちらっと名前が出ましたけど、あの人はまさしくモーツァルトみたいな天才でした。天才なのに努力も怠らない。私生活や本人の性格なんてどうでもいいと思わせてくれるような人でした」

大輝の楓に対する礼賛《らいさん》は少々度を過ぎている。他の者たちも、また始まったかという顔でうんざりしていた。

「楓先輩の周りにはサリエリもいましたからね」

サリエリ？

突拍子もなく出てきた固有名詞に戸惑っていると、翔平が大輝の腕を取って立ち上がった。

「ほら、無駄口叩くヒマがあったら先に大道具の仕事片付けるぞ。スケジュール、遅れてんだから」

上背のある翔平に対比させると、引っ張られていく大輝はまるで子供みたいだった。

その大輝が僕の前を横切る瞬間、そっと僕に耳打ちをした。

「楓先輩の件で話したいことがあります」

だが、会う約束を取りつける前に大輝は部室から引き摺り出されてしまった。

それが生きている彼を見た最後だった。

2

僕たちに凶報がもたらされたのは閉門時間も近づいた午後七時過ぎのことだった。

あの後、僕は瑞希、そして汐音を含めた五人のキャストとともに台本の読み合わせをしていたのだが、そこに三年の衣装係里山《さとやま》かがりが飛び込んできた。

「みんな、落ち着いて聞いて」

かがり先輩の顔は真っ青だった。

「大輝くん、事故ったって」

その場にいた者が全員、息を呑んだようだった。

「ステージから落ちたみたい……」

全てを聞き終わる前に僕は部室を飛び出した。背中に気配を感じると、全員が後をついてきていた。

大輝が事故?

ステージから落ちた?

単純な情報のはずなのに思考が追いついてこない。

体育館に到着すると、既にステージ下に生徒数人と先生たちの輪ができていた。その中には壁村先生の姿もある。僕は人垣を掻き分けてその中心に近づいていく。

「高梨くん」

壁村先生は僕に気がつくと、それ以上前には進ませないように両手で道を塞ごうとする。

だが一瞬遅く、僕は覗き見てしまった。

体育館のステージは前後二段構造になっている。全校集会や発表会の際、前のステージが昇降して広さを調整したり段を作ったりするためだ。

その前段が下がりきり、中央に人が横たわっていた。

大輝だった。

大輝の首は、人間の身体では有り得ない方向に捻《ね》じ曲がっていた。幸か不幸か顔は向こう側を向いている。見えているのは耳の穴から伸びた携帯オーディオのコードくらいだ。こちら側だったら、きっと僕は夢にうなされていたかも知れない。

大輝の顔を覗き込んでいたのは公彦兄だった。公彦兄は僕の姿を認めると、途端に険しい顔つきになった。

いつも見せる従兄弟としての顔でも、朴訥《ぼくとつ》な教育実習生の顔でもない。

紛れもなくいくつもの犯罪現場を渡り歩いてきた警察官の顔だった。

壁村先生、とその口が開いた。

「すいませんが、ステージ付近から人を遠ざけてもらえませんか。これ以上野次馬が集まると、現場保存が困難になります」

「えっ……」

「警察が到着したら、現場検証とともにこの辺一帯は鑑識課の人たちが這《は》い回ります。ここに集まった人の足跡や毛髪が邪魔な残留物になってしまいます」

「警察って……病院が先じゃないんですか」

「もちろん救急車も呼びましたが、残念ながらこの男子はもう息をしていません。鼓動も脈も止まっています」

壁村先生はひっと短く叫んだ。

叫んだのは他の連中も同様だった。叫ばなかった者も一様に顔を強張らせて、彫像のように突っ立っている。

僕も、他人から見ればきっと同じ顔をしていたに違いない。

どうしてだよ、と心が喚いていた。

どうして馴染みのある場所に、こんな馴染みのないものが転がっているんだよ。

ついさっきまで生意気な口を利いていた一年坊主が、今は壊れたマネキン人形みたいな格好で二度と動かなくなっている。

死体に遭遇するのは楓から数えて二回目だけど、とても慣れるものではない。途端に胃の底から中身がせり上がってきた。

ヤバい、と思ったけど何とか喉の辺りで抑えることができた。

視界の隅に翔平が映った。

翔平はステージの横で茫然《ぼうぜん》と立ち尽くし、信じられないものを見ているような視線を大輝の身体に向けている。すぐに瑞希が駆け寄っていった。

「翔平くん、翔平くん！」

瑞希が身体を揺さぶるけれど、翔平は焦点の定まらない目で大輝を見下ろしているだけだ。

壁村先生がなかなか動かないのに業《ごう》を煮やした様子で、公彦兄が腰を上げる。

「壁村先生は全員を体育館の外に出してください」

「葛城先生はどうするんですか」

「僕は警察が到着するまで、ここに残っています」

「あ、あの、これは事故ですよね。大輝くんは誤って足を滑らせたか何かなんですよね」

「それを決めるのは先生たちじゃありません。警察です」

壁村先生は強張った顔のまま、こくこくと頷くだけだった。

壁村先生が動き出すと他の先生も呪縛が解けたように自身の職務を思い出したようだ。

駆けつけた演劇部の面々も他の野次馬たちと一緒に、体育館の出口へと誘導されていく。

翔平も覚束《おぼつか》ない足取りながら、瑞希に背中を押されて立ち去っていく。

「高梨くん」

後ろで公彦兄の声がした。駆け寄ると、僕に小声で囁いた。

「演劇部で、この時間まで残っていたのは何人いる?」

「さあ……」

「今のうちに訊けるだけ訊いておいてくれないか。後から僕の同僚が聞き取りに来るだろうけど、変に身構えないうちに最初の証言を引き出した方がいいかも知れない。警察官相手じゃなく、同じ生徒の慎也にだったらフィルターなしで話すだろうし」

背中に悪寒が走った。

「……まさか事件だと思っている?」

「壁村先生と同じことを訊くんだな。今の段階では、事故も事件も両方可能性がある。今は決めつける時じゃない。情報を集める時だ」

公彦兄の言葉はありきたりだったけど、この不条理な状況では殊更頼もしく聞こえた。

「了解したら早く行って。みんなに怪しまれないように」

追い立てられるようにして、僕は出口に急ぐ。

そして遅まきながら、公彦兄が潜入捜査を継続しようとする理由に思い当たってぞっとした。

口ではああ言ったものの、公彦兄はこれが事故だとは考えていないのだ。

体育館を出た時、遠くからパトカーのサイレンらしき音がこちらへ近づいてきた。


いったん部室に戻ると、先刻のキャストに翔平を加えたメンバーが揃っていた。椅子に座っているものの、翔平の顔色は未だ冴えない。いや、こうして間近で見るとますます蒼白《そうはく》になっているような気がする。

「大丈夫？」

横から瑞希が心配そうに話し掛けるが、本人はそれさえも聞こえていないらしい。

公彦兄の指示を思い出し、僕は落ち着きを取り戻そうとした。ここで皆と一緒に途方に暮れていたのでは、どうしようもない。早く解決したいのなら、できるだけ有力な情報を公彦兄に提供するのが一番の早道なのだ。

無理やり深呼吸を一回。

不思議に、それだけのことで少し動顛《どうてん》が治まった。麻痺《まひ》していた思考もいくぶん戻ってきた。

大輝は体育館で何をしていたのか——この辺の事情は僕も把握している。彼は翔平とともに大道具の仕事をしていた。扱うものの大きさから体育館くらいしか作業場に相応しい場所がないからだ。

現在、演劇部は深刻な人手不足なので大道具は二人に任せっきりだ。つまり演劇部の中で現場にいたのは翔平と大輝の二人だけだったことになる。

僕は翔平の隣に移動した。

「おい、正気を取り戻せ」

乱暴に肩を揺さぶると、瑞希がきっと睨んできた。

「何するのよ」

「張り倒してでも訊かなきゃいけないことがある」

「どうして慎ちゃんがそんな刑事みたいなことするのよ。見て分からない？　今、翔平くんはこんな状態なのよ」

「遅かれ早かれ警察から同じことを訊かれるんだ。だったら今のうち、質問に慣れておいた方がいい」

分かるようで分からないような理屈を押し通して、僕は翔平の顔を無理やりこちらへ向けさせた。

お互いの鼻の先が触れるくらいに寄せると、さすがに翔平は目を瞬《しばた》いて僕に気づいた。

「いったい何があったんだよ」

「あ……」

「あ、じゃない。大輝がどうしてステージから墜落したんだよ。お前たち、一緒に作業してたんだろ」

「一緒じゃなかった」

翔平は呟くように言う。

「二人とも照明器具の手直しをしていた。大輝がフットライトで、俺がスポットライトだ。だからあいつがステージの上でフットライトの修理とテストを担当して、俺はフライズでライトの点検をしてたんだ。そういう分担をしてたのは、みんなも知っているだろう」

フライズというのは舞台の上部で板が簀子《すのこ》のように張り巡らされた場所のことだ。スポットライトの設置や上から雪や花弁を舞い散らせる際には、このフライズに立って作業をする。

「それで何があったんだ」

「見てないんだよ」

おろおろと取り乱しながら、それでも内容は弁解めいていた。

「あそこに立つと分かるけど、足場の隙間からはステージの全部が見えないんだよ」

入部してから僕も一度だけフライズに立ったことがあるので、翔平の言葉は腑に落ちた。フライズはかなり高い場所に位置しており、高所恐怖症の人間では数秒と立っていられないだろう。

当然そんな危険な場所なので足場の面積は広くしてある。だから真下のステージはその隙間からわずかに覗ける程度だ。

「大輝はどんな作業をしていたんだ。詳しく教えてくれ」

「フットライトの光量と位置の確認だ。フットライトも調光できるようになっているから、シナリオに従って、どこをどれだけの明るさで照らすかを調整するんだよ」

脚本を書いた本人なので、僕はすぐに思い当たった。

「あのシナリオだとフットライトが二台必要だし、場面によって光量がずいぶん違う。そんなの一日でできるのかよ」

「シーンごとで確認しながらやっていたみたいだ。前の上演で破損した部分を補修しながらの作業だったからとても一日で終わるもんか。今日で三日目だった」

「話を戻す。フライズで作業していたお前からはステージにいた大輝は見えなかった。それから？」

「音がした。何かが落ちる音だ」

「それが大輝だったっていうのか」

「上からあいつを呼んだけど返事がなかった。それで不安になってフライズから下りたんだ。そうしたらステージの下に大輝が転がっていた。ど、どれだけ呼んでも起きないし、首はあんな風に曲がっているし……」

「そのうちに人が集まり出したって訳か」

「あ、ああ」

「大輝がステージ下に落ちた時、体育館には他に誰と誰がいた。思い出せるか」

「俺たちだけだった」

翔平はそう告げてから、また深刻そうな表情に戻った。

「離れたコートで男子バスケ部が練習してたけど、あいつらは先に帰った。残ってたのは俺と大輝の二人だけだ」

深刻そうな顔をしたのは、翔平自身、それが何を意味するのかを承知しているからだ。

他には誰もいない体育館で残っていた二人のうち、一人がステージから転落した――怪しもうとすれば、これほど容易に怪しめるシチュエーションも珍しい。厳密な喩《たと》えではないけれど、二人が閉じ込められた部屋の中で一人が死体で発見されたようなものだ。残りの一人が疑われるのは、むしろ当然と言える。

「俺じゃないからな」

翔平は怒ったように頭《かぶり》を振った。

「俺が大輝を突き落としたなんて」

「そんなこと、誰も思ってない」

横から瑞希が口を出す。

「第一、翔平くんがそんなことする理由なんてないじゃない。大輝くんの方にだって突き落とされる理由なんてないじゃない」

そうだろうか、と僕は訝《いぶか》しむ。

確かに二人を知っている者ならそう考えるかも知れない。

でも警察は違う。必ず大輝の身近にいた人間を疑うに決まっている。第一、これで二人目なのだ。同じ演劇部の中で、しかも同じような状況で二人目が死んだのだ。これで何かを疑わない方がどうかしている。

それに、僕にはもう一つ気になることがあった。最後に大輝が口にしたことと、僕に耳打ちしたことだ。

『楓先輩の周りにはサリエリもいましたからね』

『楓先輩の件で話したいことがあります』

サリエリって誰のことだ。

楓の件で話したいことって何だったんだ。

二つの問いが頭の中を占領して、ぐるぐると渦巻いている。

チクショウめ。

楓も大輝も僕にとんでもない宿題を残して逝きやがって。二人とも、僕にどんな恨みがあるっていうんだ。

僕は憤慨をどうにか鎮めてから、別のことを考え始めた。

「なあ、翔平。お前がフライズで作業をしている最中、体育館に入ってきたヤツはいなかったのか」

「だから分かんねえって言ってるだろ！　あの高さまで上ると、よっぽど大きな音でもない限り聞こえないんだって」

体育館で作業をしていた翔平と大輝。僕たちに第一報をくれたかがり先輩。そして部室にいた僕たち六人。総勢九名の演劇部員たちは全員学校に残っていた。今は皆のアリバイを確かめておくべきだ。

「かがり先輩は誰から大輝のことを聞いたんですか」

「ヘレンの衣装が仮縫いまで終わったから大輝くんに持って行こうと思って……頼まれていたのよ。衣装が出来上がったら照明の当たり具合を確認したいから持ってきてくれって。それで教室から体育館に行く途中で、壁村先生と鉢合わせして」

「それで、すぐ部室に来たんですね。まだ体育館には入らなかったんですね？」

かがり先輩は一度だけ頷いた。

次はここにいた人間の番だ。

僕は記憶を巡らせる。すると、読み合わせの最中に中座した者が二人いたことを思い出した。

まず汐音が僕の視線に気づく。

「汐音さ、読み合わせの途中で十五分くらい席を立ったよな」

「トイレだって、ちゃんと言ったじゃない。それがどうかしたの」

部室から体育館まで普通に歩いて五分、往復で十分。走ればもっと時間を稼げる。その時間内で大輝をステージから突き落とすのは可能かどうか——。

汐音と大輝がステージ上で揉みあう光景を思い浮かべてみたが、どうにも違和感があった。

僕は次に、拓海の方へ視線を移した。

「拓海も汐音と同じくらいに部室を出ていったよな」

「俺も小便だって言ったじゃんか」

拓海は心外そうに唇を尖《とが》らす。

「さっきから聞いてりゃ何のつもりだ、慎也くんよ」

さすがにいつものお調子者ぶりは鳴りを潜めていた。

「刑事みたいにあれこれ訊きまくって。これは事故じゃないって思う訳か。うん？」

「お前、やっぱり俺を疑ってるのか」

翔平に飛び火した。

「じゃあ慎也、逆に答えろ。何で俺が大輝を殺さなきゃならないんだよおっ」

「そんなこと言ってないだろ」

「お前の喋り方はそう聞こえるんだよっ」

落ち着きを失っていたところに、微妙な部分を刺激してしまったらしい。翔平は顔を少し赤くして僕に食ってかかる。青くなったり赤くなったり、忙しいことだ。

「僕が訊かなくたって、どうせ警察が同じことを訊く」

「だからってお前が刑事ぶるこたあないだろおっ」

収まりがつかない様子で翔平は腰を浮かせる。剣呑な雰囲気に変わったのが肌で分かった。

こんな場合に殴り合いなんて勘弁してくれ——そう思った時、部室のドアを開けて救世主がやってきた。

壁村先生だった。

「あなたたち、いったい何やってるの」

半ば呆れ半ば怒ったような言葉で、爆発寸前だった翔平は水を掛けられた犬のようにおとなしくなる。

「後輩があんなことになったというのに……でも……まあ、そういう気持ちにもなるか」

壁村先生は小さく嘆息すると、僕に向き直った。

「さっき到着したばかりの刑事さんが一人ずつ話を訊きたいんだって。最初は高梨くんよ」

聴取に指定された場所はまたぞろ図書室だった。

時刻は既に八時を過ぎている。親元には壁村先生から事情説明がなされているので心配をかける惧れはなかったけど（いや、別の心配をさせる可能性はあった）、こんな時間に図書室を訪れるのは初めてだった。

夜の図書室は一種、異様な雰囲気だ。暗闇の不気味さと書物のいかがわしさが呼応し合うせいかも知れない。その異様な図書室に二人の警察官が待ち構えていた。

一人は言わずと知れた公彦兄。そしてもう一人は整った顔の、と言うかアクション俳優みたいに彫りの深い刑事だった。

「先輩、彼が演劇部の高梨慎也。で、こちらは僕と同じ班の先輩で宮藤賢次《くどうけんじ》さん」

公彦兄の紹介で僕はぺこりと頭を下げる。同じ班ということは宮藤刑事も捜査一課なのだろうけど、公彦兄よりはずっとそれらしい風貌だ。

「この子か。お前がエスにしている従兄弟というのは」

「エスというよりは共同戦線みたいなものです。雨宮楓の時には、最後に会うはずだった人物ですから。彼も事件の解明を必要としている一人です」

話の内容から察するに僕と公彦兄との契約は知られているようだ。

「いくら従兄弟とはいえ、こんな子供を巻き込むのは俺の流儀に反するんだが」

「巻き込むというか、もう自分で飛び込んじゃってるんですよ。突然演劇部に入るなんて言い出したのは彼の方なんですから」

ふう、と宮藤刑事は諦めたように息を吐く。

「今更言っても始まらんか。まあいい、生徒からの情報が欲しいのはその通りだからな」

「慎也、ちゃんと訊き込みできたかい」

「ひと通りはね。でも公彦兄。交換条件忘れるなよ。もう検視とか鑑識とか入ってるんだろ。分かったところまで教えてよ」

宮藤刑事が妙な顔をして睨むので、仕方ないという風に公彦兄が僕との約束を説明する。

「おい、いくら何でも民間人だぞ。それなのに捜査情報を洩らしていいと本気で思っているのか」

「本人の身を護るための最低限の情報ですよ。それに先輩も彼をエス呼ばわりしたじゃないですか。エスだったら大抵踏み込んだ話をするのが普通でしょう」

「……お前はそういうところが変に律儀というか緩い解釈というか」

「まあ、まず話を訊きましょうよ」

「待ってよ、公彦兄。僕から話す前にこれだけはっきりしてくれ。大輝は事故だったのかよ。それとも事故じゃなかったのかよ」

「まだ結論は出ていない。検視の結果、大輝くんの死因は頸椎《けいつい》骨折に伴う頸髄《けいずい》損傷だった。あのステージは床から百六十センチの高さにあるけど、そこから後ろ向きに墜落し、こう無理にお辞儀をするような形で激突したらしい。こんなことはあまり慰めにはならないけど、本人には苦痛を感じる間もなかっただろうね」

苦しまなかったのはせめてもの慈悲に思えた。

次の言葉を聞くまでは。

「ただ事故死と片付けるには少し無理がある。ステージの上でフットライトの作業をしているなら、当然墜落の危険性は考慮するはずだ。わざわざ落下しやすい端に立つなんて考えにくい」

僕も同じことを考えていた。

「そこで思いつくのが昇降式の前段ステージだ。普段はあまり使わないそうだね」

「うん。ステージを雛壇《ひなだん》みたいにする時くらいだね」

「大輝くんの遺体があったのは、まさにその前段ステージだった。さっき実験したんだけど昇降の際の音、かなり抑えられているね」

　去年、演劇部がコンクールで優勝して昇降部分がメンテナンスされた。音が静かになったのはその時からだった。

「おまけに大輝くんは作業中、ずっと携帯オーディオで音楽を聴いていた。ひょっとして前段ステージの昇降音も聞こえなかったんじゃないのかな」

「それじゃあ……」

「前段ステージも上がりきった状態ならフットライトはほぼ中央。墜落する心配はまずないから本人も油断している。ところが作業に夢中になり音楽で外部の音を遮断された状態で、前段ステージが完全に降りてしまったらどうなる？　本人の立ち位置によっては背中のすぐ後ろが断崖絶壁の格好になる。不意に落とされたら、それこそ受け身もできない」

　ぞっとした。

　立派な殺人じゃないか。

「もちろんそれは可能性の一つに過ぎないのだけれどね。さて、今度はそっちの話を聞かせてくれないか」

　僕は部室に戻ってからの経緯を二人に伝える。何より重要なのは演劇部員のアリバイだと思っていたので丁寧に説明したつもりだったが、二人が一番興味を示したのは別の部分だった。

「サリエリだって？」

最初に訝しげな声を上げたのは宮藤刑事の方だった。

「本当に大輝くんはそう言ったのか」

「ええ。でもサリエリって誰なんですか」

「君は『アマデウス』という映画を観たか」

「いいえ。でもタイトルだけは。確かモーツァルトの話でしょ」

「サリエリはその時代、オーストリア皇帝に仕えた宮廷楽長だ。映画ではモーツァルトの才能に嫉妬した凡人として描かれている……。アカデミー賞を獲った映画だぞ。本当に観てないのか。演劇部だというのに」

妙に映画に詳しい刑事だと思いながら、僕は首を横に振る。

「これは史実ではなく、あくまで噂と映画のストーリーなんだが、サリエリはモーツァルトへの嫉妬に苦しむあまり、彼に毒を服《の》ませる。大輝くんによれば、演劇部の中で楓さんはモーツァルトのような存在だったんだろ。それならサリエリに当たる人物が彼女に毒を与えたという意味にも取れる。もっともこの場合、毒というのは麻薬を指すんだが」

3

モーツァルト雨宮楓に毒を服ませたサリエリが演劇部の中に存在している――宮藤刑事の放った言葉は、しばらく僕の脳裏から離れなかった。

仮に宮藤刑事の見立てが正しいとするなら、大輝は楓に麻薬を渡していた人物を知っていたことになる。そう考えると、楓のことで僕に告げようとした件にも見当がつく。大輝はその人物が誰なのかを僕に教えようとしたのだ。

ただし、これらの推測はあくまでも宮藤刑事の見立てが正しいことが前提だった。当の宮藤刑事も「早計は禁物だ」と釘を刺すのを忘れなかった。

それでも僕は、その解釈が妙に腑に落ちたのだ。

学校に残っていた者の聞き取りが終わると、僕たちは全員家に帰された。遠方の生徒には先生が同行したが僕は一人で家路に就いた。その方が僕にとっても都合よかったからだ。

公彦兄たちと別れた後、僕はようやく自分が大変で、厄介で、深刻な事件の渦中に放り込まれているのを実感していた。だから一人で考える時間が欲しかった。そして、こんな時ほど家族からの質問が鬱陶しいこともない。

「ねっ、ねえっ。これってどういうことよ。今しがた学校から連絡があってまた死亡事故があったってどうしてこんなことが立て続けに起こる訳もうわたし何が何だか」
「頼むからさ。刑事さんから色々訊かれて疲れてんだよ。まず何か食べさせるか風呂に入らせて」

母親からの質問攻めを何とか躱し、入浴を終えてからそのまま自分の部屋へ直行する。ベッドの中に入ってしまえば、そこはもう母親でも不可侵地帯だ。

ついさっきまで喋っていた相手が動かぬ死体になる。改めて非常識な話だと思う。そんな出来事が二度も起これば現実感さえ危うくなりそうなのに、踏みとどまっていられるのはきっと『猫の話』が頭にあるからだろう。

死は意外と身近にあり、厳粛なのに卑近で、そして呆気ない——梅崎春生がそれを教えてくれたお蔭で、僕は平静を保つことができるのだと思う。

別れ際、宮藤刑事は真剣な顔でこう言った。

『葛城が半ば独断で君をエスにしてしまったことは軽率だったかも知れん。しかし、いったん首を突っ込んだからには最後まで与えられた仕事を遂行してもらうぞ』

僕の方に否はない。演劇部というごく狭い人間関係の中で発生した二つの事件。作戦とは言え、その人間関係に巻き込まれている本人としても指を咥えて見ているだけでは嫌だ。

まだある。僕は楓と大輝から宿題を与えられた。これを解かないことには、まるで二人に借金をしたみたいでどうにも落ち着かない。

取りあえず明日も授業はある。警察の捜査も続くだろう。今のうちに寝ておかなくてはと思うのだが、目も頭も冴えて一向に睡魔が襲ってこない。

チクショウめ。

授業はあるだろうけど、どうせ学校の内も外も大騒ぎになるに違いなかった。それこそマスコミは大騒ぎだろう。僕と瑞希に纏わりついた宮里というクソレポーターの顔が脳裏にちらつく。あの女をはじめとして、有象無象の報道関係者が大挙して学校に押し寄せるのは目に見えている。

誰かが泣いている時、それを嗤《わら》う者がいる。

誰かの不幸を自分の幸福にしている者がいる。

せめて自分だけはそんな腐った人間になりたくないと念じながら、僕は明日すべきことを考えていた。


翌朝、学校に向かうと、案の定校門には制服警官と報道陣で黒山の人だかりができていた。制服警官は先生たちとスクラムを組むような陣形で、登校する生徒を校内に入れている。対する報道陣もさすがに生徒一人一人にマイクを向けるような無法は控え、ただカメラを向けているだけだ。

多少は遠慮しているようだ。それでもずらりと並んだカメラの放列は、どうしても忌ま忌ましいものに映る。今、手許に消火器があったらカメラの放列に向けて発射したい気分だった。

校門を潜ったら潜ったで別の騒ぎが待ち構えていた。昨夜の事件を知らされたばかりの生徒が、好奇心ではち切れそうな顔をして拓海と瑞希を取り囲んでいたのだ。

「おーしえろよー拓海い。お前ら演劇部が残っていた時に起きた事故なんだろ。一年坊主がどんな風に死んでいたとかさ、死ぬ前にどんな会話したとかさ」

「大体さあ、楓に続いて二人目っしょ? 演劇部での人死に。いったい演劇部ってどんだけアブないところなのよ。ねえ瑞希ったらあ」

楓の時はともかく、今度は下級生が被害者のせいか遠慮がない。とにかく自分たちが満足できるような話をしろと迫っている。いつもは軽薄な言動で皆を煙《けむ》に巻いている拓海も、いざ自分が話題の中心になると勝手が違うらしく、ウンカのように集《たか》るクラスメートに圧倒されている。

そのウンカの一人が僕に目をつけた。

「あっ、そう言や慎也も演劇部員だったんだよな。新入部員でもやっぱり感じるものってあるだろ。その辺のとこ、どうなんだよ」

正直クラスメートをウンカ扱いする方も褒められたものじゃない。それは分かっていたけれど、まともに相手をする気は更々なかった。

「ええっと。答えてもいいけどさ。その代わりお前の小遣いから貯金通帳、それからスマホとか全部くれないか」

「な、何、言い出すんだよ」

「だって他人の心に土足で踏み込むんだよ。それくらいの出費は覚悟してもらわないとね」

彼は僕を気味悪そうに見ると、その場から離れてしまった。すると他の者もきまり悪そうにぞろぞろとそれに従う。

後には瑞希と拓海が残された。

とりま、と拓海が口を開いた。

「一応、俺らを助けてくれたのかな」

「いいや。ああいうのが嫌いなだけだよ」

「……慎也くん、何かキャラ変わったんじゃねーの」

「別に変わった訳じゃないよ」

僕を見る瑞希の目が、何故か不安げな色をしていた。

「強いて言うなら、人が嫌いになりつつある」

授業が始まる前、緊急に全校集会が開かれた。話のネタは言わずと知れた昨日の事件だ。

『昨夜、またも痛ましい事故が起きてしまいました。立て続けに二件。もちろん開校以来の出来事であり、教職員一同深い悲しみに沈んでいます』

蜂屋校長の声は明らかに上擦《うわず》っていた。前回のような悲痛さは影を潜め、代わりに焦燥めいた響きに聞こえたのは僕の錯覚なのだろうか。

『亡くなった一年の一峰大輝くんは明朗快活な人柄で成績も優秀、またクラスの活動にも並々ならぬ熱意で……』

大輝についての称賛が延々と続く中、僕は校長があるワードを注意深く避けているのに気づいた。

〈演劇部〉だ。校長はひたすらそれに触れまいとしている。考えてみればそれも当然で、二人の死者がともに演劇部に所属しているのを全校集会で公言することが生徒に要らぬ憶測を喚起させるとでも判断したのだろう。

でも、それは何の役にも立たない配慮だった。この集まりが終わって一時間もしないうちに、大輝も演劇部員であったことは全校生徒が知るに違いない。

そして終盤、校長の説明は気になる話に移った。

『前回と同様、この事故に関しても警察の捜査が入ります。教職員ならびに一峰くんと交流のあった生徒は事情聴取を受けることになりますが、全面的に協力してあげてください』

おや、と思った。

警察の捜査は鵜飼理事の介入で矛先が鈍ったはずじゃなかったのか。また中途半端に捜査を終わらせるつもりなのだろうか。

違和感を漂わせたまま校長の説明は終わった。前のような怒号は起こらず、ざわめきも聞こえない。

居並ぶ生徒たちの顔には疑念と失望、それから校長に対する侮蔑が浮かんでいた。

全校集会が終わって教室に戻ると、担任の室田が現れた。

「急な決定で済まんが、前にやった警察の聞き取り調査を再開する。この間聴取した最後からの続きだそうだ」

途端に、教室には驚きの声とブーイングが上がる。その音量がひときわ大きくなったところで、室田先生は黒板を平手で打ちすえた。

ばんっという音で教室は水を打ったように鎮まる。

「騒ぐな、小学生じゃあるまいし。今、学校が緊急時だってことくらい分かるだろう。続けざまに二人も生徒が死んでいるんだ。二人のために少しだけ時間をくれてやってもバチは当たるまい」

クラスメートたちが渋い顔のまま黙り込むのを見ながら、僕は前回とは違う流れになっていると感じていた。

一連の動きを解説してくれたのは、教育実習生で従兄弟で刑事という、もはやどう扱っていいのかさっぱり分からなくなった公彦兄だった。

「つまり警察ＯＢ議員の神通力が作用したのも、一人目の犠牲者までだったってことさ」

僕の部屋がよほど居心地いいのか、公彦兄は椅子を跨《また》いですっかり寛いでいる。

「連続で二人も死ぬなんてのはそうあることじゃない。しかも前回の捜査で浮上した薬物絡みも関連している。もうソフトランディングできるような話にはならないし、下手に隠蔽して、今度は自分が痛くもない腹を探られたら敵《かな》わない。鵜飼理事はそう判断したんだろうね。同時に理事会も横っ面をはたかれた。このまま放置していたら碌でもない風評が流れて来年の入学者数に影響が出る。この際、徹底的に捜査してもらうべきだ、とね」

「見事な手の平返し」

「まともな判断に立ち返っただけだよ。まあ、二つ目の事件が発生するまでまともじゃなかったのも大概なんだけど」

「理事会の面々をまるで幼児扱いするんだな」

「危険を危険と察知できないなら、幼児扱いされても仕方がないだろうね」

やはり理事会の横槍が業腹だったのだろう。公彦兄の物言いはいつになく辛辣だった。

「でも待ってよ。さっき公彦兄は一人目の犠牲者って言ったよな。っていうことは大輝も誰かに殺されたと考えているのか。事故と事件の両面から調べているんじゃないのか」

「もちろん事故の可能性も捨てきれないよ。だけどこの短期間で同じ演劇部に所属する二人が似たような死に方をしたんだ。偶然と片付けるにはいささか無理がある」

それは僕も薄々考えていたことだったけど、いざ担当刑事の口から聞くとやっぱり胸に澱《おり》が下りた。

「その見解は鑑識が何かの証拠を掴んだからなのか」

「ステージの昇降ボタンはどこにあるか知ってるかい」

「学校関係者なら大抵知っているよ。ステージ裏にある制御盤の隣だ」

「そのスイッチだけど、何者かが指紋を拭き取った痕跡があった」

穏やかな口調が尚更きりきりと迫ってくる。

「ステージ周辺には無数の足跡と毛髪が散乱していたらしいが、それは大して重要じゃない。スイッチに拭き取った跡があったのは、そこから指紋を採取されては都合が悪かったからだ。この事実だけでも充分事件性を認めることができる。それで肝心の部員たちのアリバイはどうだった？」

僕は事件発生直後に問い質《ただ》した結果を洩れなく報告する。

「ふうん。つまり読み合わせの最中に中座したのが汐音ちゃんと拓海くん。かがりさんは教室にいた、と」

拓海は汐音と擦れ違いだったと証言している。部室に一番近いトイレは本館の端にあるのだけれど、これは体育館とは逆方向になるから、期せずして汐音と拓海は互いにアリバイを証明しあったことになる。

「かがり先輩は教室から体育館に行く途中で壁村先生と鉢合わせしている。手には衣装を抱えていたから、かがり先輩のアリバイは壁村先生が証明したことになる。つまり演劇部員のほとんどは相互にアリバイを証明しているんだ」

「ほとんど。つまり慎也は誰か特定の人間を疑っている。それは大輝くんのすぐ近くにいた翔平くんのことかい」

図星だったので黙っていた。

「男子バスケの部員が練習を終えると、体育館に残ったのは大輝くんと翔平くんの二人だけ。確かに疑おうとすればどれだけでも疑える。でも、実を言うと翔平くんには目撃証言がある」

「どんな」

「大輝くんの遺体を最初に発見したのは誰だったか聞いていないの？」

「少なくとも演劇部員じゃないよな」

「近い。死体の第一発見者は壁村先生だ。閉門の時間が近づいたから部員たちの様子を見に巡回していたらしいね。そして体育館に入ったところ、ステージ下に倒れている大輝くんを発見した。そこへフライズから下りてきたばかりの翔平くんと顔を合わせる。翔平くんは大輝くんを見るなり碌に話もできない状態になったので、壁村先生は人を呼ぶために体育館を出た。かがりさんが壁村先生と鉢合わせをしたのはこの直後だ」

話を聞いている最中に思いついたことがあったけど黙っていた。

だけど幼馴染の従兄弟というのは癪に障る。公彦兄は僕の顔を覗き込み、納得顔で頷いた。

「慎也の言いたいことは分かるよ」

「簡単に分かるなよ」

「翔平くんがフライズから下りるタイミングを見計らっていた可能性もある。つまり前段のステージを降ろしきって大輝くんを突き落とすか転落させるかしてから、再びフライズに戻る。後は誰かが体育館に入ってくるのを待ち構えて、慌てて下りてきたふりをする……そういうことだろ？」

図星なので、これも黙っていた。

「もちろん、そういう偽装が有り得るのも織り込み済みだよ。ただしそれを言い出すと、壁村先生のアリバイだって怪しくなる。壁村先生が前段ステージの昇降ボタンを押し、大輝くんが転落するまでをどこかから見る。そして翔平くんがフライズから下りてきたタイミングで遺体に駆け寄ることもできない話じゃないからね」

意表を突かれた。

壁村先生が犯人という可能性は全然頭になかったのだ。

「動機はさておき、殺人のチャンスと方法ということに限れば壁村先生も決して安全圏にいる訳じゃない。同じことはかがりさんにも言えるよ。彼女はずっと教室で衣装の裁縫をしていたと言うけど、それだって証人はいない。かがりさんが体育館に忍んで昇降ボタンを押し、教室へ取って返す。後は大輝くんが転落するのを遠く離れた場所で待ち続ける。そういう可能性だってある」

「……よくもまあ、そこまで疑えるよな」

「悲しいかな、そういう職業なんでね。要は誰もが確固たるアリバイがあるようで、ない。極端な話、誰にも見咎められずに昇降ボタンを押してしまえばいいだけのことだからね」

「学校、これからどうなるんだろ」

「決して愉快な方向にはならないだろうな」

公彦兄はゆるゆると首を振る。

「全校集会での蜂屋校長なんてとてもじゃないけど見ていられなかった。今まであの人が平静を保っていられたのも理事会の後ろ盾があったからだけど、今やそれもなくなった。あんな及び腰じゃあ警察はおろかマスコミからの攻勢にもどれだけ耐えられるか」

「まあ、アレじゃ無理かな」

「気の早いマスコミは既に連続殺人の線で動き出している。麻薬が絡んでいるならもっと大きなスキャンダルにも発展する。生徒のみならず教職員にもマイクやカメラが襲ってくる。それを止める手立てを校長は持っていない。本来なら保護者会と連携を図って生徒を護らなきゃいけないはずだけど、ああまで腰が引けていたら言いなりになっちゃうだろうなあ」

僕は少し驚いて話を聞いていた。蜂屋校長に対する公彦兄の人物評が的確過ぎるほど的確だったからだ。

僕たちはもう二年越しだったから蜂屋校長の人となりを熟知している。生徒や先生の前では体面を繕っているが、中身がヘタレであることはとうにバレている。それを公彦兄はものの数日で見破ったのだから、やはり刑事の観察眼というのは侮れない。

「殊に慎也の場合はもっと深刻だ」

「どうしてさ」

「二人も死者を出した演劇部がこのままスルーされると思うかい」

えっ。

「警察でなくても演劇部内が怪しいと思う。そんな集団を放置しておいたら第三の事件が起きるかも知れない。文化祭での発表どころか全ての活動を中止、下手すれば廃部にしてしまえなんて無茶な話だって出る」

「そんな馬鹿な。事件と文化祭には何の関係もないじゃないか」

「うん、全然関係ない。それでも〈諸事情を考慮して〉批判されそうな要素は片っ端から潰していく。頭の悪い大人ほどそうする傾向がある」

公彦兄が帰った後、僕は最後に聞いた台詞を何度も反芻《はんすう》していた。

演劇部の廃部だって？

文化祭での発表中止だって？

ふざけるな。


人間というのは強い衝撃を受けても、受け手側の感覚が麻痺していたら反応速度が遅くなるものらしい。翌日の学校がちょうどそんな感じだった。

教室に入るなり、僕はクラスメートからの異様な視線を察知した。決して錯覚ではない。昨日までの野次馬的な視線が、今日は明らかに胡散臭《うさんくさ》いものを見る視線へと変わっていたのだ。

瑞希と拓海と汐音は窓際に追いやられるように立っていた。きっとそれまでも無遠慮な視線に責められていたのだろう。三人とも僕を見つけるなり手招きした。

「慎也くんよ。我らの受難の日々が始まったぞ」

軽口はそのままに、いくぶん深刻そうな顔をして拓海が言う。

「何て言うか、すごい変わり身って言うか、今朝来てみたら誰も挨拶しかしないのよな。俺らと会話して仲間と思われたら災難、みたいな。今更高校生になってまでイジメ気分味わうとかないわー」

「イジメとか、そういうのホントにありなのかよ」

「と言うよりは君子危うきに近寄らずって感じ」

瑞希には珍しい仏頂面だった。

「美樹《みき》とか理佐《りさ》とか、あからさまに避けてるのよ。分かりやす過ぎて逆に笑えてくるくらい。別に虚勢張るつもりはないけど、今後の付き合い考えていく上でいい踏み絵になった」

「他のクラスの部員も同じ扱い受けているのかな」

「さっき翔平くんのクラス覗いてきたんだけど、こっちよりヒドいよ。半径何メートルかに誰も近づこうとしてなかった」

体育館で大輝と残っていたのは翔平一人きりだった。そんな情報が昨日のうちに拡散したらしい。全く、ネット要らずの情報網だ。しかもネットより噂に尾鰭がついているに違いない。

「今日の段階じゃ最有力の容疑者だけど、明日になったらどこかのテロリスト並みの扱い受けるかもな」

ちょっとした冗談のつもりだったけど三人はくすりとも笑わなかった。

今まで平穏や安心は空気みたいなものだった。あって当たり前、どこまでも永続するものだと思い込んでいた。

でも大間違いだった。

平穏や安心なんて、たった一つの噂、たった一つのデマであっという間に粉砕されるのだ。

「それとな、も一つ嫌な話がある」

これ以上まだ何かあるのか。拓海の言葉に僕はうんざりした。

「喜んで悲しめ。一時限目は自習になった。何でも緊急の職員会議らしい」

「……嫌な予感しかしないんだけど」

「禿同。十中八九、議題は事件対応と演劇部の扱いの鬱展開だろ」

昨夜の公彦兄の予測は早くも大当たりという訳か。どうも当たってほしくない予想ばかりが実現していくみたいで嫌になる。

結局六時限目が終わるまで、僕は周囲の視線が気になって授業に集中できなかった。もっともそんな視線責めにされなくても、集中なんかできなかっただろうけど。

公彦兄の予測通り不快な一日だった。しかし一番不快な話は放課後に待っていた。

少し遅れて部室に赴くと、壁村先生と部員全員が揃っていた。先に来ていた瑞希と拓海、汐音と翔平はまるで通夜の席にいるような顔だ。

「……あんまりいい雰囲気じゃなさそうだな」

僕が座ると、瑞希がひと言で説明してくれた。

「壁村先生、職員会議で集中砲火浴びたって」

「今日ほど自分の無力さを思い知った日はない」

壁村先生は無念そうに言う。

「二人も死人が出たのは演劇部の運営、延《ひ》いては顧問の指導方法に問題があったのではないか。コンクールでの実績を重視するあまり、集団行動と規範を尊ぶ課外活動の趣旨が蔑《ないがし》ろにされているのではないか……まあ、こんな調子さ」

「コンクールの実績を重視したのは学校側じゃないですか。予算増額してくれたり、入学案内のパンフで大きく取り扱ったり」

「手柄は自分のもの、失態は他人のせい。そういう輩はどこにでもいる。肩書きのついている人間ほどその傾向がある。肩書きを取られまいとして保守的になるからだろうね」

よほど腹に据えかねているのか、壁村先生もいつになく尖っている。

「そんな風に責められたんですか」

「こんな時こそ教職員が団結しなきゃいけないのに犯人捜し……この場合はトラブルの元となった人物ではなくて管理責任を負った者という意味だが、そういう人間の落ち度を探すのに躍起になっている」

「責められたにしては、へたっていないように見えるけど」

「途中から馬鹿馬鹿しくなった」

壁村先生は腕を組んだまま傲然《ごうぜん》と胸を張る。

「雨宮が自殺であったり一峰が完全な事故死であったりすれば、もちろん部顧問のわたしにも責任がある。それについて逃げ隠れするつもりはない。だが実際はそうじゃない。雨宮は自殺するような人間じゃないし、同様に一峰もうっかりステージ下に墜落するような不注意な人間じゃない」

「じゃあ、先生は二人が誰かに殺されたと考えているんですか」

壁村先生はじろりと僕を睨む。

「そうは言っていない。ただ責任を誰か一人に被せればそれで全てが解決すると思い込んでいる連中があんなに多いとはな。その上、一番無意味な結論を出しにかかった」

「何です、それ」

「演劇部の廃部と文化祭での発表中止」

既に織り込み済みだったので、さほど驚かなかった。驚いたのは、むしろ公彦兄の読みの確かさだった。

「演劇部さえなくなれば原因は根絶される。文化祭で発表さえしなければ世間からあれこれ言われることもない。冗談みたいな話だが、本気でそう考えているみたいだ」

「馬鹿みたい」

汐音の呟きに拓海が反応する。

「みたい、じゃなくて本物の馬鹿なんだよ。何で先生って、担当する教科以外については」

「拓海。聞かなかったことにしてやるから、それ以上喋るな」

壁村先生の叱責に、拓海は渋々黙り込む。だけれど拓海が言いかけたことはこの場にいる者の声を代弁していたらしく、全員が同じ顔だった。

「それで、結論はどうなったんですか」

「時間切れで議題は持ち越しになった」

僕はいったん安堵するとともに、時間切れにした功労者は壁村先生に違いないと推測した。

「警察の捜査が再開したばかりだから、そっちの様子を見ながらという、まあ微温湯《ぬるまゆ》に浸《つ》かったような結論だ」

態度保留は有難いと思ったけど、様子見を決め込んだ職員会議にはほとほと呆れ果てた。動かずにいるほど楽なものはない。他人を批判し、騒動を傍観し、ああでもないこうでもないと口だけ動かす。

ただし傍で見ていてこれほどカッコ悪いものもない。

「以上説明した通り、学校としては演劇部に対してすぐにどうこうしようという決定はしていない。しかし今までと同様の自由裁量を許すつもりもない。本音は廃部にしたいから、何か少しでも不備や不手際が生じたらそれを根拠に叩きにかかるだろう」

またしても空気が澱《よど》みかけた時、不意に場違いなほど軽い声が上がった。

「えっと。提案」

声の主は拓海だった。

「そーゆーチキンて言うか風見鶏《かざみどり》みたいな先生たちには、いっちゃん有効な対抗策があるんスけど」

そして拓海は驚くべき名案を開陳《かいちん》し始めた。

4

一連の事件は生徒の保護者たちにも動揺を与えたようで、二回線ある学校の電話は質問と抗議で鳴りやむことがなかったという。

学校が保護者説明会の開催を決定したのは職員会議の直後だったので、この経緯からも学校の狼狽《ろうばい》ぶりが分かろうというものだ。

説明会は平日の夜に行われた。学校側はとにかく早期に開催しようという心積もりだったのだが、一部の保護者からは大勢を出席させないための姑息な手段だとそれさえも糾弾のネタになったらしい。

説明会の対象は保護者たちなので当然生徒の参加はない。従って以下に記したのは説明会に顔を出した公彦兄からの伝聞だ。

説明会は最初から不穏な空気が漂っていた。それもそのはず、学校側が保護者会を開く前に、常盤台高校の連続不審死はマスコミによって面白おかしく取り上げられていたからだ。さすがに校内にテレビカメラが入ることはなかったが、狡猾《こうかつ》で機動力を誇る彼らは登下校中の生徒を捕まえ、保護者たちを自宅で急襲し、楓と大輝宅の近隣を徘徊《はいかい》した。得られた情報には根拠が薄弱だったり憶測の域を出なかったりするものもあったが、そんな些末事《さまつじ》に配慮する彼らではない。常盤台高校の名は一夜にして全国的に知れ渡ってしまい、保護者の大多数はそれを決して歓迎しなかったのだ。

「この度は急にお集まりいただき、まことに申し訳ありません。校長の蜂屋です。今日はこの学校が見舞われた度重なる不幸についての説明をしたく急遽《きゅうきょ》、保護者の皆さんに通知を発送しました……」

それから校長は楓の事件から大輝の事件に至るまでの経緯を掻《か》い摘《つま》んで説明したが、説明に終始するあまり学校側の方針に言及しないことが保護者たちの不評を買った。

「ちょっとよろしいか」

校長の説明をぶった斬って手を挙げたのは年嵩《としかさ》の男性だった。

「まだ、話の途中で……」

「途中も何も、校長が長々と喋くってたことはニュースやら何やらで見聞きしたことと寸分違わん。仕事でいい加減疲れておるのにわざわざここまで足を運んだのは、学校がこの連続不審死をどう考えておるのか聞きたいからだ。それなのに校長はひと言も触れようとせん」

体育館に集められた保護者たちの多くが賛同の意で頷いてみせた。

「第一、この体育館は一峰くんという一年生が亡くなった場所だろう。説明会を開く前に黙禱《もくとう》の一つも捧《ささ》げるのが当然じゃないのかい」

たちまち校長の顔色が変わった。

「こ、これは大変失礼をしました。それでは、その、遅れてしまいましたが決して失念していた訳ではなく」

「いいから早く始めなさいよ」

こうして参加者一同が一分間の黙禱を捧げたが、このひと幕で蜂屋校長の面目は大きく潰れてしまった。

いったん潰れた面目はすぐには回復しない。弱り目に祟《たた》り目、ライフが激減した校長はこの後も防戦一方となる。

「最初に女子生徒の事故があった際、どうして説明会を開いてくれなかったのですか」

「一部マスコミは違法薬物が絡んでいると報道していたが、それは事実なのか。もし事実なら、何故それを最初に報告しない」

「まさか事なかれ主義に走ったんじゃないでしょうね」

「教育委員会にはどんな体裁で報告したんですか」

矢継ぎ早に繰り出される質問はまるで矢のように校長へ突き刺さる。質問といいながらその大半は抗議に近いものなので、校長はひたすら頭を垂れるしかない。

「雨宮楓の父親です」

彼がそう名乗った途端、会場はしんと静まり返った。

「娘の死が意外な形で保護者の皆さんに波及してしまったことをまずお詫《わ》びします。ただ十七の娘を失くした父親として居ても立ってもいられず、この場に参上しました」

楓の父親は立派だった。感情が迸《ほとばし》るのを、必死に堪えているのが言葉の端々に表れていた。

「先ほどどなたかが言われたが、娘が亡くなった直後にどうして学校側から説明がなされなかったのか。今もまた一年生男子が亡くなったというのに、学校側の報告は報道機関よりも遅れている」

校長は汗で額を光らせながら答える。

「それはですね、警察の捜査が入ったものですから、わたくしどももその結果を待とうと」

「ところがその捜査は中断した。生徒たちに行った聞き取り調査も半分まで達しないうちに中止になったと聞いています」

「それは、その」

「ある筋から聞いた話では学校理事の中に警察ＯＢの国会議員が名を連ねていて、彼の横槍で捜査が止まったらしい。件《くだん》の理事はこの場におられないようですが、それは事実ですか」

校長は汗を拭きながら、言葉を探しているようだった。楓の父親は尚も質問を続ける。

「言下に否定されないようなので、全くの噂ではなかったと前提して話を進めます。父親として情けない限りですが、わたしにも娘の死が事故だったのか事件だったのか、また自殺だったのかそうでなかったのか分かりません。違法薬物との関連もそうです。だからこそ警察による徹底的な捜査を望んでいたのに、いち理事の思惑で邪魔をするなど、絶対にあってはいけないことです。いささか穿《うが》った見方をすれば、その時に捜査を中断しなければ、二度目の事件は起こらずに済んだのかも知れない。それを考えた時、理事あるいは理事会の介入を許した学校側の責任は無視する訳にいきません」

楓の父親の言葉は多くの賛同を誘い、会場からは次々と同意の声が上がる。

「その理事が如何《いか》なる思慮で介入したのか、是非とも説明していただきたい」

「鵜飼理事は現在公務中でいらっしゃって……」

「鵜飼理事は議員としての公務で、この場には来られないと？　前途ある者たちの死が取り沙汰されているというのに、それに優先される公務とはいったい何なのですか」

「それはわたしには……」

「公務の内容も確認せずに問題の理事の欠席を認めたのですか、あなたは」

「いや、その」

蜂屋校長はまともな応答もできなくなってきた。

「改めて申し上げる。わたしの娘は死んだのだ。ある日、突然に。それまで親より先に死ぬなんて想像さえしなかったのに、家でも学校でも何の面倒も起こさず、模範生と称《たた》えられ、口幅ったいが無限の可能性に祝福されていた自慢の娘だった。それを校長は、あまりにも軽々に考えておられるのではありませんか」

「いやっ、いやいやいや、そんなことは決して……」

「それなら、何故捜査を中断させるなどという無体な話になったのですか」

触らぬ神に祟りなし——己の処世術を学校運営と混同させてきたツケが一気に回ってきた瞬間だった。校長から薫陶を得た他の教員も敢えて火中の栗《くり》を拾おうとしない。蜂屋校長は孤立無援の状態に立たされた。

するとと今度は、やや若い女性が静かに立ち上がった。

「一峰大輝の母親でございます」

会場には小波のようなざわめきが起こる。

「先ほどは大輝のために黙禱をいただき、ありがとうございました。家族を代表してお礼を申し上げる次第です」

大輝の母親は伏し目がちに、それでも一語一語をはっきりと口にする。ただしわざと気丈に振る舞っているのは、誰の目にも明らかだった。

「今の雨宮さんのお言葉はわたしの胸にも深く刺さりました。校長先生。どうして最初から警察の捜査に全面的に協力しようとはされなかったのですか」

「なにぶんにも、大学入試を控えた三年生もおり、生徒たちに要らぬ動揺を与えたくないという事情があり」

「二人の子供が死んだことが、要らぬ動揺だと仰《おつしや》るんですか」

蜂屋校長は口を半開きにした。間近で観察していた公彦兄には、まるで地雷を踏んだような顔に見えたという。

「今までの質疑応答にしてもそうですが、あなたからは一度も人命の尊さに触れた言葉がありません。あなたは学校の体面と生徒の命とどちらが大事なんですか」

大輝の母親は、ここでぐっと言葉を詰まらせた。

「口さがないニュース番組では大輝と雨宮楓さんの間柄を、ひどく下品な物言いで囃《はや》していています。亡くなったとはいえ、そうした生徒の名誉を護るために学校は何をしてくれたんですか。ただ騒ぎが収まればいいと、指を咥えて見ていただけじゃありませんか」

「いや、あの、それは」

「全校集会の場で、あなたは大輝の人柄を明朗快活と仰ったそうですが、あの子はどちらかといえば穏やかな性格で、快活というよりはもの静かな子でした。あなたはいったい、生徒の何を見ていたのですか」

校長が教壇に立つことはないので、生徒各々の情報は担任から吸い上げるしかない。蜂屋校長はその作業すら怠っていたことが、これで露見した。

「あなたは教育者失格です」

母親からの断罪に、蜂屋校長は見苦しいまでに狼狽する。おそらくこの時点で彼の思考回路は逃げ道を探すのに手一杯だっただろう。

そして粗忽者《そこつもの》が焦った挙句に手を出すのは、大抵最悪の選択肢だ。蜂屋校長は見事に上擦った声で、高らかにこう宣言した。

「問題は、あまりに実績を求め過ぎた部活動に起因しています。昨今の報道でも指摘されているように行き過ぎた指導、無理に無理を重ねた課外活動は教育の原理原則から甚だしく逸脱しております。体育系も文化系も同様です。従って学校としましては文化祭の中止と、演劇部の廃部を視野に入れて協議する所存であります」

校長にしてみれば起死回生のひと声と思えたのだろう。明確な決定ができる責任者を演出したかったのだろう。

しかし会場には途轍《とてつ》もなく白けた空気が流れていた。

「あんた、何をトンチンカンなこと言ってるんだ」

呆れたような野次に、校長は茫然として二の句が継げなくなる。本日二個目の地雷を踏んだ瞬間だった。

「ネットであんな騒ぎになっているのに、演劇部を潰すとか文化祭を中止するとか、世論と逆行するようなことしてどうするんだよ。頭おかしいんじゃないのか」

「ネットで騒ぎになっているって……な、何がいったい」

「おいおい、そんなことも知らずに俺たちを呼んだのかよ。全く、世間知らずもいい加減にしてくれ。今朝方から演劇部員の一人が演劇部を存続させたい、文化祭を成功させたいっていうツイートを投稿したんだ。これに何千という反応があって、ネットではちょっとしたニュースになっている」

　野次の主の指摘で、慌てて校長は後ろに控えていた教師たちと携帯端末でネットを検索し始める。件のニュースはすぐに見つかった。

〈廃部まけねーぞ〉というワードがリアルタイム検索の上位にきており、トレンドになっているのだ。きっかけは〈けーはくヤロー〉というアカウント名を持つ投稿主が演劇部の存続を訴えたツイートだ。

『部員が事故で二人死んだ。演劇が好きで好きでどーしようもなく好きなヤツらだった。そうです、今ニュースでとりざたされている高校の演劇部です。それが今、学校側の都合で廃部にされかかってます』

『難しい理屈はわからないけど、演劇部つぶしたら一番かなしむのは、きっと死んでいった二人です。二人のためにも、演劇部続行したいです』

『まけねーぞ、チクショー』

　いつしか〈廃部まけねーぞ〉というハッシュタグがつき、現時点で三千以上リツイートされている。

「ここまで関心が高まっているのに廃部になんかしてみろ。校長のあんたがネットで叩かれるぞ。別の抗議電話も殺到する」

蜂屋校長の顔色は真っ青になっていた。


「……と、まあ説明会はこんな具合だったんだけどね」

公彦兄は僕の部屋で一部始終を話し終えると、悪戯っぽい目で僕を覗き込んだ。

「この〈けーはくヤロー〉って、間違いなく拓海くんだよね」

「うん。アイデアもあいつだよ。風見鶏みたいなヤツなら、こういう波風にいちいち反応するから絶対だって。ただここまで反応があったのは本人も予想していなかったみたいだけど」

「策士だよね。普段へらへらしているせいで余計にそう思える」

他人事ながら、褒められると悪い気はしなかった。

「校長はその場の雰囲気に押されて廃部を口走ったみたいだけど、結局はそれが仇《あだ》になった。お前は世間の動きも見ていなかったのかって大ブーイング食らって、廃部も文化祭中止も速攻で撤回せざるを得なくなった。保護者たちの前で約束しちゃったものだから、もう二度と引っ繰り返せない。哀れ三個目の地雷を踏んで火だるま状態」

実際、拓海がアイデアを開陳した時には実効性を疑う声もあったけど、カネのかかる方法ではない。どちらへ転ぶとしても演劇部に今以上のダメージはないと、半ば拓海が強引にやってのけたのだ。その点は拓海が慧眼《けいがん》だったと言える。

「お蔭で警察にも有利に働いたから一石二鳥だしね」

「それってどういうことさ」

「学校内に警察の手が入るのを嫌う人は結構いるんだよ。一種のアレルギーみたいなもんだね。ところが説明会では理事会の介入がクローズアップされたから、相殺作用で警察へのアレルギーが減殺された。前よりは捜査がしやすくなったんじゃないかな」

「表彰ものだ」

「うん。演劇部への影響を無視すればね」

「……説明して」

「これだけ派手に喧伝したんだ。今や演劇部は注目の的。学校の中にも外にも監視をつけたようなものだ。ちょっとしたことでも拡散するから、今までより自由裁量の幅は狭められる。ちょうど警察とは逆の立場になる」

「うへえ」

「ぼやかない。廃部を免れたんだから、それくらいは甘んじて受けないと。まあ廃部を免れたのはこっちにとっても有利なんだけどさ」

「どうして警察に有利なんだよ」

「慎也が演劇部員たちと接触するのを継続できるから」

何気ない口調だったけど、いきなり横っ面をはたかれたような気分になった。

「大輝くんが慎也に何を告げようとしたのか。大輝くんはどうして殺されなきゃならなかったのか。それを探るには、まだ慎也に内偵を続けてもらわなきゃいけないからね」

「折角、演劇部全体が二人の無念を晴らそうと頑張っている時に……」

「おや。すっかりミイラ取りがミイラになっちゃったのかい。うーん、気持ちは分かるけど最初に僕と交わした契約は忘れないでよ。慎也が入部する前に交わしたんだから、内偵の義務は友情に優先するんだよ」

「……契約書を交わした憶えは、ない」

「親族の間で一番強力なのは口約束だ。イタリアマフィアの血の掟《おきて》」

「ウチをそんなのと一緒にするな」


翌日、僕は昼休みに一年A組の教室を訪れた。知った顔はいないが、花が飾られていたので大輝の座っていた机はすぐに分かった。

「ちょっといいかな」

隣の席の女の子に声を掛ける。

「演劇部の高梨っていうんだけどさ。君、名前は？」

「校内ナンパですか」

違う、と答えると彼女は少しつまらなそうな顔をした。

「杏《あんず》。黒沢《くろさわ》杏です。ひょっとしたら大輝くんのことですか」

「ご名答。どうして分かったの」

「ナンパじゃなかったら、先輩がこの教室へ来る理由なんてそれくらいしか思い当たりませんから」

よく見ると目の大きな、可愛い顔立ちの子だった。賢そうだし、演劇部にスカウトしてみようか。

「大輝とはよく話したの？」

「席、隣だからそこそこには」

「あいつって行動範囲広かったのかな」

「それは文字通り移動距離のことですか。それとも交友関係のことですか」

「どっちも」

「じゃあ、どっちも狭かったと思います。家は学校から徒歩圏内だし、あたしの見る限りではこのクラスでもあたし以上に話した人はいませんでした」

「えーっと。まさか大輝と付き合ってたとか？」

「あ。そういうのは全然ないです。もっとも他の子が大輝くんを狙っていたみたいだけど、大輝くんはクラスの女の子なんか眼中になかったみたいで」

彼女が何を言おうとしているのか、すぐにぴんときた。

「ああ、あいつは楓の信者だったからね」

「よく知りませんけど……自分のこと眼中にないと知っている相手と話したい人も少ないですよ」

「クラスで浮いてたってことかな」

「浮いたら目立つじゃないですか。逆です。沈んでいたんです」

可愛いくせして結構、辛辣な言い方をする。

「でも、女子には割と人気あったんですよ」

「それって矛盾してないかい」

「なよっとして男子らしくなかったから、女子にも拒絶反応なかったんですよ。よく話さなくても、大輝くんを嫌う人っていなかったと思います。演劇部ではどうだったんですか」

「ごめん。僕はつい最近入部したばかりで、あまり話し込んだことはないんだ」

「あまり話し込んでいない後輩のことで、わざわざ教室までやってきたんですか」

前言撤回。ちょっと小憎らしく見えてきた。

「同じ部の後輩だから、変な噂を一つ一つ潰しにかかっている」

　悪戯っ気を出して顔を近づけてみせると、杏はどぎまぎしたようだった。

　前言再度撤回。やっぱりちょっと可愛い。

「演劇部が好きなヤツだったから、そんなことで発表の場を失わせたくないし、何より大輝に纏わりついている色々な疑いを晴らしてやりたい。大輝について何か聞いてる？」

「何かって……」

「妙なトラブルに巻き込まれたとか、本人が楓のことで何か不審な話をしていたとか」

　少しの間、杏は考え込んでいるようだったが、やがて力なく首を振った。

「すみません。思いつかないです」

「そうか。だったらしょうがない。迷惑かけたね」

　背中を向けようとした僕のシャツの裾を、華奢な指が摑んでいた。

「黒沢さん？」

「全然、迷惑じゃないです」

　声が湿っていた。

「あたし感情表現が豊かな方じゃないけど、それでも結構応えてるんです。つい昨日まで隣に座っていた友だちが急に消えちゃうんですよ。こんなことってないです」

僕は自分の観察力のなさに愕然とした。

　この子は僕と同じだ。

「どうして大輝くんがあんな形で死んじゃったのか分かりません。慎重だった大輝くんが不注意でステージから転落するなんて、絶対変です」

「……そんな風に考えている人間は少なくないよ」

「あたしだけじゃなく、他の子からも話を聞いてください。大輝くんが死んでしまった事情をはっきりさせてください。そう願っているクラスメートもあたし一人じゃありません。このままはっきりしないと、みんなおかしくなりそうで」

「努力する」

「お願いします」

　杏が頭を下げると、長い髪がはらりと落ちて顔が見えなくなった。

　僕は居たたまれなくなって足早に教室を出る。

　公彦兄。

　口約束が最強なのは、親族だけじゃないみたいだ。

四　ダブルミッション

1

演劇というのは彫刻みたいなものだな、と最近僕は思い始めていた。

読み合わせの時には輪郭さえぼんやりとしていたものが、立ち稽古になって形を得、細部に手を入れることで立体になっていく。逆に言えば、立体になるまでは手を入れなければならない部分が山ほどある。

『ここを開けなさい、ヘレン！』

『嫌だ、嫌だ、嫌だ』

『開けないとドアを破ってでも入るから』

『あたしのお城に入ってこないでよ』

『あなたのいるのはお城じゃない。ただの牢屋《ろうや》なのよ』

机を取っ払った部室の真ん中、ヘレン役の汐音とサリバン先生役の瑞希が見えないドアを挟んで台詞の応酬をしている。僕は少し離れた場所から二人の演技を見守っている。演出は汐音の担当だが、彼女はキャストも兼ねているのでいきおい僕が演技指導の真似事をすることになる。まさか入部したての分際で演出まで手がけるなんて、いくら何でも僭越《せんえつ》だと思ったのだが、脚本を書いた以上責任を持てと半ば強制された格好だった。

「ちょっと待って。瑞希。そこの『ただの牢屋なのよ』ってとこ、もっとキツい口調でもいいんじゃないかな」

僕に振り向いた時、瑞希はもう素の顔に戻っている。

「えー。でも、今のも結構キツかったんじゃない？」

「足んない、足んない。あのさ、この間どっかのＮＰＯ団体が社会的引き籠りの人を無理やり引っ張り出す番組あったじゃん。あれ、見たかい」

「見た」

「あんな感じでいいよ。まるでヤクザが追い込みをかけるみたいな」

「ちょっと乱暴過ぎない？」

「そのくらいでちょうどいいよ。原典のヘレンとサリバン先生だって摑み合いの格闘してるんだからさ、ここはファイト剝き出しでいかないと」

そこへ今度は汐音が割って入った。

「確かに原典はそうだけどさ。時代設定変えているから、過激に演じる必要性が他にないと説得力がないよ」

「つまりさ、サリバンにとっても自分の就職や評価に関わっている。ヘレンにしてみれば、唯一安全な自分の城が破壊されようとしている。ただの思いやりとかじゃなくって、そりゃあ両者必死になって当然て話だよね」

「これ以上やったら女子プロレスの世界に入っていくんだけど」

「それでいっちゃっていいから！　カモン流血」

幸い、瑞希も汐音もジャージ姿なので取っ組み合いをしても構わない状況だ。瑞希と汐音は一瞬の目配せの後、お互いの服に摑みかかった。

「今更、脚本に文句つけるつもりねーけど」

横で僕たちのやり取りを見ていた拓海は、ほとんど呆れ顔で瑞希たちの格闘を眺めている。

「ヒキコモラーに女子プロレスとはねー。振りきったのは嫌いじゃねーけど、まさか慎也くんがここまでやるとは」

「何なら演出代わってくれてもいいけど」

「滅相ーもございません」

拓海は大袈裟に頭を振ってみせる。

「これ以上責任負えるかい。そうでなくても、大輝の抜けた穴埋めにこき使われてるってのに」

拓海の言い分はもっともだった。楓や大輝以外にも退部者を出した演劇部は、今や事件前の半分近くまで部員が減っている。自ずと一人で何役もこなさなければならず、キャストとスタッフを兼任する者も出てきた。かく言う僕も立ち稽古が済み次第、大道具の進捗をチェックしなければならない。

切りのいいところで演出を汐音に任せ、僕は体育館へと急いだ。既に七月も半ばを過ぎ文化祭までは二カ月を切ったというのに、大道具の方はケラー家のドア一つできていない。このままでは夏休みのほとんどを費やしても、発表日に間に合うかどうか微妙なところだろう。

ただ、この慌しさが僕は嫌いではなかった。ひと息吐く暇もなく、絶えず走り回っている。無駄に動いているようで、その実何かが着実に出来上がりつつある——期待と不安が綯《な》い交《ま》ぜになりながら身体を引っ張っていく感覚は、祝祭を前にした昂揚感《こうようかん》にどこか似ていた。

「大体、翔平が本調子じゃないからだよな」

道すがら、一緒にいた拓海が愚痴をこぼす。

「楓が死んで、今度は身近にいた大輝。二人連続であんな風になったから気持ちは分からんじゃないけどさ。あんなガタイしてんのに、意外とメンタル弱かったのよな。お蔭でスケジュール、ガタガタ」

大道具係の要《かなめ》は翔平だったのだが、大輝の事件が起きた直後は警察の取り調べが影響してか、早退や欠席が続いたのだ。それが仮病の類いでないことは、日に日に頬の肉が削《そ》げ落ちていく翔平を見れば一目瞭然だった。

「聞いた話じゃ、何でも病院に通ってるらしいし」

初耳だった。

「それって精神的なヤツかい」

「いーや、胃炎っぽいヤツ。穴でも開いたんじゃね？」

「……前々から感じてたけどさ。拓海って翔平に対しては割と辛辣だよね」

「理由がある。何せ俺の慎也くんに突っかかってきたからな。そりゃあ多少は態度も厳しくなるべ。それにあいつ、見掛けよりずっと単純だかんな。こっちが言葉なり態度なりで示してやらないと、周りがどう受け止めてるか分かんねえんだよ」

そう嘯《うそぶ》く拓海の横顔を見ながら、僕は舌を巻いた。翔平が見掛けより単純だというなら、逆に拓海は見掛けよりずっと冷静で複雑だ。上辺はへらへらしていても、見るべきところをきっちり見ている。人間観察が的確だから、暴言を吐いていながら他人と衝突することがない。いつもぎりぎりの線で悶着を回避しているのだ。

ふと拓海なら知っているんじゃないかと思った。

「大輝が楓のことについて何か言ってなかったか」

「ん？」

「ステージから落ちる直前、こんな風に囁かれたんだよ」

僕が大輝から囁かれた言葉を再現してみせると、拓海はいかにも面倒だと言わんばかりに頭を振った。

「お前、楓にも同じようなこと言われただろ。何か、そーゆーの引きつけちまうのかね」

「迷惑している」

「いやあ、人徳かもよ。お前、いかにも相談に乗ってくれそうな顔してるもん」

それはいったいどんな顔だと思ったが、敢えてそれには触れない。

「学年が違うせいもあるけど、僕は大輝の噂とか全然知らないんだよ」

「お前が他人の噂を知りたいヤツとはねー」

「噂どころじゃなくて、何もかも知らな過ぎる。その点、拓海なら部活動でずっと一緒だったろ」

「同じ部だからといって、お互いの黒子《ほくろ》の数まで知ってる訳じゃねーぞ。で、大輝が楓について喋ったことだよな。とにかくあいつは楓を崇拝していた。楓が死んでからは、それが余計露骨になった……って、こんなのは新入りのお前にだって分かることか」

「大輝は学校の外でも、楓と接触していたのかな」

「そりゃあないでしょ。帰り道はほとんど逆方向だったたし、崇拝する対象ってのは大抵一定の距離を置くもんっしょ。大輝は必要以上に女神さまに接触しようとはしなかったな。なんちゅうか、完全にアイドルにしてるってゆーか」

「僕が入部してからじゃなく、その前のことはどうなんだよ。たとえば楓をストーキングしてたとか」

　僕としては、楓が麻薬の受け渡しをしている場面を大輝が目撃したのではないかと踏んでいる。だとすると、普段から大輝は楓を付け回していたはずだ。でなければ、そうそうそんな場面に出くわさない。

「少なくとも学校の外でそーゆーのはなかったはずだぞ。あれば楓の性格からいってすぐ止めさせただろうし、演劇部の中でも一応の距離を保ってたみたいだから」

「へえ、その辺は模範的だったんだな」

「質のいいファンほど礼儀正しいって言うじゃん。大輝の場合はまさにそれ」

　期待していた手掛かりが得られずに落胆する一方、大輝の心証が悪くならずに安堵している自分がいる。やはり演劇部の一員と潜入捜査員の両立は難しいのだろうか。

「今更だけど、楓が美術室の窓からダイブした時のこと、まだ憶えてるか」

「それはもうセンメーに。ってか、あれはフツーにトラウマもんよ？」

軽いのは口調だけで、その目は深刻な色をしていた。当然だ。何しろ僕たちの目の前をクラスメートが落下していったのだ。あんな光景、忘れようとしたって忘れられるものじゃない。きっと何かの折に幾度も幾度も思い出すに違いない。

「あの時、教室に演劇部の人間は誰と誰がいた？　まず汐音は自分の席にいたよな」

拓海は質問の意図に気づいたようだった。

「……慎也くんさ。それってアリバイ調べてる訳？　どうしてお前がそこまで首突っ込むんだよ」

「クラスメートがあんな風に死んだんだ。普通、気になるだろ」

「それと犯人捜しは別だろさ。同級生疑ってると、神経病むからやめとけよ」

拓海は片手をひらひらと振ってみせる。

体育館では翔平がセットを作っていた。セットといっても要はパネルでできた書割のようなものなのだが、それでも居間ひと部屋分のサイズとなると作業途中であっても壮観だった。

まず角材で枠を作り、その上にベニヤ板を張る。そこに下地として白の模造紙（僕たちはB紙と呼んでいる）を貼付《ちょうふ》し、その上に背景を描いていく。ケラー家はアメリカ上流家庭という設定なので、居間も相応の仕様でなければ説得力がない。決して安普請でもなく、さりとて笑えるような成金趣味になってもいけない。そこで翔平はネットから画像を掻き集め、それらしき内装を選び出したという経緯がある。

「助っ人《すけと》にきたぞー」

僕が声を掛けると、翔平はゆっくりとこちらに顔を向けた。頬の肉が削げ落ちている上、ひどく疲れた顔をしているので一遍に五つも齢を取ったようになっている。

「こけたなー翔平」

いつもなら続けて下ネタが披露されるところだが、さすがに拓海も限度を弁えていた。それでも翔平は癪に障ったようで、目つきを険しくした。

「口より手を動かせ」

「へいへい」

「そこにまだ色の塗ってないパネルあるだろ。これと同じ色塗ってくれ」

顎で指された方向に塗料と刷毛が置いてある。僕と拓海はそれぞれに手を伸ばす。

知らない者が見ればベニヤ板に直接塗った方が一工程省略できると思うかもしれないが、そうすると板に染み込む分、絵の具が大量に消費される。下地にB紙を敷き詰めるのは、見栄えの他に絵の具代の節約を兼ねているからだ。

「後でパネル接《は》いだ時、色違いにならないようにしてくれよ。濃過ぎず薄過ぎず。B紙の上からなら五刷けくらいでちょうどいい」

翔平はそれだけ命じると、また黙々と作業に没頭し始めた。

何も語ろうとしない背中だが、作業に集中することで嫌な思いを忘れようとしているのは見え見えだ。

僕と拓海は翔平の沈黙に気圧《けお》され、口を閉じて刷毛を動かし続ける。僕たちの背後では男子バスケ部が練習の真っ最中なので、ボールの跳ねる音がここまで届いている。

気まずい雰囲気だったが圧倒されてばかりもいられない。僕は何気なく翔平の横に移動した。

「悪いな。人手が少なくて大変なのは分かってるんだ」

「新入りが要らん心配するな」

「気持ちは分かるつもりだ」

「分かるもんか」

「自分の目の前で人が死んだってことか。まだ言ってなかったけど、僕と拓海が話している目の前で、空から楓が降ってきた」

翔平の手がぴたりと止まる。

「単純に比較できるような話じゃないけど、目の前で知り合いが死んだということじゃ一緒だ」

「一緒にするな」

「同じ気持ちって意味じゃない。あくまでも状況がってことだから、そんなに尖るなよ。

僕だって相当にショックだったんだぜ。多分、これから何度も夢に見る」

翔平は僕を一瞥し、また視線を自分の手元に戻す。

「同情するけど、それで僕たちを目の仇にするのはやめてくれ」

「そんなつもりはない」

さあ、ここだ。

「今も言った通り、あの時僕と拓海はA組の教室にいた。翔平はどこにいたんだよ」

「自分の教室」

翔平は僕の方を見もしなかった。翔平のクラスはC組で離れているから、楓が落下する瞬間など目撃できなかったはずだ。

「俺はそれでよかった」

「どうして」

「少なくとも彼女が落ちていくシーンを夢で見ずに済む」

陰々滅々という言葉があるが、翔平の口調がちょうどそんな感じだった。

「飛び降りたのが楓だと知った時には、もう人だかりであいつの顔は見えなかった。警察や救急車が到着する頃には誰かがシーツを被せていたから、やっぱり顔は見えなかった」

あの血溜まりの中に浮かんだ死に顔を見なかったのなら、確かにそういう言い方もできるだろう。翔平にとっては、それがせめてもの救いということか。

だけど、逆に大輝の時には直後に、その場に居合わせている。

「ステージに駆けつけた時、僕のいる方から大輝の顔は見えなかった。ひょっとして翔平は見たのか」

また返事が途切れる。つまり見たということだ。僕たちが現場に到着した時、翔平はステージ横に茫然と立ち尽くしていた。あれは大輝の死に顔を目撃したからに違いない。

僕は様子見のためにいったん口を噤んだ。相手の気分が塞いでいるのに、続けざまに質問しても疎まれるだけだ。

横で見ているとさすがに手慣れたもので、翔平の塗り方は均一でムラがない。一方、僕はと言えば塗れば塗るほど見苦しくなってくる。

僕は不器用だな、とこぼすと翔平が反応した。

「完全に乾いてからでないと、最終的な仕上がりは分からない。それでも失敗したと思ったら、B紙を貼り替えたらいいだけのことだ。その程度でくさるな」

「不器用で悪いな。却って邪魔してるようなものかな」

「他でいいところ見せてるなら差し引きゼロだ」

「大輝はちゃんと使えたのかい」

「あいつは……そこそこ器用だったな。教えられたことは忘れないし、修復不可能なミスは犯さなかった」

「うざいとか思わなかったのか」

「どうして」

「大輝は楓を崇拝してただろ。お前にも色々喋ったんじゃないのか」

　すると翔平は合点したように浅く頷いた。

「入部したての頃はうるさかったな。声がどうとか立ち居振る舞いがどうとか、まあよく喋るもんだと思った」

「彼氏としては複雑な気分だったろ」

「あんまりうるさいんで、俺たちが付き合ってるのをカミングアウトした。そうしたらもううるさくなくなった。でなきゃ、同じ裏方でずっと仕事してられないものな」

「なあ、気を悪くするなよ」

「何が」

「楓が麻薬をやってたのを、翔平は知っていたのか」

　翔平なりに色々堪えていたに違いない。

　でも、それが限界だったのだろう。翔平は身を翻すと、僕に伸《の》し掛かってきた。

「いい加減にしろよ、この野郎。いったい何の権利があって、死んだ人間のことをほじくり返してるんだ」

翔平は僕を組み敷いて顔を近づけてくる。

今にも爆発しそうな、切羽詰まった顔だった。体格がいいからか、押さえつけられるとぴくりとも動けなかった。

だけど僕だって黙っている訳にはいかない。

「何の権利かって？　妙な伝言を残された者の権利だよ。楓も大輝も死ぬ前に宿題を放り投げてきた。二人が僕に何を言いたかったのか、今になっても分からない。気になって仕方がないのに、誰も教えてくれる者がいない。だったら自分でほじくり返すしか、しょうがないじゃないか」

おい、やめとけよ、と拓海が仲裁に入る。それもあってか、翔平の力がふっと和らぐ。

「さっき、口より手を動かせと言ったよな。指図通り手を動かすから退いてくれ」

静かに頼むと、翔平もゆっくり離れてくれた。はあ、という安堵の溜息はおそらく拓海のものだろう。

僕たちはまるで何事もなかったかのように、セット作りに戻る。

「刑事にも同じこと訊かれたんだ。楓はいつから麻薬をやってたんだって」

気まずい沈黙を破ったのは翔平だった。

「付き合ってるといっても、あいつの全部を知っている訳じゃない。麻薬の話だって刑事から聞かされたのが初めてだったから、俺だって驚いた」

「変な様子とかなかったのかい。もし麻薬なんてやってたら、普通じゃいられないだろ」

「それはどうかな」

自信なさそうな答えだったが、それには翔平の自己弁護も含まれているのだろう。

「よくタレントとかスポーツ選手が麻薬使用とかの容疑で逮捕されるだろ。でも、そういうヤツらだって普段は麻薬常習者には見えなかったっていうじゃないか。楓も同じだ。演劇部や下校で一緒だったけど、そんな様子はこれっぽっちもなかった」

これには頷くしかない。クラスメートだった僕たちでも、楓が麻薬を使用していたなんて想像すらしなかったではないか。

「ただ、後から考えて思い出したことがある。その時には特に重く受け止めなかったんだが」

「何だったんだよ」

「去年の二学期末のテスト、あいつはかなり順位を落としたんだ。落としたといっても十位だから大したもんだけど、その前は一位だったからな。成績が落ちたのも当然といえば当然で、楓は演劇の方に気力も時間も取られていた。けれど親は演劇やって成績落とすくらいなら退部しろと迫ったらしい」

「でも三学期の期末じゃ二位に浮上したはずだろ」

「ああ、だから親とも事なきを得たんだが、当時は結構悩んでいたみたいだった。すぐに成績が回復したから、あれは一時的なものだと俺もつい忘れかけてた」

集中力を補いたいからクスリの力を借りる——昨今、僕の同世代が麻薬に手を出す理由の一つがそれだった。

「大輝はそれについて何か知っていたのかな」

「さあな。楓があんな風になってから、大輝も前より口数が少なくなったからな。正直、あいつが何を考えていたのか、皆目見当もつかない」


その日も部活動で帰宅が遅くなった。帰る方向が同じなので、僕は瑞希と一緒に校門を出る。

話はとりとめのないものから、自ずとスタッフの進捗状況に及ぶ。

「それでセットはちゃんと完成するの」

「スケジュール的に苦しいけど、文化祭には間に合わせるらしい。最悪、文化祭ではパネルの一部を最初から除外しておくっていう裏技も考えている。要はコンクールまでに揃えればいいんだって、これは翔平の言い分」

「やっぱり遅れているんだ」

「今回に限ったことじゃないってさ。実際、翔平はよく動いてくれている。大輝を失ったのは痛手だけど、キャストや他の裏方を使い回せば何とかできるって」

「そう、なのよ」

瑞希はこくこくと頷きながら言う。

「一年の頃からそうなんだけど、翔平くんって淡々と仕事こなしていくタイプなのよね。途中までは誰が見ても絶望的なスケジュールなのに、結局は土壇場になって間に合わせちゃう」

少し腹が立った。

「それが分かってるんなら、わざわざ僕に訊くなよな」

「ごめん、でも一応副部長としては確認しておかなきゃいけないからさ」

「今日は却って翔平の邪魔をしたのかも知れないな」

「慎ちゃんが？」

「作業中に訊いたんだよ。楓が飛び降りた時、どこにいたのかって」

「ああ……C組の教室にいたんでしょ。わたし、本人からそう聞いている」

「瑞希はどこにいたんだよ。A組にはいなかっただろ」

「あのさ、わたしも刑事さんから訊かれるだろうから今のうちに言っておくけど、楓と最後に話したのはわたしじゃないかな」

「えっ」

「あの時、稽古のことで楓を捜してたんだよね。廊下で見つけて歩きながら話して、階段のところで別れた。きっと楓はそのまま美術室に行ったんだと思う」

「その時の楓の様子は？　自殺しそうに見えたのか」

「まさか。そんな風だったらわたしだって引き留めてたよ。だから楓が飛び降りたって聞いて余計にショックだったんだから」

瑞希の気持ちは僕にも理解できた。

「でも、そのことで翔平くんの手が止まったの」

「もう一つ、楓が麻薬をやっているのが分からなかったのかって訊いた」

途端に、瑞希は信じられないといった顔を僕に向けた。

「ひっどい！　それって一番言っちゃいけないことを、一番言っちゃいけない相手にぶつけてるじゃない」

「殴られそうになった」

「当たり前じゃない」

「でも訊かなきゃいけないことだった」

「どうして慎ちゃんがそんな真似しなきゃならないのよ」

僕は翔平に告げた言葉を繰り返すしかなかった。

「二人が僕に宿題を残したからだ」

もっとも大輝に関しては、僕にもおおよその見当がついている。大輝は楓が僕と約束していたことを知っている。だから楓の死について知り得たことを僕に告げようとしたのだろう。

「特に楓の件だ。同じクラスだったけど、それまでほとんど話したことなかったんだぞ。それがどうして急に話したいことがあるなんて……」

聞いていた瑞希は、やがて申し訳なさそうに僕を見た。

「それ、多分わたしのせいだ」

「どういう意味さ」

「慎ちゃん、従兄弟が刑事の仕事やってるんでしょ」

僕は思わず叫びそうになった。

そうだ、まだ中学生の頃、一度だけ従兄弟が警察官になったと瑞希に伝えたことがある。もっとも公彦兄を紹介した憶えは一度もないので、瑞希は顔も名前も未だに知らないはずだった。

「わたし何かの折に、楓に教えたんだよね。麻薬のことで悩んでいたから、身内に刑事さんのいる慎ちゃんに相談を持ちかけようとしたんじゃないのかな」

瑞希の推測は、僕の胸にもすとんと落ちるものだった。それなら碌に接点のなかった僕に話し掛けてきた理由も、放課後に二人で会おうとした理由も納得できる。

何だ。結局は僕ではなく、公彦兄が目当てだったという訳か——。

疑問が一つ解消して喜ばしいはずなのに、冷や水を掛けられたような気分になった。

2

部屋に戻ってから、早速台本を開く。立ち稽古をした際に気づいた箇所を確認しながら、どんな風に修正すればいいか考えるためだ。

立ち稽古を見ていて思ったのは、演技は日々変わるということだ。もちろん学生の素人集団だから演技力が乏しいのは当たり前で、僕の意図した通りに皆が演技してくれるはずもない。

でも、キャストの演技が時として予想外の効果をもたらす場合がある。たとえば会話に狼狽《うろた》える場面では変に纏まった台詞より、役者が素で慌ててくれた方がずっと面白くなる。それなら台詞を台本通りにせず、むしろ台本を役者に合わせた方がいいに決まっている。役者が台本に合わせる手間もそれだけ省ける。

それで僕は台本に微調整を加えることにした。素人なりの考えだったが、今のところ誰からも反対の声は上がっていない。

しかし、さっきの瑞希との会話が意欲を著しく殺《そ》いでいた。本当は演劇のことにだけ集中していたいのに、どうしても二人の死が頭から離れてくれない。

悶々としていると、ドアを開けていつもの闖入者が現れた。

「叔母さんからは勉強中だと聞いてたけれど、やっぱりそっちの方だったか」

公彦兄は少し呆れた目で、僕が手にしていた台本を見る。

「あの様子じゃ、慎也が今夢中になっているのが学生演劇だなんて想像もしていないだろうね。まあ、母親なんてどこも同じようなものなんだけど」

そう言えば、公彦兄も親に隠れて警察学校への入学を決めた前科がある。従兄弟だから似ているのか、それとも世の中全般の母子がこうなのか。

「さて、新たに収集した情報を開陳してもらうとしよう」

請われるまま、僕は翔平や瑞希から訊き出した話をそのまま伝える。誇張も省略もしないというのが、公彦兄との約束事だ。

話を訊き終えると、公彦兄は考え込むように頬へ手を当てた。

「楓さんが慎也を介して僕に接触したがっていた、というのは頷けない話じゃないな。売人を道連れに解決しようとするなら、一番手っ取り早い」

「普通は、先に家族に打ち明けるもんだろ」

「家族より他人の方が近しい。そういう子は少なくないさ。特に名誉や世間体を重んじる家庭ではね。それから一時成績が落ちたのに、すぐ挽回《ばんかい》できたというのも興味深い証言だ。事実だとしたら、ますます売人が学校内に潜んでいる可能性が高くなる。彼女の成績が落ちたのをいち早く知ることができ、且つ誘惑しやすい立場だからね」

「生徒への事情聴取は順調に進んでいるのか」

「うん。楓さんが飛び降りた際、翔平くんがC組の教室にいたことは確認が取れている。ただ現在判明している事実を総合すると、二つの事件両方でアリバイが証明できるのは慎也一人だけなんだよ。他の関係者はどちらかの事件でアリバイが成立していない」

「関係者は生徒だけじゃないだろ」

「それが困ったことに、教職員の方も双方にアリバイがある人物が少ない。訊き込みして分かってきたんだけど、いやあ警察官の道を選んでよかったと思う。間違っても先生になんてなるもんじゃないな」

公彦兄は感謝するように天を仰ぐ。

「給料が安定している。福利厚生が整っている。休みが多い……僕が大学を卒業する時分、教職というのはそういうイメージが定着していて、ちょうどリーマンショック後の就職氷河期だったから競争率も高かった。不景気の時はどうしたって安定の公務員に人気が集中する」

「まさか、刑事の方が楽だってこと？」

「違うよ。刑事だって決して楽な仕事じゃないけど、教職にはまた別のしんどさがあるって話。一例を挙げれば刑事は犯人逮捕が最大の目的になるから、その他の仕事は全部雑務みたいなものだ。ところが教職には授業の他に生徒指導、保護者との連絡、学校行事、授業計画の策定、テスト作成、評価、その他諸々《もろもろ》がほぼ同じ比重で伸し掛かっている。もう何度か職員会議にも交ぜてもらったけど、あれだったら一課の捜査会議の方がずっと居心地いい。みんな疲れきって視線も虚《うつ》ろになっている。教職員も捜査対象なんだけど、正直同情の念を禁じ得ない」

「えらい言われようだ」

「一番問題だと感じたのは部活動だ。体育系でも文化系でもそうなんだけれど、学習意欲の向上と責任感・連帯感醸成の名の下に、各種指導は原則無償で行われている。無償だから当然顧問副顧問の先生がどれだけ時間を注《そそ》ぎ込んでもタダの奉仕活動。朝練、放課後練、土日の参加は当たり前。しかも大会やコンクールで一定の成果を見せないと勤務評定にも響く。そのくせ、何か問題が発生したらすぐに責任を追及される。そうかといって校外で憂さを晴らそうとすれば世間から叩かれる。実際職員室なんて、ほぼ全員がパソコン画面を凝視していて声を掛けることも憚《はばか》られる。本当に皆さんよく我慢してると思うよ」

教師の側の苦労など、今まで一度も考えたことがなかったので、公彦兄の話は妙に生々しく聞こえた。

でも、よくよく考えれば生々しいのは当然で、先生たちは普通の人間であり教師というのもただの職業に過ぎない。休日返上でタダ働きさせられ、学校の中でも外でも監視されていれば鬱屈も溜まる。

「楓さんみたいにストレスを抱え込む生徒もいるだろうけど、それよりも強いストレスを感じる教師もいるだろう。そう考えると、学校に麻薬や危険ドラッグが蔓延《まんえん》したとしても少しも不思議じゃない。楓さんの事件は起こるべくして起こったのかも知れないよ」

「その口ぶりだと、ずいぶん先生たちに訊き込みしたみたいだな」

「それが仕事だからね」

「そっちで得た情報も教えてよ」

公彦兄が俄《にわか》に渋い顔をするので、僕は畳み掛けた。

「先生の中にも容疑者がいるんだろ」

「否定はしない」

「だったら校内で訊き込みをしている僕は絶えず危険に晒されていることになるよね。契約では僕が危険を回避できる範囲で教えてくれる約束だろ」

「ちょっと待って。こちらで危険だと判断した情報のみ開示するはずだったぜ」

「細かいこと言ってると彼女から嫌われるぞ」

「……放っておいてくれ」

「いや、だけどさ冗談じゃなくて、警察が疑っている人間に僕が不必要な質問をすることで余計に警戒される可能性だってあるんだろ。だったら最低限は教えてくれなきゃ、双方に不利益をもたらす。そんなことになったら元も子もないだろ」

へえ、と公彦兄は感心したような目で僕を見た。

「な、何だよ」

「最初に比べて交渉力がアップした。これが演劇部に入部した賜物なら、部活動もそう捨てたものじゃないな」

「教えてくれるのか、くれないのか」

「教えなかったら、今後協力しないとか言い出すんだろ。待っててよ、順序立てて話してやるから」

しばらくしてから公彦兄が話し始めた内容はこんな具合だった。

「そろそろ文化祭の時期が近づいてきましたので、各学年主任の先生はプログラム内容のチェックに着手してください。くれぐれも本校の規律と校風に準ずるものであるように願います。体育館の使用許可については筒井《つつい》先生が担当しますので、実行委員会との擦り合わせをお願いします。二学年担当の先生方は来週から進路相談が始まります。受け持ち生徒の調査書とチェックシートの作成を急いでください。用務員の内村《うちむら》さんから連絡事項がありました。本館端の男子トイレですが照明の配線が破損していた模様です。先月に生徒から届けがあったようですが、やっと来週から業者が入ることになりました。えっと次はですね……」

教頭からの連絡事項は、その後もだらだら続いた。

公彦兄は途中から飽きてきたが、驚くべきことに居並ぶ先生たちは教頭の一言一句も聞き漏らすまいと必死にパソコンのキーを叩いている。教育実習生がぼんやりしている訳にもいかないので、公彦兄も仕方なくキーを叩くふりをする。

一課の捜査会議というのは基本的に双方向性があり、捜査員の捜査結果を訊いて本部の管理官が方針を決めていく。ところがこの学校の職員会議というのは一方的な通達や連絡がだらだらと続くだけで、およそ質疑応答や、ましてや反論する余地は与えられていない。もちろん名目上はそうした行為も可能なのだろうけど、場の雰囲気がそれを許さない。まるで声を上げでもしたら抹殺されるのではないかというような緊張感が部屋中に蔓延している。それが公彦兄の錯覚でないことは、会議終了後に皆が盛大に洩らした吐息で確認できた。

「ちょっといいですか、壁村先生」

公彦兄が最初に近づいたのは演劇部の顧問だった。

「何でしょうか」

「今、校内に刑事さんたちが出入りしてますよね。実は僕も根掘り葉掘り質問されました」

「あなたは実習生で、しかも演劇部には何の関わりもないというのに……それは災難でしたね」

事件の中心となった二人の生徒が揃って演劇部だったからだろうか、壁村先生はひどく申し訳なさそうな素振りだった。

「いいえ。一峰大輝くんの時には最初に駆けつけた人間の一人でしたからね。あれこれ訊かれるのも仕方ないと思います」

「ホントに早く解決してくれないと生徒はもちろん、わたしたちも落ち着きません。今の職員会議がいい例です」

壁村先生は短く嘆息して声を潜めた。どこか男気を感じさせるこの教師が、公彦兄は嫌いではない。だが続く言葉は学校側の不甲斐なさを代弁するようで、歯切れが悪かった。

「本来なら事件に関して、学校側から何らかの対策なり見解なりが示されていいはずなのに、先日の保護者説明会で大恥を掻いてしまいましたから……」

つまりこれ以上恥を掻きたくないので、触らぬ神に祟りなしと傍観を決め込んだということだ。傍観を決めれば、自ずと教職員たちにも無視を貫き通すよう有形無形の圧力が掛かる。なるほど緊張感の正体は恐怖心だったか。

「でも壁村先生こそ災難じゃないんですか。大輝くんの時には第一発見者になってしまったから、余計刑事さんたちの質問もキツかったでしょう。アリバイとか何とか」

壁村先生はさもうんざりしたという顔で応える。

「一度、あの刑事さんたちに一日でいいからクラス担当や部活の顧問を体験させてみたいと思います。放課後になってからが戦争だなんて想像もしていないでしょう」

一瞬どきりとしたが、公彦兄は知らぬ顔を貫く。

「部員の安全管理のために練習中はつきっきりでいなければならない。演劇部はスタッフとキャストがそれぞれ別の場所で活動しているから、それこそ二つの現場を行ったり来たりだし、その合間に別の用事を済まさなきゃならないんです。一つところに留まってないのに、アリバイを立証しろなんて無理な注文です」

顧問を命じられた先生は程度の差こそあれ、壁村先生と同様の事情を抱えている。公彦兄もそれを知っているので、必要以上に突っ込もうとはしない。

「だから雨宮楓の事件については、却って説明が楽でしたね。あれは昼休みが終わる寸前の出来事だったのだけれど、わたしたち教員が唯一自由にできる時間は昼休みだけだから、ぎりぎり目一杯職員室に粘っています。それこそ職員室にいた先生方全員が証人だから、はっきりしたものです」

「だけど雨宮楓には麻薬使用の疑惑があるのでしょう。彼女の死が事故か事件かもさることながら、そっちの捜査にも目の色を変えて当然です」

「それについては去年の冬、期末の成績が落ちたのが一つのきっかけになったんじゃないかと言われてるけど、はっきりした証拠もないし……嫌だ。わたし葛城さんを前に、何を喋ってるんだろ」

壁村先生は気を取り直すように何度か頭を振った。

「こういう無責任な話がデマの元になるのを忘れていました。今のは全部忘れて、あなたは今日の授業内容を早く纏めておいた方がいいですね」

殊勝に頷いてみせるが、もちろん公彦兄がたったひと言の忠告で怯《ひる》むはずもない。今度は二年A組の担任に向かっていった。

「今いいですか、室田先生」

「ああ、授業内容についてならわたしより現国の肥田先生の方が……」

「そうじゃないんです。お訊きしたいのは警察への対処の仕方で」

途端に室田先生は口をへの字に曲げる。

「いったい何を訊かれました」

「雨宮楓さんがどんな生徒だったのか。具体的には麻薬を吸引していそうな人間と交友関係はなかったのか」

馬鹿馬鹿しい、と室田は吐き捨てるように言う。

「あなたが実習にやってきたのは雨宮の事件後じゃないですか。それにしても全く刑事なんてのは人を疑うことしか知らないな。もしそんな生徒が教室にいたらひと目で分かるし、雨宮は断じてそんな生徒じゃなかった」

これは親というか担任の欲目というものだろう。実際に楓の死体からは大麻の主成分であるテトラヒドロカンナビノールが検出されている。彼女の部屋を捜索するとパジャマからも大麻の微粒子が採取されており、楓が常習者だった事実を物語っている。

公彦兄の観察する限り、室田先生という人間は普段の言動に相違して一途なところがある。冷静な人物評をする一方、担任の生徒を理屈抜きで信じてしまう迂闊《うかつ》さも秘めている。もっとも生徒を信用できなくてひとクラスを担当するのも困難だろうが。

「よほど楓さんの隠し方が上手かったんですかね。区の演劇コンクールで最優秀賞を獲得したほどの演技力ですからね」

室田先生がぎろりとこちらを睨む。怒らせているのは公彦兄の計算だ。

「葛城くん。まだ実習生の段階でそんなに生徒を信じられないのなら、教職に就くのは考え直した方がいいんじゃないのか」

「だけど室田先生だって彼女の死で、痛くもない腹を探られているでしょう。迷惑だとは思いませんか」

「確かに長時間に亘《わた》ってあれやこれやと質問されたが、迷惑というより最初から雨宮を犯罪者扱いしたことに怒りを覚える。百歩譲って雨宮がクスリを常習していたとしても、彼女はあくまでも被害者であって責められる立場ではないはずだ」

「僕はすぐ質問責めから解放されましたけど、室田先生は何を訊かれました」

何を訊かれたのか、既に公彦兄は承知している。それでも質問を重ねたのは、他の刑事に答えた内容と公彦兄に答える内容との間に齟齬《そご》がないかを確認するためだ。

「アリバイだよ、アリバイ。雨宮が美術室から落下した時はどこで何をしていたか。一峰大輝の時はどうだったか。そんなね、昼休み終了直前なんて午後からの準備で慌しくって、正確に憶えちゃいないよ。次の教室に移動中だったとは思うが、いちいち腕時計を見ながら行動している訳じゃないから断言なんてできん」

事情を訊くと室田先生の行動は分刻みに近い。それこそ時計を睨み続けていない限り、ある時点でどこにいたかを明確に答えるのは困難だと思われた。

「一峰大輝の時はどうだったんですか」

「あれが起きたのは夜七時過ぎだった。君も知っての通り野球部の顧問だから、部員と一緒にグラウンドにいた。あの宮藤とかいう刑事は途中で抜け出さなかったかと訊いてきたが……ふん、あの時間になってあちこちうろつき回るような元気なんか残っているもんか。ベンチに座って部員たちを眺めているので精一杯だ」

この証言に食い違いはない。室田先生がその時間にベンチを離れなかったのは、補欠部員が証言してくれている。

「そもそも何で担任が疑われなきゃいかん。彼女に近かったから、クスリを与えていたとでもいうつもりか。何て短絡的な推理だ」

「交際範囲の狭い学生だと、接触できる人間はどうしても絞られてきますからね」

「それにしたって教育者に対する信用ってものが……」

不意に言葉が消え入る。最近は教職者の不祥事が珍しくないことを思い出したのか、室田先生は口惜《くや》しそうに顔を歪める。

公彦兄が最後に向かったのは一年A組の担任、百田《ひやくた》先生の許だ。日頃から接触する機会を作っていたので、公彦兄が近づいても不審そうな顔はされなかった。

「すごく緊張しましたよ、今の職員会議」

「う、うん。学生さんにはちょっとヘビーな体験だったかもね」

「空気が異様に重たかったです」

「それはその、あんなことが立て続けに起こった後だからね。雰囲気だって重たくもなるよ。そうでなくても校内に刑事さんたちがうろうろしているし」

「学校ではあまり見掛けない風景ですからね」

「学校というのは自治の場所だからね。国家権力の介在なんて迷惑この上ないよ」

不思議に教職員、それも組合に属する教師に警官嫌いが多いような気がするのは公彦兄の偏見だろうか。この百田先生も普段は穏やかな風貌をしているのに、校内で刑事を目撃する度に目つきを険しくしている。

「ずいぶん嫌なことを訊かれたんですか」

「ウチのクラスにいた大輝がどんな生徒だったのか。二年の雨宮楓とは本当に先輩後輩だけの関係だったのか。あなたは事件の起きた時間、どこで何をしていたのか。愚にもつかない質問ばかりで、偏頭痛が再発しそうになったよ」

「返事の難しい質問だったんですか」

「いや、答え自体は簡単だよ。一峰大輝は成績優秀だけど、目立ちたがり屋じゃなかった。いちいち生徒の交友関係を把握している訳じゃない。雨宮楓の事件の時は職員室で他の先生と話していた。大輝の事件の時には、文化祭に出展する創作物を何にするかで、美術部員と話し合っている最中だった」

　この百田先生の証言にも裏付けが取れている。昼休みが終わる頃、職員室で食事をしていた大抵の教師たちは花壇からの騒ぎを聞きつけて現場に直行している。件の美術部員からも、百田先生は一度として美術室から出ていないと断言されている。

　公彦兄が知りたかったのは百田先生のアリバイではない。大輝の性格というか人となりだ。

捜査本部で大輝の死をただの事故と見る者は少数だった。いみじくも公彦兄の指摘した通り、短期間に同じ演劇部に所属していた生徒が二人似たような死に方をしたのだから、これを無関係と片付けるには無理がある。

だが殺された動機となると議論が百出した。

クスリの売人を知っていたから殺された。

売人を脅していたので返り討ちに遭った。

単に何らかの巻き添えを食った。

可能性だけならいくらでも考えつく。絞り込むには被害者がどんな人間だったのかを知る必要がある。正義漢だったのか、卑劣漢だったのか。他人の秘密を暴くのが好きだったのか、好きではなかったのか。計算高かったのか、それとも純朴だったのか。

「成績優秀で、目立ちたがり屋ではなかった……大輝くんの人柄については、それ以上詮索されなかったんですか」

「されたよ、された。担任ならもっと詳しい話ができるはずだろうって。交友関係はもちろん、犯罪傾向の有無、信条その他思想背景に至るまで把握しているのが当然だろうって。冗談じゃない。あいつらはいったい教師を何だと思っているんだ」

百田先生は苛々《いらいら》と親指の爪を嚙み始める。

「ひとクラスに四十人の生徒がいるんだぞ。親でもあるまいし、一人一人そこまでプロフィールが分かるもんか。こっちはクラス内に問題が起きないかを心配するので精一杯だ」

「でも百田先生なりに思うところはあるのでしょう？」

「ないね」

清々《すがすが》しいほどに断言された。

「大輝は確かに気の毒だったけど、死んでしまった者のことをいつまでも考えていたって始まらない。担任の僕ができるのは、残された生徒たちが一刻も早くこの悲劇を忘れるように取り計らうことだけだ。今度の事件がトラウマになって進学に支障を来す生徒が出てきたら、それこそ悲劇の連鎖だからね。僕の将来にも、生徒たちの将来にも決してプラスにはなり得ない」

百田先生はそれだけ言うと、そそくさとその場を立ち去っていった。

「……と、これが慎也に教えられる範囲の聞き取り結果」

話し終えた公彦兄は、反応を確かめるように僕の目を見る。

「生徒には顔の一面しか見せない先生もいるから、結構イメージを落としたんじゃないのかい」

「そんなに子供じゃないよ」

でも、全てを肯定できるほど大人でもない。

「公彦兄の話を聞く限り、まだまだ解明されないことだらけだ」

「そうでもないさ」

何気ない口調だったが、聞き捨てならなかった。

「ずいぶん回り道したり、無駄な情報ばかり集めたりしてるように思うだろうけど、これでも可能性を一つずつ捨てている。言われるところの、干し草の山の中から針を探すようなものだ。でも宮藤さんの言葉を借りれば、その気の遠くなるような作業の繰り返しこそが民主警察たる所以《ゆえん》なんだとさ。有罪率九十九・九パーセントというのは伊達じゃない。もっとも百パーセントではない、というのも悩ましいところなんだけれどね」

3

七月後半、常盤台高校も夏休みに突入した。

でも去年のように帰宅部だったら持て余したはずの時間が、今年は足りないくらいときている。何らかの部に籍を置いている連中は大抵そうだったが、我が演劇部も夏休み初日から、はや登校という有様だ。

それでも現金なもので、好きな時間に好きなことができるので登校は少しも苦にならなかった。母親などはそんな僕の様子を見て、

「あれだけ夏休みをグータラするのが身上だったのにねえ」と、しきりに呆れていたが知ったことか。

夏休みに入った校舎は一種不思議な雰囲気だった。生徒や教職員がまばらなのに、どこかの教室からはいつもより騒々しい声が聞こえてくる。授業中は長いと感じていた一時間があっという間に過ぎていく。

「この、あっという間にっていうのが曲者《くせもの》なんだよなー」

拓海は相変わらずの軽口で警句を吐く。

「まだ一カ月あると思っているうちにもう半月、まだ半月と思っているうちにもう一週間。気がつきゃ始業式の一日前」

「それが分かってるなら、早いとこ手を打てよ」

「分かっていてどうしようもないのが青春だ」

「……青春という言葉が、これほど嘘臭く聞こえるのはもう人徳としか思えないな」

「おい、そこの二人」

校舎裏で黙々と金槌《かなづち》を振るっていた翔平が、僕たちを一瞥した。

「無駄口叩いている暇があったら買い出し行ってきてくれ。そろそろ材料が足りなくなってる」

ぶすっとして差し出したメモには、細々とした材料のリストが記されている。やれやれ十七歳にしてお使いか。まあ、いい。キャストたちが到着するまで、まだ時間がある。

リストを眺めているとベニヤ板やら角材やら一人では持ちきれないことが予想できた。ちょうど拓海が大工仕事に飽きていた様子なので、二人で出掛けることにする。文房具程度なら学校近くの文具店で間に合うのだが、翔平のオーダーには対応できない。電車で一つ隣の駅まで移動し雑貨の量販店に向かうしかない。

現金は既に部の金庫から持ち出している。予算を上回った分は自腹で補充して後で精算する取り決めだが、可能な限りコストを抑えろというのが今や部長に昇格した瑞希の至上命令だった。

正直言って、買い出しは初めてだったので少し浮き立っていた。平日の昼下がり、制服を着たまま部の仲間と買物をするというだけで新鮮だった。

「慎也くんよ。こっちのベニヤ板の方が安いぞ」

「どれどれ……あ、これダメだ。翔平が指定していたのと規格が違う」

「多少違っても構わんのじゃねーの」

「コスト削減は賛成だけどさ。こんな大きなものを担いで、電車に乗って、散々な思いして学校に運び込んで、その挙句に翔平からダメ出し食らったらまたここまで戻ってこなきゃならないんだぜ。その道中が楽しいと思うか？」

「じゃあ、他にどうやってコストを下げるんだよ」

「別の店を当たる。もしくは値切る」

「量販店で値切るのかよ」

「電化製品でできて、雑貨でできないこともないだろ。瑞希の命令と翔平の要求、どちらも理由があるし、どちらも大事だ」

拓海は大袈裟にげっそりとした顔をしてみせる。

「あのさー、もう耳タコだと思うけど慎也くん、キャラ激変し過ぎ。入部しただけでこれだけ変わるなんて、どんだけ単純な精神構造してんだよ」

「変に複雑だと苦労する気もするけど」

それとなく拓海のことを皮肉ったつもりだったが、本人は気づかない様子でまた商品棚を漁《あさ》っている。いや、拓海のことだから気づいていないふりをしているのかも知れない。

拓海はいつもへらへらと皆の間を泳ぎ渡り、時に飄々《ひょうひょう》と振る舞い、時に脱力したように物事を斜に眺めている。でも決して根っからのお調子者ではなく、その内側はむしろ誰よりも繊細なのではないか。

僕がそう訊いたところで、拓海はそれこそ巧みに話題を逸らすかギャグで誤魔化してしまうだろう。だから敢えて本人に確かめるような野暮はしない。

人を外見で判断しない、というのは昔よく母親から教えられたことだ（ところが今は

「人は見た目が九割よね」とかほざいている。いったいどっちだ）。今更、新発見のように騒ぐことでもない。それでも最近は、こんな風に周囲の人間を観察するようになった。それが演劇を始めたことと無関係とは思えない。

脚本と演出は作劇の基本だ。汐音がいみじくも指摘した通り、脚本の出来が舞台の出来を決めてしまうことが往々にしてある。だからこそ、たとえ高校演劇のレベルでも脚本選びに細心の注意を払う。そして優れた脚本というのは、例外なく卓越した人間観察の賜物だ。

自ら脚本を書き、演出を手掛けるようになった僕が人間観察に勤《いそ》しむのは、だから当然の帰結と言えるじゃないか。

「なー、もうそろそろ両脇に抱えきれなくなってきたような気がするんだけど」

ふと見れば、拓海は申告通り両手にベニヤ板やら角材やらを抱えている。僕の方もペンキ九缶とB紙の束で両手が塞がりつつある。

「しんどい？　拓海」

「人間観察に勤しんでるんじゃねーのか」

唇を尖らせたのは、どこかで休憩を取らせろという合図だ。僕の方にも異論はない。

いったん会計を済ませ、荷物をカウンターに預けて量販店から出る。途端に真夏の陽《ひ》射《ざ》しが肌を灼《や》いた。夏休みでも登校時は制服着用という規則が本当に恨めしい。僕と拓海は一分もしないうちに汗だくになる。

ここいら辺りは近隣商業地域とかで、大型の量販店や昔ながらの商店が混在している。量販店を出てしばらく歩くと、運よく喫茶店を見つけた。

「ここでいいだろ」

とにかく冷たいものが飲めれば文句はないだろう。僕は拓海の返事も待たずに喫茶店に入っていった。

ところが拓海の様子がどうにもおかしい。席に座ったものの変に落ち着きがなく、ウエイトレスのお姉さんが注文を取りにきた際も仏頂面をしていたからだ。

「おーい。今、綺麗なお姉さんが顔を近づけたのに、どうして反応しないんだよ。拓海らしくもない」

「……そーゆー気分になれねーの」

「暑さでバテたかい」

「……場所が嫌だ」

また妙なことを言い出したと思い対面の友人を観察すると、拓海は窓から顔を背けている。不自然な仕草から、外の風景を見まいとしていることがすぐに分かった。

どんな都合の悪いものが映っているのか、僕は確かめてみる。道路を挟んで喫茶店の向かい側は古びた看板のうなぎ屋、その隣がスターバックス、反対側がドラッグ・ストア。どこにも拓海が気まずくなるような建物は——いや、あった。

斜め向かいにひっそりと建つホテル。けばけばしい看板もネオンサインもなく、商店と商店の間で窮屈そうにしているが、要するにラブホテルがそこにあった。看板が控えめなのは近隣への配慮なのかも知れないが、〈御休憩5、000円〉の料金表示が折角の気遣いを台無しにしている。

いや、でも中学女子でもあるまいし、どうして拓海のようなすれっからしがラブホテルごときに狼狽えているのか。しかも部屋の中にいるのならまだしも、ここはホテルの外でしかも喫茶店の中だ。

尚も尻の座りが悪そうな拓海を観察していると、やがてとんでもない考えが浮かんできた。

「拓海……もしかしてお前、あのホテル使ったことがあるんじゃないのか」

拓海の表情が歪む。半分怒って半分笑っている顔だ。

「あーのなー慎也くん。君、やっぱり観察力まだまだだわ。もし俺が当事者だったら、目を背けるとかせずにひたすら知らん顔すると思うぞ」

いつもの拓海らしくない。問わず語りに白状してしまっている。

「へえ。ということは拓海が当事者じゃない代わりに、他の誰かが当事者だって意味だよな」

拓海はしまったという顔をしたが、後の祭りだった。

「……君のような勘のいいガキは嫌いだよ」

「観察力がまだまだとほざいたのは、どこのどいつだ」

内心を言い当てられると案外、拓海は脆《もろ》い。例のへらへらとした仮面がずるりと剝が
れ落ちる。僕は拓海を正面から見据えてやった。

「他の誰かといっても、僕と同様そんなに交友範囲が広い訳じゃない。十中八九、校内
の知り合いだろ。話せよ。いったい誰と誰があのホテルを使った」

「そーゆー下品な話にキョーミあるとは意外だ」

「下品で悪かったな。だけどもし演劇部員が関わっているなら、下手な真似して停学食
らう可能性だってあるからな」

「あ。そゆこと」

拓海がわずかに警戒心を解いたように見えた。

「個人情報洩らしたくないっていうんなら、演劇部員が関わっているかどうかだけ教え
てくれればいい」

「だったら安心しろ。仮に学校側に知られたところで停学者は出ない」

「どうして」

「片方はもう死んでる」

途端に僕の心拍数が上がった。

「楓と……翔平か」

「さっきの店、俺たち演劇部の御用達《ごようたし》でさ。今年の四月だ。俺と瑞希がこんな風に材料調達に来てさ、それでホテルから出てくる二人を目撃した」

「まさか、鉢合わせたか」

「いんや。俺たちはさっと物陰に隠れたから、向こうは気づかなかったと思う。あの日、まず楓と翔平が買い出しに出掛けたんだよ。ところがその後に追加で必要な材料が出てきた。ケータイ掛けたけど翔平は電話に出なかった。それで仕方なく俺と瑞希が第二便でここに来たんさ。翔平たちも、自分たちのすぐ後を追っかけられてるなんて想像もしなかっただろう。ただなー、演劇部内で半ば公認の仲だったとはいえ、居たたまれないっつーか、気まずいっつーか、その時の俺と瑞希の気持ち想像してみてみ？」

言われるまでもなく、僕の脳裏には喜劇とも悲劇ともつかぬ光景が広がっていた。嬉し恥ずかしかどうかは知らないが腕を組んでいそいそとホテルから出てくるカップル。片や何も悪いことをしていないのに、身体中から後ろめたさを発散して物陰に隠れる二人組。確かに拓海と瑞希にしてみれば、針の莚《むしろ》に座らされている気分かも知れない。

一方、頭の片隅にはとんでもなくエロチックな情景も浮かぶ。ホテルの薄暗い一室の中で楓と翔平の裸身が絡み合う姿だ。そっち関係のビデオを観たことがないとは言わないけれど、登場人物が自分の知り合いとなると俄に淫靡《いんび》さも跳ね上がる。

それでやっと理解した。

拓海が気まずかったのは、今の僕と同じような光景を思い浮かべたからに他ならない。

「妄想が爆発したか、慎也くんよ」

「した。それも大爆発」

「別にさー、公認の仲だし、お固い宗教の学校でもないし、お互いに好きだってんならエロビみたいなことしたって、他人がとやかく言うよーなこっちゃないんだけどさ。いつもいつも顔を突き合わせているヤツがそーゆーことしてるって想像すると、何か生々しくってさ」

「それはまあ……分かる」

「お蔭で次の日なんか、楓や翔平と顔合わせづらかったの何の。瑞希はどうだったか知らんけど、少なくとも俺はアウト」

ちょうどそこに、頼んでいたアイスコーヒーが運ばれてきた。拓海はひどく倦《う》んだように、ストローでコップの中をからからと掻き回す。

「ギャップってのもあったんだよなー。楓は完璧お嬢様って雰囲気だし、翔平は翔平で朴訥で質実剛健な野郎だから。別にお嬢様と質実剛健がエッチしちゃいけないってんじゃないけど、二人がサカってるイメージがどうにも」

「……もっと別の表現はないのか」

「どんな表現したって、することた一緒じゃん。大体翔平なんてガテン系の身体してっから、二人が絡み合うとだな。こう……」

「やめろ。これ以上生々しくさせてどうするんだ」

やっと拓海がにっと口角を上げた。

「まっ、そんなこんなでさー、拓海くんも、ついドキドキしちゃったということさ。で、今説明した通り、片方はもうこの世の人間じゃないから揉め事は起こらない。だったら慎也くんも、聞いたそばから忘却してくれたら有難い」

「了解。僕も疑問が一つ解けたからいい」

「どんな疑問よ」

「楓の葬儀の時、翔平の落ち込み方が並大抵じゃなかっただろ。付き合っていたにしてもえらくウェットだと思ってたんだけど、今の話で納得した」

そんな深い関係だったら葬儀の時に取り乱しても不思議じゃない。僕はそう合点したのだ。

「納得、ねえ」

とても納得できないという顔だった。

「俺は別のところで別の悩みっつーか、疑惑が増えた」

「それくらい深い仲だったのならだ、もし楓が他のヤツに乗り換えでもしようものなら、あの翔平だって逆上しかねないってこと」

「何なんだよ」

そういう考え方もあるのか。

僕はいきなり横っ面をはたかれたような気分になった。恋愛感情の縺《もつ》れから恋人を殺《あや》めてしまう——決して珍しい話ではない。根が真面目な人間なら、却ってその傾向が強いかも知れない。

しかし、だ。

楓が美術室から落ちた時、翔平は自分の教室にいた。彼に楓を殺害できるとは思えない。

いつの間にか、拓海は目の前のアイスコーヒーを飲み干している。

そして僕のアイスコーヒーはすっかり氷が溶けてしまっていた。

「それ、もう一気飲みして帰るべ」

拓海は疲れたように店の天井を仰ぎ見る。

「そろそろ帰らないと翔平辺りが怪しむ。あのホテル使った張本人だから、こっち方面に俺たちが来ると余計なことを考えるかもな」

僕は言われるまま、薄くなった中身を慌てて喉に流し込んだ。

二人で買い込んだ材料は歩くほどに重みを増した。

「壁村先生にクルマで運んでもらった方がよかったな」

「慎也くんさ、あのセンセイがクルマ持ってるんだったら、とっくに俺たちが使い倒してるって」

そんな訳で僕と拓海は両手に材料を抱えて学校へ帰還した。校舎裏に到着した時には、シャツどころか下着まで汗でぐっしょりだった。

「ご苦労」

作業中の翔平はこちらを振り向こうともしない。もっとも僕にすればその方が有難かった。楓との一件を聞かされた直後で、翔平にどんな顔をすればいいのか困っていたからだ。

「材料調達でしんどくなっただろ。高梨はもう体育館の方に行っとけよ。さっきから立ち稽古始まったらしいぞ」

「あれ。俺はー？」

「お前は元からこっちの要員だろ。ほら、壁作れ、壁」

「人使い荒いぞー」

「そう思うんなら、新しい部員でも勧誘してきたらどうだ」

僕は二人の小競り合いを背中に、体育館の中へ入る。中では汐音が声を張り上げて、厳しい稽古の真っ最中——と思っていたのだけれど、どうも雰囲気が違う。

『ヘレン、このドアを開けなさい』

『嫌ぁよ。入りたければドアを破ればいいじゃないの』

気の抜けたような台詞回し。

それを叱責する声もない。

緊張どころか弛緩《しかん》しきった空気で、辺りが澱んでいた。

『ほーらね。ママにはドアを蹴破ることなんてできないでしょ。あたしより家の方が大事だものね』

『何てことを言うの、この子は！』

「はい、ちょっと待って」

僕は矢も楯《たて》も堪らず、進行を中断させた。こんな立ち稽古なら続けても意味がない。

僕の姿を認めたジャージ姿の汐音は、早くも抗議の目をしている。一方、汐音たちの稽古を見ていた瑞希は困惑気味だった。

「どうかしたの？　脚本家さん」

「どうもこうもないよ、汐音。声に張りもないし、動きにやる気が全然感じられないよ」

実を言えば、どこか気だるげな汐音を見たのが結構ショックだった。普段はともかく、こと芝居に関しては妥協しないという印象があったからだ。

「この暑さだとちょっとね。集中力は体感温度に左右されるよ」

汐音がそう言うと、ステージに集まっていたキャストたちは一様に頷いてみせた。

外から入ってきたばかりで気づかなかったのだが、体育館の中も室温が高いようだった。学期中なら使えたエアコンも、夏休み中は原則使用不可だ。館内にいる生徒が少ないのに、大容量のエアコンで過大な電気を消費するのはいかにも非効率という理屈だ。それに加え、校内なので制服以外はジャージしか着るものがないのだが、このジャージの通気性がまた最悪ときている。

「練習環境がよくないのは分かってるけど、汐音だってもう時間に余裕がないの分かってるだろ」

「だけどさ、まさか演出と主役の兼任させられるなんて予想もしてなかったから。仕事二倍、責任二倍、プレッシャー二倍」

助けを求めて瑞希に視線を移すが、彼女は彼女で仕方ないというように首を横に振る。

「立ち稽古始めた頃はまだみんな元気があったんだけど、一時間も続かなかった。この通りあっついしさ、湿度も相当だよ。緊張ってさ、そんなに長持ちしないのよ」

なるほどキャストの面々を眺めてみると、どの顔も糸が切れたように緩んでいる。

そうだよな、と僕は今更ながらの事実に思い至る。時間に余裕がないからといって、残った時間を全力疾走すれば途中で息が上がるに決まっている。

瑞希はちょいちょいと、僕を人差し指で招いた。

「慎ちゃん、お願い」

「な、何だよ」

「ここにいる人数分、冷たいもの買ってきて。学校近くのマックでもミニストップでも何でもいい。それくらいの予算ならあるから」

またお使いかよ。

「ちゃんとお供つけてあげるからさ」

「いや、しかしだな」

「それとも部長の命令に従えない？」

瑞希の目が意地悪く光る。不愉快な既視感で思い出した。幼稚園の頃からこの目に逆らうと、大抵碌なことがなかった。

「雑用も裏方仕事のうちだから」

しばらくは出番がないというので、二度目の買い出しには汐音が同行することになった。

「でもいいのかよ、汐音。演出担当二人ともいなくなるんだぞ」

「いいのよ。どうせあの状態じゃあ、演出の指示なんて半分も頭に入らない」

「だったら瑞希でもよかっただろ」

「慎也くんて本当にそういうこと疎いね。部長がそうそう留守にできるはず、ないじゃないの」

外は相変わらず厳しい陽射しだが、それでも日陰に入れば風のお蔭で体熱を奪ってくれる。僕と汐音はアーケードの陰伝いに歩く。

汐音は向かい風を浴びるように両手を目いっぱい広げる。その姿を見て、彼女が外の風に当たりたかったのだとようやく合点する。

二人で脚本を詰める過程で、汐音との接点が急に増えた。接点が増えると自然に相手への興味も増していく。

「それにしても、どうして汐音が部長にならなかったんだよ。楓の時も副部長は瑞希に押しつけたらしいし、今度だって他薦を固辞しただろ」

「副部長がそのまま繰り上げになるのは当然じゃない」

「その瑞希がこぼしてたんだよ。自分はただのお飾りで、実質的なナンバー2は汐音だって」

「柄じゃないのよ」

汐音は面倒臭そうに言う。

「責任者とかリーダーとか、そういうの向いてないの。昔っからね、頭にいる人をサポートするのがわたしのポジション。でも責任を持たされるのは苦手。だから今までは脚本担当が安住の地だったんだけど、新入部員の誰かさんがあっさりとその場所に居座って、その上主役まで押しつけるんだからホントいい迷惑」

「恨みがましく言うなよな。裏方を一年もやってたら、たまにはスポットライトを浴びたくならないか」

「ライトを浴びるよりも輝ける場所があるのよ」

汐音はどこか自慢げだった。

「ケラさんやクドカンさんが好きで演劇部に入って、雨宮楓という才能に出逢《であ》った。わたしの脚本と楓の演技があれば、どんな劇でも創《つく》れる気がした。演劇は共同作業。ライトを浴びるのは楓だけで充分」

「変な意味じゃない方のベタ惚《ぼ》れってことかい」

「唯一無二のパートナーだった。楓のパフォーマンスを引き出すのに必要だったら、何でもしてやろうと思った。上手い言い方じゃないけど、楓のプロデューサーでいたかったのかもね。ほら、プロデューサーって本来目立たない存在じゃない」

僕には、その表現だけで全てを言い尽くしているように思えた。黒子《くろご》に徹することで、他人の才能を開花させることで自らを輝かせる人間も存在するのだ。

「でもさ、自分より他人を優先させる癖って、やっぱり長男長女によくある傾向だよね」

「何、言ってるのよ。わたし一番上じゃないよ」

「へっ？」

日頃の落ち着いた立ち居振る舞いからてっきりそうに違いないと決めつけていたので、意表を突かれた。

「兄貴がいるのよ、五つ違いの」

「汐音の兄貴なら、やっぱり冷静沈着の優良物件なんだろうなあ」

すると汐音は不機嫌そうに、口をへの字に曲げてみせた。

「全然。優良どころか、とんだ問題物件」

その眉の辺りが、これ以上は訊くなと僕を脅していた。

4

「スケジュール的に無理だと判明した」

夏休みに入って半月後、翔平は壁村先生と演劇部の面々に向かってそう宣言した。

「とてもじゃないが、今のままの進捗だと本番当日には間に合わない。ケラー家の壁や調度品、それから家の外に設《しつら》えられた井戸は作れても、階段までは無理だ」

翔平の言う階段とは、ヘレンが家族に向かって物を投げつけるシーンで使う大道具だった。脚本段階から、これをもっと幼児的な暴力だと観客に分からせる工夫をするはずだったが、結局はヘレンの台詞を幼児っぽくすることで解決させていた。

僕はすぐに反応した。

「変更した脚本でも階段の上から物を投げるシーン自体は変わらない。階段が作れないなら、シーンそのものを修正しなきゃならない」

「じゃあ修正しろ」

翔平の態度は揺るがない。作業が嫌で言っている訳ではないので、こちらも強くは出られない。

「区のコンクールまでなら間に合う。だけど九月の文化祭には到底間に合わない。これが壁の一部や調度品の一つなら誤魔化せても、階段があるとないとじゃ、演技の内容にも関わってくるんじゃないのか」

翔平の言い分はもっともだった。舞台装置と演技が一体になっているシーンでは、演技そのものを差し替えなければ間の抜けた印象を与えかねない。

「慎ちゃん、何とかして」

瑞希が僕に視線を移した。いつもの呼び方ながら、目だけは別人のように見える。

「こうなったらコンクールに上演するバージョンでも階段のシーンは差し替えた方が無難だと思う。今のキャストの実力を考えると、文化祭とコンクールとで演技内容を変えるのは危険よ」

即答しないでいると、瑞希はつかつかと僕に詰め寄った。

「部長命令」

またかよ。

「……ちょっと」

僕は瑞希を近くまで招き寄せた。ここからは小声だ。

「そういうのは強権発動と言わないか」

「あたしも責任持たされたから。部長として必要と判断したら、幼馴染もへったくれもない」

とても交渉の余地がある声と目ではない。汐音からの援護射撃を期待したが、どうやら彼女も瑞希に与《くみ》する気配だ。

僕はせめてもの反抗として、大袈裟に溜息を吐いてみせる。

「部長命令ならしょうがないよな。時間を少しと汐音を貸してくれ。今すぐ差し替え作業するから」

「OK。いい？　汐音」

「いいわよ」

「ああっと、それからこれは小道具係からの提案つーか、お願いなんだが」

何を思ったのか拓海が割り込んできた。

「この際、ヘレンが物を投げるというアクション自体を修正してくれい」

「どうしてだよ、拓海」

「食器やらコップやらを投げるのは構わないんだけどな。そうなると予算と保全上、投げる小道具は全部プラスチック製になるわな」

「まあ、そうなるな」

「するとだ、壁や床に激突した食器がだな、カンカラーンとか情けない音を立てて撥《は》ね返ってくる訳だ。これってておかしくね？　一応ケラー家って上流階級の家庭なんだろ。そんな家がプラスチック製の食器を使うかって話」

意外なくらい、拓海の言葉が腑に落ちた。確かにヘレンと家族が激しい台詞の応酬をしているさ中、カランカランと場違いな音が鳴り響けば、それだけで緊迫した舞台は台無しになる。

「了解。鋭意努力する」

僕は汐音を伴ってステージの端に移動した。その場に座り込んでシナリオを開き、協議しながら該当シーンに朱を入れる。

「物を投げずに幼児的な反抗を表現するにはどうしたらいい」

「幼児のすることを羅列してみたら？」

「すぐにむくれる」

「ヘレンの齢でそれをやると、逆に可愛くなりかねないよ」

「泣き喚く」

「ヘレンはしょっちゅう叫んでいるでしょ」

「小便を洩らす」

「……ヘレン役、わたしなんだけど、喧嘩売ってるの？」

「どこか狭い場所に逃げ込んで、絶対に出てこようとしない」

「それはアリ、ね」

「テーブルの下なんてどうだろ。丸くなって、触られると騒ぎ出す」

「それほど動きがないから演技は楽か……うん。それにしよう」

決まったところでシナリオに落とし込んでいく。空白だった箇所が、あっという間に赤字で埋まっていく。書き終わると僕はおもむろに立ち上がる。

「お待たせ。修正完了。今から説明するんでみんな集まってくれ」

修正したシナリオに従って、キャストに動いてもらう。客席の壁村先生がシーンとの繋がりを確認し、問題がなければ演技を詰めていく。

トライ・アンド・エラー。二歩進んだと思えば一歩下がり、時には三歩も四歩も下がってから五歩先にいく。毎日がこの繰り返しで、なかなか劇の全体像が見えてこない。

それでも、どこか狂騒的な毎日は僕の肌にじわじわと馴染んでいった。公彦兄には悪いのだが、楓や大輝の事件、そして僕に課せられた任務をともすれば忘れがちになっていた。

僕の書いた〈奇跡の人〉は登場人物がさほど多くない。もちろんこれは汐音の脚本を基にしたからだが、部員が激減した今でも何とかやっていられるのはそのためだ。

急遽主役の一人に抜擢された汐音だったが、最初に抱いた懸念は杞憂《きゆう》になりつつある。台詞は少ないものの、精神的に未熟なヘレンを自分のものにしていた。当初からサリバン役だった瑞希は安全パイで、特に指示がなくても僕が意図した通りのキャラクターを演じてくれる。母親ケイト役を演じる三年の西條香奈《さいじようかな》先輩も手慣れたもので、さしたる不安は感じさせない。

問題は父親アーサー役の坂崎《さかざき》先輩だった。原典のアーサーは子供の教育をケイトに任せっきりで、手のつけられないヘレンなど施設に預ければいいと主張する。その時代は家庭を顧みることなく仕事に専念する父親像が一般的だったからだろう。それを僕の脚本では、単に無責任な父親としてキャラクター設定してある。

坂崎先輩は良く言えば大人びた、悪く言えばオッサンじみた風貌だったので父親役に適任だったのだが、要はそれだけだった。とにかく下手だったのだ。

声は人並み以上に出る。滑舌も悪くない。上背があるから見栄えもする。だが、身勝手な父親アーサーを演じきるには心許なかった。立ち稽古の最中も、僕は何度かカットを入れたくらいだ。

「すみません、坂崎先輩。そこはもっと感情豊かに。声は出てるんですから、あとは抑揚に気をつけてくれれば」

「すみません、そこはアーサーがケイトを見下している場面なので、上から目線で。もっとオーバーアクトで、腰に手を当てるとか」

「すみません、先輩。あのですね、もっともっと観客から嫌われるようなキャラを目指してください。アーサーの無責任ぶりでケイトに同情が集まるようにですね……」

そして何十回目かのダメ出しで、遂に坂崎先輩がキレた。

「そんなに俺の演技が気に入らないんだったら、高梨。お前が演ればいいだろっ」

坂崎先輩は素に戻って口を尖らせた。

「どうやら、俺じゃあお前の期待するアーサーを演れねえよ。自分でやった方が早いんじゃないのか」

「いや、僕は脚本で……」

「脚本書いてた汐音だって今じゃ主役の一人じゃないか。そんな理屈が通ると思ってんのか」

「何、キレてるんですか。今は練習時間も余裕がなくて」

「余裕がないのは時間じゃなくて精神的なものだろう。お前らは楓がいなくなってあたふたしているだけだ。あいつにどれだけ才能があったのかを認めたくなくて、無駄に足搔《あ が》いているだけだ。こんなんじゃ区のコンクールで優勝どころか上位入賞だって無理に決まってる」

この言葉に瑞希と汐音が反応した。当然だろう。瑞希は表情を険しくさせ、汐音は人を殺しそうな目つきになる。

「先輩。今の発言、部長として聞き流すことはできません。撤回してください」

「何だと」

「わたしも抗議したい。別にわたしたちは楓の影に怯えて演劇している訳じゃないです。楓の亡霊が怖いのなら、舞台に立つ前に神主さんを呼んでます」

何やら空気が剣呑になってきた。僕は自分に矢が飛んできたのも忘れて、二人の振舞いに目を向ける。

汐音の毒舌が続く。

「楓の亡霊に怯えていたのは先輩たちじゃないんですか。他の部では大抵三年生がイニシアチブを握っている。それが演劇部だけ事情が違っているのは楓の存在があったから。どんなに先輩風を吹かせても、あの演技力には誰も太刀打ちできなかった。楓が先輩を差し置いて部長になった時も、誰も反対できなかった。坂崎先輩もそうじゃないですか」

坂崎先輩の顔が、みるみるうちに紅潮していく。

このままではまずい——そう感じた時、ぱんぱんと乾いた音がステージの下から響いた。

壁村先生が手を叩く音だった。

「はいはいはい。まあ鎮まれ、お前たち」

口調は柔らかだが顔は般若《はんにゃ》のようだった。激昂していた坂崎先輩も、さっと口を噤む。

「ひと回りも年下のお前たちに使う言葉じゃないが、あんまり大人げない。楓がどうだとか上級生のプライドがどうだとか、聞いていて耳障りこの上ない。高梨が言った通り、もう時間がないんだ。もっと有益な時間の使い方をしろ」

今度は汐音に向き直る。

「お前もだ、汐音。毒舌吐くのは脚本の上だけにしろ。お前のリアル毒舌はくすりとも笑えん。時には言葉が最強の剣になるのを知らんお前じゃないだろう」

さすがに汐音も殊勝になった。

「……すみません」

「みんなクールダウンの時間が必要だな。部長、小休止の後に稽古を再開。高梨はわたしと一緒に来い」

有無を言わさぬ勢いには従うしかない。僕はお説教を食らう生徒よろしく、職員室まで連行されていく。

自分の椅子に腰を下ろした壁村先生は、僕を下から睨みつけた。

「別にお前を叱ろうというんじゃないんだ」

いえ、もう目が叱ってますって。

「演出担当だからキャストの演技に指示を出すのは当然だ。上級生に対して失礼な物言いではなかったし、第一芝居を作るのに上級生も下級生もない」

「じゃあ、どうして」

「いくぶん客観的な新入部員に訊きたいことがある。さっき坂崎と二年生の間で一触即発になったが、お前はどう思う。どっちの言い分が正しいと思う」

どこまで本音を言ったものかと思案したが、こちらを射抜くような壁村先生の視線が逃避を許してくれなかった。

「……多分、両方とも間違ってません。どっちも痛いところを突かれたから怒ったんですよ」

「説明してみろ」

「部長・副部長の座を二年生に取られた坂崎先輩たちの鬱憤はもっともです。他の部じゃそんな例はありませんし。でも楓がコンクール優勝を捥《も》ぎ取った実績の前じゃ何も言えない。そういう点で、やっぱり不満はあると思います」

「それから」

「瑞希たちも根は一緒です。何となく演劇部は二年生が幅を利かせてますけど、それも楓がいたからこそです。汐音の演劇センスもすごいと思いますけど楓の評判の前じゃ形無し、っていうより今まで演劇部に寄せられていた評価や人気が全部楓個人に対してだったのを改めて思い知らされた……そんな感じですかね。まるで自分たちが何の貢献もできていなかった、みたいな風に突きつけられたら、そりゃあ二年生だっていい気はしませんし」

僕の説明を聞き終わると、壁村先生は感心したように口を窄《すぼ》めてみせた。

「ほお、なかなかの観察力じゃないか。さすが処女作を演目に捻じ込むだけのことはある」

「褒めてるんですか、それ」

「褒めざるを得ないだろうな。楓亡き後、曲がりなりにも演劇部の均衡を保ってこれたのも、高梨の才能があってこそだからな」

何を言い出したんだよ、この人。

「おや。他人を観察する能力には長《た》けていても、自分を客観視する能力は未成熟だったか。誇っていい。お前にはモノを書く才能がある。楓が持っていた才能とは別物だけどな。楓を失って右往左往していた時にそういう才能を見つけた部員は、だから安心したんだよ」

「はあ」

「溺れる者は藁《わら》をも摑むからな」

「やっぱり褒めてませんよね、それ」

「半分冗談だ。後の半分は、やっぱり楓の才能に比べれば見劣りするし、上級生を圧倒するほどの求心力も不足している」

「そんなこと言ったたって」

「文化祭、成功させたいだろ。区のコンクールで上位入賞狙いたいだろ」

「そりゃあ……」

「だったらその観察眼に磨きをかけたらどうだ。人の内面を推し量るだけなら今までと同じだ。今度は人となりを勘案した上で、どうしたら他人を思い通りに動かせるのかを考えてみろ」

「操縦法、ですか」

「有り体に言えば、そうだ」

「何か狡猾な感じがして胡散臭いんですけど」

「演出家には必須の才能だぞ。名のある演出家・監督たちはみんなそういう手管で俳優たちを動かしている。他のキャストが平伏するような演技力を持っていないのなら人間操縦法を会得するしかない」

「するしかないって……」

「脚本はある。キャストも揃った。舞台装置もまあまあ間に合いそうだ。残るはこの小さな集団をまとめ上げる能力だけだ。しかし哀しいかな、毒舌気味の汐音に向く仕事じゃない。繰り上げで部長になった瑞希には人望はあるが、広い範囲で深謀遠慮を巡らすような策士には向いてない。あいつが意のままに操れるのは、せいぜい一人か二人だ」

悪かったですね。その一人が目の前にいる僕ですよ。

「で、僕がその策士とかに任命されちゃうんですか」

「任命じゃない。そうしないと、演劇部が上手く機能しないと言ってるんだ。別に無理強いしている訳じゃない」

無理強いしているのと、どこがどう違うというのだろう。

「連中がクールダウンしている今がチャンスだと思わないか」

畳み掛けられ、僕は自分に拒否権がないことを知った。

きっとそれが練習再開の合図だったのだろう。僕が体育館に姿を現すと、小休止の態勢でいたキャストたちがのろのろと腰を上げた。

「ちょおっと待ってて」

僕は皆に断りを入れてから、坂崎先輩をステージ袖に連れていく。

「何だよ、高梨。まだ俺に言いたいことがあるのか」

「ええ、恨み言を。今、壁村先生からたっぷり叱られてきたもんで、八つ当たりしたくなりました」

「どうしてお前が叱られるんだよ」

「『いい気になるな馬鹿。演劇は総合芸術だというのがまだ分からないのか。去年のコンクールで優勝できたのは楓一人の手柄じゃない。一人芝居は加点対象にならない。脇を固めるキャストと裏方、その全部が評価されたんだ。それを新入部員の分際で図に乗りやがって、貴様なんかスポットライトの下敷きにでもなりやがれ』」

「……そんなこと言われたのか」

「あの壁村先生が優しく優しく諭してくれると思いますか」

「まあ、そうだろうな。悪いな、何か貧乏くじ引かせたみたいで」

「いいえ。この際だから思っていること全部吐き出させてもらいます」

僕は坂崎先輩にぐいと顔を近づける。先輩は不意打ちを食らったように目を白黒させる。

「僕はですね、要求できる人にしか要求しません」

「んん？」

「先輩の演技力なら必ず僕のイメージどころか、遥《はる》かその上まで演ってくれるはずなんです。楓が不在の今、舞台を支えるには先輩たちを頼るしかないんです。でも僕は脚本を書けても、先輩たちみたいに演技することもできないし、汐音みたいに押し出しも強くないし、瑞希みたいに人望もないし……」

「い、いや。お前はよくやってると思うよ、うん。新入部員としちゃあ上出来だ」

「坂崎先輩」

僕は矢庭に先輩の手を両手で握り締め、瞬《まばた》きもせずにその目を正面から見据える。

「先輩が、頼りなんです」

しばらくそうしていると、やがて坂崎先輩は少し慌てた様子で僕の手を振り払った。

「わわ、分かったよ。分かったからそんなに思い詰めるな」

「それは先輩次第で」

「分かった！　ちゃんと話は聞いてやるから」

そして逃げるようにしてステージ中央へ駆け出していく。

ふと気づくと、ステージ下から拓海が僕を眺めていた。

呆れて物も言えないという顔だった。

そんな風に過ごしているうち、夏休みはいつしか終わりを告げた。家と学校を往復する毎日で、彼女と海に行くとか危険な香りの遊びに没頭するとか、十七歳に相応しいイベントは何一つとして経験できなかったのだ。

最終日だというのに、芝居の方は未だに最終のかたちを見定められていない。夏休みの思い出と呼べるものはない。残ったのは机の上に山積みとなった課題だけだ。一日がたったの二十四時間しかないのを恨めしく思ってペンを走らせていると、久しぶりに従兄弟が顔を覗かせた。

「やあ。予想通り苦しんでるなあ。感心感心」

「何が感心なんだよ」

「勉強は学生の本分だろ。ただ息抜きも必要だから差し入れにきてやった」

公彦兄はそう言って持参したレジ袋からハーゲンダッツのミニカップを取り出した。悔しいことに僕の好物、ニューヨークチーズケーキのラムレーズン仕立てだ。

「どうせタダの訳がないよな」

「息抜きついでに進捗状況の報告。安いもんだろ」

夏休み期間中、部活動に縁のない実習生は出勤の義務もない。当然、僕との学校での接点はなくなる。

「どっちが。ほぼ一カ月の潜入捜査の報酬がミニカップ一個なんて。ブラック企業だってもう少しマシだぞ」

「じゃあ要らないのかい」

「……アイスが溶けるの嫌だから、報告は食べた後な」

カップアイスを平らげてから、僕は夏休みに見聞きした一部始終を語り出す。最初はふんふんと頷いていた公彦兄だったが、途中からあからさまに不満げな顔をした。

「何だ。結局夏休みのほとんどを演劇部の練習に費やしただけだったのか」

「いや、だって楓や大輝のことを探るなら演劇部の内部にいなきゃならない訳で、そうなると自ずから部活動に励まなきゃいけない訳で……」

「そんなもの、傍観していればいいだけの話じゃないか。何を率先して旗振ってるんだよ」

「部員の信頼を得るためには全力で取り組まなきゃならなかったんだよ」

「それで肝心の情報収集ができなかったら本末転倒だろう。まあ、いい。慎也は気づいてないみたいだけど、結構有益な情報も仕入れてくれたみたいだし」

耳を疑った。

「ちょ、ちょっと待った。今の話のどこに有益な情報があるんだよ」

「ははあ、壁村先生の指摘通りだな。他人を観察する目はあるのに、自分のことになるとからっきしだ」

「まさか、今話した内容から犯人が分かるっていうのかよ」

「いや、まだそこまで決定的なものじゃない。要は可能性の一つが濃厚になった程度」

「話せよ、公彦兄」

「断る」

「どうして」

「可能性といってもあくまで僕の当て推量みたいなものだし、それで慎也に変な先入観を抱かせたら逆効果だからね」

そう言って公彦兄は黙り込む。

虚勢やハッタリの類いでないことは知っている。葛城公彦という人間は、そんな芸当のできる男ではない。だから僕の話から有益な情報を摑んだというのは本当だろうし、それを僕に告げないのもまた確かだった。

こんな時に正面切って向かっていっても意味はない。そこで搦《から》め手から攻めることにした。

「よし。それなら今度はそっちの情報を提供する番だ」

「ちょっとムシがよくないか。慎也は自分で話したことの重要性が分かってないんだろ」

「公彦兄に価値があれば一緒さ。等価交換の原理だ」

「何が等価なのかよく分からないけど……まあいい。当たり前だけどこの一カ月、捜査本部もただ手をこまねいていたんじゃない。大麻がどんなルートで雨宮楓さんの手に渡ったのか、ずっと調べ続けていた」

「判明したのかい」

「慌てるなよ。まず楓さんが常用していた大麻だが、こいつの種類が分かった。医療大麻の一種だよ。もちろん日本では違法薬物だが、アメリカでは半分の州、その他カナダ・イギリス・ドイツ・オランダといった欧州各国では合法になっている。つまり合法の地で大麻を簡単に入手し、日本国内に密輸している連中がいるのさ。この密輸グループの売人から楓さんの手に渡ったというのが、捜査本部の読み」

「売人は誰だ。やっぱり学校関係者か」

「それこそまだまだ秘匿情報だよ。ただ今回の件は組対が本腰を入れているから、早晩売人も挙げられると思う。何しろ麻薬犬が手錠を持ったような刑事たちだからね」

「殺人事件の方はどうなんだよ」

「それは僕らの管轄だから、先を越されるのは嫌だな」

公彦兄は平和な顔でしれっとほざく。

そして、いよいよ二学期が始まった。

五奇蹟

1

始業式は九月一日という切りのいい日付だったが、僕たちの気分まで切りがいい訳ではなかった。夏休みと授業再開との違いは校舎で見掛ける生徒数の違いと、部活動に充てられる時間の差でしかない。僕たち演劇部の面々は始業式が終わるなり、すぐ体育館に集まった。

何しろ文化祭までは今日を含めあと九日しか残されていない。それなのに大道具や小道具などのスケジュールは遅れている。キャストの仕上がりも五分といったところだ。

理由は明白過ぎるほど明白だ。楓の事件で部員が激減し、スタッフにまわせる人数が減ったからだ。キャストの仕上がりがイマイチなのも、途中で脚本の内容が変更になったためだ。

こう書くと、じゃあ一カ月以上も夏休みがあったのにその間どうしていたんだと誹《そし》るヤツもいるだろうが、これは走ることに喩えてみれば分かってもらえると思う。いくら五十メートルを六秒で走れるといっても、六百秒で五キロを走れるはずがない。緊張感を二十四時間持続させるのは到底不可能で、一カ月あまりの時間があったのにそれほど進捗しなかったのは、まあそういう理由だ。

ただ、逆の言い方もできる。時間的に余裕がなくなれば集中できるという、例の不思議な思い込みだ。だからという訳でもないのだろうけど、稽古前の瑞希も通常とはずいぶん異なるモードだった。

「非常事態宣言を発令します」

瑞希が殊更に鹿爪らしい言い方をしたのは、部員たちに危機感を持ってもらいたいという気持ちの表れだった。

「文化祭まであと何日もないのに、わたしたちにはあらゆるものが足りません。準備も練習も器材も、心構えもです。いちクラスの演しものではなく、これは演劇が好きで、人よりも表現欲が強烈で、しかも演劇のために一日数時間を費やしている人間たちが発表するものです。期待もされています。逆に心配もされています」

心配の理由が、楓が欠けたことだとは敢えて口にしなかった。口にしなくても誰もが嫌というくらい承知している。

「非常事態なので、非常態勢を取ります。今日から文化祭前々日までは閉門時間を延長させてもらいます」

「何時まで？」

拓海が恐る恐るという風に手を挙げる。

「夜十時まで」

「うへぇ……あれ、部長。今、前々日までって言ったよな？　さすがに前日は早帰りか」

「その時になっても目処《めど》が立たないようだったら、泊まり込みです。既に実行委員会には話を通してあります」

「……まあーいーけどさー。よくそんな申し出を実行委員会が承諾したよなー。女子がいるんだぞ」

「それは壁村先生がちゃんと学校側に根回ししてくれているから。それに今回は、直前まで残らせろっていうクラスが少なくないみたい」

「ん？　そりゃまた何で」

「警察の立ち入りが続いて、授業や部活動のスケジュールに遅れが生じたから。だから余計にウチが不完全なモノを演す訳にはいかない」

「それもまた何で」

瑞希はそこで口ごもる。後を継いだのはやはり汐音だった。

「警察が立ち入る、そもそもの原因は演劇部のメンバーがこしらえたから」

　およそ感情のこもっていない口調だったが、この時はそれが幸いした。事実を事実として受け止める。そのためには過剰な思い入れは不要だった。

「そんなの見当違いの責任感だからみんなが感じる必要はないけど、こっちにも意地があるわよ。演劇部のせいでああだこうだとか言い出す口を、劇のクオリティで塞いでやりたい」

　僕は幼馴染の顔を至近距離から眺めた。

　繰り上がりの部長。でも、元々瑞希には気の強いところがある。子供の頃は、それでよく痛い目に遭わされた。

「あたしもそうだけど、みんなも的外れの批判や嫌味を言われて気分を害したのが一度や二度じゃないと思う。言い返したい。あたしたちのせいじゃないって。でも、どうせ的外れなこと言ってくる連中にはまともに抗弁したって聞く耳なんてない。だったらもう、言葉や理屈以外で圧倒するしかないと思う。ここに楓や大輝くんがいたら、きっと二人も同じことを言う」

　そんな瑞希が決意も露《あら》わに檄《げき》を飛ばしているのだから応援しなければ嘘だ。僕は周りから浮くのを覚悟して手を叩く。

　瑞希は僕の拍手に驚く素振りを見せたが、意外にも僕に追随するかたちで拍手が重なり、やがて彼女は部員全員の拍手に包まれた。

「よく言った、部長」

坂崎先輩は納得顔で何度も頷きながら言う。

「嫌いじゃないぞ、そういうの」

一番面食らったのは当の本人だったようで、瑞希は皆の反応にえらく戸惑った様子でいる。

「あ、あの、えっと……ありがとうございます。それでは、各人持ち場に戻ってください」

その際、瑞希の表情が微《かす》かに歪み始めていることに気がついた。僕は「じゃあ部長、早速なんだけどさ」などと言いながら彼女の腕を取り、皆のいる場所から遠ざける。

案の定、瑞希は涙目だった。

「……慎ちゃん、気を回してくれたんだ」

「半ば決起集会みたいな雰囲気になっていたから、あそこで部長が涙の一滴でも流せばいい発奮材料になるんだろうけどね。瑞希、そういうの嫌いだろ」

幼稚園の頃から知っている。感情表現が豊かに見えるが、瑞希は本心をなかなか面《おもて》に出そうとしない。だから人前で涙を見せるような真似は葬式以外には慎んでいる。

「……恩に着る」

「そんなもの着なくていいから、自分の仕事をやってくれ」

僕は汐音に演出を任せると、かがり先輩の姿を追った。

文化祭が間近に迫った今、演出のみならず全体の進行状況も把握しておくようにと瑞希から依頼されていたからだ。

かがり先輩はいつものように三年B組の教室で、せっせと衣装縫いを始めていた。

「ああ高梨くん、ご苦労様。部長、あれから大丈夫だった?」

「え」

「彼女の涙腺、崩壊寸前だったじゃない」

「うわあ、ちゃんと見るとこ、見てるんですねえ」

「こういう状況で半ば強制的に押し上げられた部長だからね。元々は楓の補佐に徹していた子だから、プレッシャーも相当だよね。さっきのは、その反動だろうね」

そう言ってからかがり先輩は僕を軽く睨む。

「この女泣かせ」

「えーっと、その言い方は誤解を生むんでやめてください」

「でも、絶好のタイミングで拍手したよね。十七歳でそこまで空気読むのが上手いと、ちょっと嫌味だよね」

「いや、その」

「嘘。冗談だから気にしないで。で、演出担当が何の用？」

「進捗状況の確認です。もう本番まで日がないから」

「じゃあ安心して。今やってるケイトの衣装を縫い終えたらそれでお終いだから。そこからは小道具の方に合流できると思う」

「さすが先輩。心強いです」

僕はかがり先輩の指先から、ずっと目が離せないでいた。かがり先輩は喋っている最中でも、一度も指の動きを止めない。僕の方を見ている時でも、針を持った指は別の生き物のように動き続けている。

拓海に聞いたところによると、かがり先輩は入部した時から衣装係だったらしい。確かに目の前で針仕事を見せられると適材適所としか思えなくなる。指の動きにはわずかの澱みもなく、縫った跡もミシンのように綺麗だ。ミシンを操っている場面に遭遇したこともあるが、まるで職人さんのようなミシン捌《さば》きに目を瞠《みは》ったものだった。

「今更なんですけど、かがり先輩、どうしてそんなに針仕事が上手いんですか。家がそういう仕事だとか」

「今日びお針子で食っていくのはしんどいだろうなあ。違うよ。わたし元々レイヤーだから」

「レイヤー？」

「コスプレイヤー。知ってるでしょ？」

僕は仰け反りそうになり、思わずかがり先輩を凝視してしまった。

「何よ、その、偶然立ち寄ったコンビニで強盗に出くわしたような顔は」

「そりゃあ驚きますって」

「中学の頃からハマってさ。ああいうのは自分のサイズに合わせなきゃならないから、自然に裁縫の腕が上がっちゃうのよ」

「何のコスプレしてるんですか」

「魔法少女とかネトゲの女騎士とか」

しばらく声を失っていると睨まれた。

「……演劇部に所属する人間が扮装《ふんそう》して、何かおかしい？」

「お、おかしくないです。はい、全然。でもコスプレが好きなら、どうしてキャストに手を挙げないんですか。先輩だったらタッパもあって見栄えするのに」

「いくらステージの上で見栄えしたって、台詞喋れなかったら看板と一緒じゃない。それに演技もできないしね。その点、コスプレって楽よ。ポーズ取ってるだけでいいんだもの」

僕は世間が狭く、コスプレは知っているけど実物を見たことはなかったので、まだ現実味が湧いてこない。

「不思議そうね。でも高梨くんだって演劇に興味があって入部して、おまけに脚本まで書いちゃったんでしょ。だったらわたしのコスプレ趣味も理解できるんじゃないの」

「表現欲ってヤツですか」

「違う、違う、違う」

かがり先輩は笑いながら大きく頭を振る。

「表現欲とは真逆のものよ。そうねえ、言ってみればカムフラ欲、みたいな？」

「カムフラージュのことですか」

「みんなね、自分のことが好きじゃないの。綺麗じゃなかったり、優秀じゃなかったり、天真爛漫《てんしんらんまん》じゃなかったり……わたしもその一人でさ、コスプレしている時はそういう気持ちから解放されるよね。一種の変身願望。で、変身願望っていうのは自分を隠したいっていう気持ちの裏返しなのかなあって思ったりする」

そう説明されると、少しだけ理解できる気がした。

僕だって自分があまり好きじゃなかったのだ。演劇部に入って脚本を書くまでは。

「それはわたしに限らず、演劇部員のほぼ全員がそうじゃないのかな。キャストとかスタッフとかに拘らず、演劇に興味を持った時点で違う自分を想像していると思うよ。ここではないどこか。今ではないいつか。見たことのない自分。現に高梨くんだって脚本家デビューした時には、別の自分を見つけたような気にならなかった？」

「……なりました」

「だからさ、自分が嫌いな人間ほど演劇には向いてるってのが、わたしの仮説。一番いい例が楓じゃないかな」

「えっ。でも楓は学校のアイドルみたいな存在だったじゃないですか。顔はあの通りだったし、成績もよかったし、お嬢様だったし。自分を否定する材料なんて何もなかったですよ」

「それはあくまでも高梨くんの見方でしょ。本人は、そういう見方されるのが嫌だったみたいよ」

「でも」

瞬間、翔平と連れ立ってラブホテルから出てくる楓の姿が頭を過《よぎ》った。およそ〈お嬢様〉には似つかわしくない行為――あれも他人から見える自分への反発だったというのだろうか。

「去年一年間ずっと間近で見てきたから、楓についてはわたしたちの方がクラスメートよりは詳しいかもよ。何せ演技の上ならどんな下品にも、どんなビッチにもなれる場所だったから。演技力が高いっていうのは、逆に言えば普段の姿からどこまで飛べるかってこと。楓はね、自分で口にしたことはなかったけど、周囲からの目に相当反感を持ってたのよ」

かがり先輩の言葉がゆっくりと僕の胸に沁み込んでいく。

僕から見た楓、クラスメートから見た楓、担任の室田先生から見た楓、両親から見た楓、そして演劇部員から見た楓。

同じ姿をしているものは一つとしてなかった。でも、どれもが紛れもない楓だった。きっと、人というものは皆そうなのだろう。他人に見せる自分も見せない自分も、全部その一部だ。

以前のままの僕であったら、おそらくこんなことは考えもしなかっただろう。楓の死についても一面的な見方しかできなかっただろう。

唐突に別の考えが僕の脳髄を貫いた。

一面的な見方をしていたのは楓にだけだったのか。

それ以外の人間にも浅薄な決めつけをしていたのではないか。

たとえば——。

僕が妄想じみた発想に囚《とら》われ始めた時、背後から名前を呼ばれた。

振り向くと、教室のドアに不安げな表情の瑞希が立っていた。

「慎ちゃん、今すぐ来て」

「どうしたんだよ」

「壁村先生から通達。今からあたしと慎ちゃん、校長室に来いって」

「校長室って、どうしてまた」

「褒められるようなことした憶え、ある？」

「全くない」

「だったら、間違いなく逆の用事よね」

僕は仕方なく頷く。校長先生に呼びつけられる理由なんて二者択一でしかない。

とにかく壁村先生が来いと言っているなら行かない訳にはいかない。僕は瑞希とともに一階の校長室へ急いだ。

部屋の前に立った時、不意に思い出した。常盤台高校に入学しておよそ二年、校舎の隅々まで知っていると思っていたけど、まだ一度も足を踏み入れていない場所がある。

校長室がその一つだった。

「部長の瑞希から入れよ」

「男のあんたから入りなさいよ」

こういう時だけ立てるつもりかよと愚痴りたくなったけど口には出さず、僕はおもむろにドアをノックした。

「入って」

蜂屋校長の返事で、僕たちはおずおずと部屋に入る。自然に頭が下がってしまうのが情けなかった。

応接セットに校長と壁村先生が対峙していた。二人を隔てるテーブルの上には、僕の書いた台本が置いてある。僕と瑞希が一礼すると、校長は無言で壁村先生の隣に座るよう促した。

急に呼び立てて済まなかった、と言ったのは壁村先生だった。

「部長と脚本担当にまず伝えなきゃいけなかった」

何かあったんですかと瑞希が問うと、応えたのは校長だった。

「劇の内容に、一部問題があります」

校長は眉一つ動かさなかった。

これは脚本を書いた僕が訊くべきことだろう。

「どこが問題なんでしょうか」

「ヘレン・ケラーが引き籠りという設定です。これは我が校の文化祭、延いては区のコンクールに出すものとして非常によろしくない」

一瞬、意味が理解できず、壁村先生の顔をチラ見した。先生は目元に悔しげな困惑を浮かべている。

「何がよろしくないんでしょうか」

「何がって、そんなものは分かり切っているでしょう」

校長はテーブルの上の台本をとんとんと指で叩く。僕の目には、その仕草がひどく傲慢なものに映った。

「文化祭当日には多くの父兄も参観されます。その中には生徒の肉親に引き籠りのお子さんを持つ方がいるかも知れません。もし、そういった父兄が客席で引き籠りなどという台詞を耳にしたら、いったいどういう気持ちになるのか、考えたのですか」

僕はしばらく口を半開きにしていたと思う。自分の失敗に気づかされたからではない。あまりにも馬鹿馬鹿しかったからだ。

「あの、校長先生。この台本、全部読んでくれましたか」

「もちろんです」

「これは〈奇跡の人〉の現代的な解釈です」

「そんなことは一読すれば分かります」

「ヘレン・ケラーは引き籠りでどうしようもなかったけど、サリバン先生の指導で自立心が芽生え、ラストでは引き籠りでなくなります」

「それも読めば分かります」

「何が問題なんですか。引き籠りだった女の子が自立する話なんですよ。全然後ろ向きなストーリーじゃないし、原典の〈奇跡の人〉のエッセンスを生かした内容です」

「何も主人公を引き籠りにする必要はないでしょう。とにかく高校演劇に相応しい内容ではありません」

あんたに相応しいかどうかを決める権利があるのか——喉元まで出かかった台詞をすんでのところで呑み込む。

「何が、どう相応しくないのか説明してください」

「引き籠り・貧乏・格差・イジメ・スクールカースト。世の中ではそういった刺激的な単語が徒《いたずら》に耳目を集めていますが、我が校の先生ならびに生徒たちには全く関係のないことです。関心もないのに下世話な社会問題を大袈裟に騒ぎ立てるのは、校訓に背くものです」

この人はいったい何を言ってるんだと思った。

僕に限らずどんな能天気な生徒だって、この高校にカーストもあればイジメや格差も存在していることを知っている。引き籠りだって例外ではない。僕が一年の時には最初の一カ月だけ登校して、それからずっと姿を見せなくなったヤツを二人知っている。噂では自分の部屋からは一歩も外へ出ようとしない典型的な引き籠りだ。僕のクラスだけで二人なら、全校ではもっといるに違いない。

ようやく僕は理解した。

蜂屋校長の言葉は思っていることと裏腹だった。

関心がない社会問題ではない。身近にある、血の出るような真実を表に出すなと言っているのだ。

「……そういうことか」

僕が独り言のように呟くと、何を勘違いしたのか校長は我が意を得たりとばかりに微笑んだ。

「ええ、そういうことです。君は理解が早いな。さすがオリジナルの脚本を書くだけある」

本当に、このオッサンは何を喋っているのか。オリジナルの脚本を書くことと理解が早いのが、どこでどう結び付くのだろう。

僕の憤懣《ふんまん》を察知したのか、僕が口を開こうとするのを制して瑞希が割って入った。

「それにしても、どうして今になって。文化祭本番まであと九日しかないんですよ」

「それは台本の中身まで吟味する時間がなかったからですよ」

何を当たり前のことを聞くのかという口調で、これにも向かっ腹が立った。

「大体、タイトルが〈奇跡の人〉なら誰だってあの名作を想起する。オリジナルだなんて考えもしないよ」

各クラスや文化系の部が何を演しものにするか、概要は夏休み前から実行委員会に提出している。要は学校側のチェックが遅れたというだけの話だ。

これには瑞希が唇を真一文字に締めた。部長として黙っていられないというところか。

「要するにヘレン・ケラーが引き籠りの設定を変更しろという意味なんですか」

「必要のない設定は必要ありません」

「演劇部はこの脚本で立ち稽古を進めています。主人公が引き籠りだという設定を変えるのは、ほぼ全部を変えるということです。今更、そんなの不可能です」

「不可能ならプログラムから除外するしかない。当然、コンクールへの参加も再考しなければなりません」

さっと瑞希の顔色が変わった。

今度は僕が機先を制した。

「分かりました。何とかします」

僕がそう言った瞬間、壁村先生と瑞希は一様に驚いたようだった。

「色々ぎりぎりですけど頑張ります」

素晴らしいですね、と校長は何度も頷いた。

「二年の高梨慎也くん、だったね。やはり君は理解が早い。文化祭での発表を楽しみにしています」

「じゃあ、僕たちは練習があるので失礼します。行くよ、部長」

瑞希を促すと、壁村先生も僕について腰を上げた。二人とも、どういうことか説明しろと顔で怒っている。

校長室を出ると、早速瑞希が咬《か》みついてきた。

「今のはどういうつもりよ。脚本書き替えただけで済む問題じゃないのよ」

「そうだぞ、高梨。できない約束をしてもしょうがない」

僕は片手を挙げて二人の言葉を遮る。ただでさえ女子から責められるのは苦手だ。二人同時では手も足も出ない。

「先生、明日まで待ってくれませんか」

「明日？　たった一日で何をするつもりだ」

「取りあえず文化祭は生徒の自主性に任せるってお題目ですよね。だったら一日任せてください。お願いします」

僕が大袈裟に手を合わせてみせると、壁村先生は不承不承といった体で、廊下の向こう側に去っていった。これで残るは部長への説得だ。

「ねえったら！　いったいどうするつもりよ」

「どうもしない。このまま稽古を続けるだけだ」

「えっ」

「明日さ、瑞希の方から校長先生に汐音バージョンの〈奇跡の人〉、渡しといてよ。壁村先生はスルーして」

「どうしてスルーするのよ」

「この一件に壁村先生を噛ませると、後で責任問題になりかねない。壁村先生には知らせないままで突っ走ろうって話」

「ちょ、ちょっと慎ちゃん。あんた、さっき校長先生と約束したこと、もう忘れたの」

「僕が約束したのは『何とかします』と『頑張ります』だけだ。具体的な約束は何もしていない。いったん汐音バージョンの台本を見せれば校長先生も納得する」

「そんなことしたって文化祭当日になったらモロバレじゃないの」

「努力したけど、結局ダメだったと言い訳するさ。その時は当然、僕が頭を下げる」

「文化祭はそれでいいとしても区のコンクールはどうするのよ。校長の逆鱗《げきりん》に触れてタダで済むと思ってるの」

「それは結果次第さ。文化祭での発表は小手試しみたいなもんなんだろ。観衆の大当たりを取って、尚且つ保護者から拍手喝采を浴びれば校長だって無下にはしないと思うよ。学校だってコンクール入賞の名誉は喉から手が出るほど欲しいはずだから」

しばらく瑞希は呆れた目で僕を見ていた。僕が坂崎先輩を籠絡した時、拓海が寄越《よこ》した視線と瓜二《うりふた》つだった。

「……いつの間に、そんなテクニックを覚えたのよ。あたしの幼馴染の慎ちゃんは」

「必要に迫られると人間は逞《たくま》しくなるんだよ、きっと」

2

夜十時までの部活延長は、疲労とともに異様な興奮も連れてきた。

キャストは圧倒的に習熟度が足りない、小道具や衣装はともかく、舞台のセットはまだ八割方しかできていない、それでもタイムリミットは刻一刻と迫ってくる。何というか毎日がチキンレースの繰り返しみたいで、絶えず何者かから追い掛けられているような焦燥感に苛《さいな》まれる。おまけにストーリーに変更がないのは部員以外には秘密だから、何かと理由をつけて舞台から壁村先生を遠ざけなければならない。

それなのに不思議と絶望や倦怠《けんたい》はなかった。根拠がないと言われればそれまでだが、何とかなるんじゃないかという希望が部員を繋ぎ止めていた。

文化祭当日まで校長を欺く。そう打ち明けた時、皆は呆れ果てながらも事後承諾してくれた。それ以外に〈奇跡の人〉を演《おお》り果す方法がなかったせいもあるが、一つには本当に呆れ果てたのだそうだ。

「校長相手にそこまでブラフ嚙ませられるんなら、逆にすごいよな」

坂崎先輩は妙な感心の仕方をした。これにかがり先輩が絶妙なタイミングで畳み掛ける。

「どうせわたしらはこれが最後なんだしさ。こうなったら徹底的に付き合ってあげるよ」

僕の工作を追認した時点で演劇部員全員が共犯者となったため、焦燥感に緊張感が加味された。スリル倍増という訳だ。肉体がヘロヘロになっても、気が張っているので部活中は疲労を感じずにいた。ドーパミンが噴出しているのか、それともランナーズ・ハイに近いものがあるのか昂揚感はずっと持続した。

だが、いったん帰宅の途に就くや否や昂揚感の魔法は雲散霧消する。夜の十時まで大車輪で駆け回り、家に帰ってからは大慌てで夕飯を掻き込み、カラスの行水みたいに入浴を終えると、もう教科書を開く気力すらなかった。

公彦兄が一週間ぶりにやってきたのは、ちょうどそんな時期だ。

「ずいぶんとお疲れモードだね」

部屋で待ち構えていた公彦兄は労《ねぎら》うようにそう言った。

「でも十七歳だから、こんなのはへでもないか」

「十七歳にだって体力の限界はある。今は報告する気力もない。飯、食べるのが先」

「今日、叔母さんは町内会の集まりで出掛けた。僕は留守番」

「え。そ、それじゃあ夕飯の作り置きとか」

「急な呼び出しとかで、慎也が帰ってきたら台所にあるもので間に合わせておけってさ」

「ひどい」

　すると公彦兄は背後から見慣れたマークのレジ袋を取り出した。

「ほら、心優しい従兄弟からの差し入れ。これ食べながら一週間の報告」

「差し入れって、牛丼の並じゃん。これが一週間の諜報《ちょうほう》活動の報酬って、いくら何でも安過ぎないか」

「要らないなら……」

「要らないとは言っていない」

　理性は本能に太刀打ちできない。僕は賃上げ要求も許されないままプラスチックの蓋を開ける。軽い屈辱感は最初だけで、牛肉を頬張り始める頃には反抗心もすっかり萎えていた。とんだ一人ブラック企業だ。

「早速報告を」

「先に食べさせてやるという慈悲もないのか」

「だから折衷案として食べながら報告」

　雇われた者の悲哀を牛丼と一緒に噛み締めながら、僕は始業式の日から見聞きした全てを報告した。

「へえ、かがりさんはそんなことを言ったのか。さすがだね」

　かがり先輩が語った内容を聞くと、公彦兄は感心しきりだった。

「大人な言動がっていう意味かい。うん、それは僕もそう思ったけど、さすがっていうのは？　先輩といっても一つしか違わないぞ」

「慎也の年頃はさ、その一つ違いがすごく大きいんだよ。たとえば大輝くんと慎也は一つ違いだったけど、慎也からすれば彼はとても幼く見えたんじゃないのかい」

「そりゃあ、向こうは中学出たばっかりだし」

「でも一つ違いに変わりはない。十六歳と十七歳、十七歳と十八歳。それぞれの一年が途方もなく大きい。ちょうど子供から大人になる過程だからかな」

公彦兄は懐かしそうに言う。

「そういうのは、多分今だけだと思う。何にせよ貴重な時間なんだと思う。それにかがりさんの言葉も貴重だ」

「額にでも入れて飾っておこうか」

「うん。それくらいの価値はあるよ。結構、今度の事件を解決に導く糸口が潜んでいたりしてね」

その言い草が何とも鼻につく。

「うん？　気に食わないって顔だね」

「公彦兄や警察は、もう容疑者を絞っているのか」

「警察というよりは僕の勝手な推論だよ」

「勝手な推論なら、この場で喋ってもいいだろ」

「いいや。慎也に妙な先入観を抱かせたくないから言わない。それは以前にも言っただろ」

公彦兄は僕の報告を聞いて推論を組み立てたらしい。それなら情報源である僕は公彦兄と同じ材料を持っている訳で、それで何の推論も立てられないというのは一種の屈辱だ。

どこか見落としたものがあるに違いない。そう考えて頭を捻《ひね》ってみるが、部活動の疲れを引き摺ったままでは碌な推理もできやしない。

「慎也には警察の動きよりも校長や職員会議の行方が気になるんじゃないのかい。慎也のオリジナル脚本、一度会議の俎上《そじょう》にのぼったからね」

それは初耳だった。僕の感じ方がちょっと歪んでいるせいかも知れないが、自分の書いたものが職員会議で取り上げられるというのは誇らしい気分になる。

「先生たちはどんな反応だったんだよ」

「うーん、始めは押しなべて好意的ではあったよ。名作をそのまま上演するんじゃなくて、オリジナルで勝負するっていうのは評価されたみたい。引き籠りという社会問題を盛り込んだのもチャレンジャーだって褒める先生もいた。まあ、壁村先生と担任の室田先生だったんだけどさ」

何だ、二人とも身内みたいなものじゃないか。

「ただね、察しの通り校長先生がまず難色を示して、それに全教員が追随しちゃった。常盤台高校の文化祭には相応しくないって」

「最後にダメ出しするくらいなら、実行委員会の自治に任せるなんて大義名分、持ち出さなきゃいいんだ」

僕はあっという間に食べ終わった牛丼の容器をレジ袋に放り込む。

「まるで自分の掌《てのひら》の上で生徒たちを踊らせているみたいで、腹が立ってくる。自治に任せるなんて欺瞞《ぎまん》もいいところだ」

「今は二つの事件や麻薬の問題を抱えているからね。理事会からもかなりのプレッシャーがあったみたいだよ。これ以上、揉め事は起こしてくれるなって。普通だったらぎりぎりセーフで見逃してくれたかも知れない慎也の脚本があえなく排除の対象になったのは、そういう背景がある」

「タイミングが悪かったってことか」

「うん。だけどこのタイミングじゃなかったら、慎也だってオリジナルの脚本を書こうなんて思わなかっただろうからね。そう考えるとあながちタイミングの問題だけじゃないと思う」

「じゃあ、どんな問題なんだよ」

「教育実習の名目で学校に潜入して結構経つけど、やっぱり事件関係の情報以外にも見聞きするものはあってさ。学生の時分には見えも考えもしなかったことがよく分かるようになった。きっと教師という人たちを同じ職業人として見られるようになったからだろう」

僕はその時、学生時代の公彦兄を思い出していた。当時僕はまだ小学生だったけど、親戚同士でも「気の弱い」、「ひたすら真面目」な公彦坊で通っていた。親や教師に無意味に逆らうことなど皆無に近かったのではないだろうか。

「これは常盤台高校だけなのかな。慎也は自分の学校の校訓を知っているかい」

「自由・自立・飛躍」

「正解。そしてその校訓の下には『生徒の個性を尊重し、最大限に発揮させる』とある」

「いざ改めて聞いてみると、サブイボ立ってきそうなくらいに胡散臭い」

「そう言うなよ。教育の現場が外に見せる建前なんだから鹿爪らしいのは当たり前だよ。ただ掲げた理想と現実とのギャップが大き過ぎると、違和感というか弊害が生じるようになる。そのいい例の一つが慎也の脚本だ。僕も読んだけど、原典の〈奇跡の人〉に上手くオマージュを捧げているし、扱っているのは身の丈に合った問題だ。少なくとも僕は従兄弟の隠れた才能に驚かされたクチだよ」

「それはどうも」

「常盤台高校の掲げた校訓を字面通り受け取るなら、この脚本こそ教育の賜物と称賛されてもいいはずだ。だけど実際は校長先生から疎んじられ、大多数の先生からも黙殺される。何故かといえば、学校の掲げる個性というのは僕や一般の人たちが考える個性とは別物だからなんだろうな。あの人たちは自分の常識内、自分の許容範囲に収まるものでないと個性とは認めたがらないんだよ」

公彦兄の言葉に、僕は自然と頷いていた。

「いい例の一つと言ったよね。まだ他にも例があるのか」

「もう一つは楓さんだよ。関係者から楓さんの人となりを聞く度に印象が変わっていっただろ」

「うん」

「両親からは善い子、学校からは優等生の折り紙をつけられ、生徒からもアイドル扱い。でも彼女には別の一面があって、それを隠したいがため演劇にのめり込んだ。それだって周囲が無理やり理想という鋳型に嵌め込もうとした反動だったと思えないかい。彼女が麻薬に手を出したのも、それと全く無関係だとは思えない」

「周りが楓を追い詰めて殺したってことか」

「仮に自殺であったとして、そういう言い方もできない訳じゃない。慎也の話を聞く限り、生徒たちの方が先生たちよりも、楓さんをよく知っているように思える。まあ同年代だし、先生が一人の生徒をどこまで理解できるかなんて限界もあるんだけどさ」

「最初から、そういう期待があって僕を雇ったのか」

「うん。お蔭で真相に近づくことができた。ありがとう」

「それでも解決するまではひと言も口にしない。僕に先入観を抱かせるのが怖いから、と」

「第一、外れたら恥ずかしいしさ」

「そっちかよ！」

「年下の従兄弟には威厳を保っていたい」

公彦兄は屈託なく笑う。威厳云々はともかく、僕が今でもこの従兄弟を慕うのはこの笑顔のせいだ。

「でも教育実習は一カ月の予定だっただろ。それがもう二カ月以上だぜ。他の先生から変に思われてないか」

「毎日授業している訳じゃなくて飛び石だから、普通よりも長くかかっている。そういう理由で延長している」

真面目であっても要領がいいようには見られないから、その言い訳も通用するのだろう。

「だけど、もうそろそろお役御免だ。おそらく文化祭が終わる頃には、僕は常盤台高校からおさらばすると思う」

「ちょおっと待った」

言葉の微妙なニュアンスを、僕は確かに聞き取った。

「それって文化祭が終わる頃には事件が解決しているってことか。もう公彦兄が校内に潜入している必要がないってことか」

「鋭いな。また少し見直した」

「公彦兄とは二十年近い付き合いだぞ。見くびるなよ」

僕はそう言って従兄弟に詰め寄った。公彦兄は相変わらず太平楽な顔をしている。

「何か決定的な手掛かりを摑んだんだな。そうに決まってる」

「決定的とまでは言わない。突破口にはなるだろうけど」

「話せよ」

「捜査情報だよ」

「牛丼一杯じゃ安過ぎる。せめてそっちの情報を提供しなかったら不公平だ。教えてくれないのなら、もう今後は一切協力しない」

束《つか》の間《ま》公彦兄は逡巡《しゆんじゆん》しているようだったが、やがて決心したらしい。軽く頷いて僕を正面から見た。

「それじゃあ民間人に話せるぎりぎりの範囲で。ただし新聞発表はまだだから他言無用」

「了解」

「楓さんに大麻を渡した可能性のある売人を確保した」

「ええっ」

僕はきっと間抜けな顔をしたのだろう。それが実感できるくらいには衝撃的なニュースだった。

「ままま待ってよ。でもここ数日間で生徒の誰かがパクられたなんて話、聞いてないぞ！」

「だろうな。逮捕したのは常盤台の生徒でも教師でもないから」

逮捕者の名前を明らかにされないまま説明を聞くと、どうやらここ数年のうちで医療大麻が合法化されている国に渡った旅行者をリストアップし、一人一人潰していったらしい。

「そんなもの、どれだけ候補者がいるんだよ」

「まさに干し草の山の中から針を探す仕事だよ。でも実際の犯罪捜査というのは大なり小なりそういうものだ」

「じゃあ、そいつが直接楓に大麻を渡していたのか」

「それはまだ捜査途中。でも逮捕者から彼女の手に渡ったのは確か。逮捕者が所持していた大麻と、楓さんの遺体から検出された大麻と成分が一致したからね。医療大麻はちゃんとした製薬会社が調合しているから、成分のばらつきがなくて特定しやすかった」

「だったら、楓はやっぱり自殺だったっていうのか。大麻を渡したのが校外の人間だったのなら、そういう結論になる」

「だから言ったじゃないか」

落ち着かせようとでもしたのか、公彦兄の手が柔らかく僕の肩に置かれた。

「まだ、捜査途中だって」

それを最後の言葉にして、公彦兄は部屋から出ていった。

後に残された僕は一人悶々とするしかなかった。


九月九日。

時間というのは非情なもので、とうとう文化祭前日を迎えた。総練習や準備に時間が必要という理由でこの日の授業は午前中で終わりとなったが、本音を言えば終日時間が欲しかったところだ。

昼食なんていつでも摂れる。いざとなったら一食くらい抜けばいい。僕と演劇部の面々は四時限目の終礼とともに席を立ち、体育館へ急いだ。

体育館では既に翔平が大工道具を携えて拓海を待っていた。

「早くしろよな」

無骨な声は拓海を促したものだ。残された今日一日で残りのセットを完成させなければならないから、自然に声は荒くなる。

拓海が気の進まない顔で体育館を出ようとすると、瑞希が声を掛けた。

「あ、外に出るんだったらついでにお願い。総練習するから、前列のステージ下げといて」

少し間があって、ステージ裏から拓海がひょいと顔を覗かせる。

「悪《わ》りい。スイッチの位置、分かんね」

何やってんのよ、と汐音が飛び出してステージ裏に消える。すると即座に前列ステージが静かに下がり始めた。

「何年この体育館使ってるのよ」

「知らねーよ。俺の持ち場はずっと体育館裏だったし」

「少しは探してみなさいよ」

「こんなにスイッチが並んでたら分かんねーよ!」

「目が悪いんじゃないの」

「ああ、お前は性格が悪いよなっ」

ステージ裏から洩れ聞こえる二人の声は無駄に熱い。やはり気が急いているらしい。普段は冷静沈着な汐音も心なしか言葉が尖っている。こんな時には雰囲気を和らげてくれる拓海も余裕がないようなので、空気は張り詰めていく一方だ。瑞希も同じことを感じているらしく、額を押さえて溜息を吐いている。

だからといって、ここで僕が場違いなギャグを飛ばしたところで事態が悪化するのは目に見えている。

「それじゃあ、早速総練習行こうか」

僕は努めて平静に振る舞おうと思った。スタッフやキャストがここに至って慌て出すのも無理はない。だけど部長の瑞希や僕までがあたふたしていては、完成するものも完成しない。

さすがに幼馴染、僕の意図をすぐに汲み取って、瑞希はキャストたちを自分の周りに集めた。

「昨日も言った通り、みんなには悪いけど今日は泊まり込みになります」

「あーあ」

「いいよ、覚悟できてるから」

「ちゃんと着替えも用意したし」

「だからといってダラダラ練習していても昨日と同じです。それで緊張の糸が切れないよう、通し稽古が一本終わったら一時間ずつの休憩を取ることにします。もちろんただ休むんじゃなくて、高梨くんから指摘された内容を考える時間に充ててください」

キャストたちが一斉に僕を睨む。これもまた尖った視線だけれどやむを得ない。

実は昨日、瑞希からは憎まれ役を引き受けてくれと頼まれていた。

『あたしも汐音もキャストの一人だから、どちらかがダメ出しをしたら演技に影響が出る』

その点、脚本を書いた僕なら文句があっても台詞のやり取りには影響が出ないという訳だ。考えようによってはとんだ貧乏くじなのだけれど、これはもう自己犠牲というか滅私奉公みたいなものだろう。

しばらく待っているとかがり先輩がキャスト全員分の衣装を抱えてやってきた。通し稽古なので衣装を着て演技をしてもらう。サイズその他の問題で支障が出るようなら、その場でかがり先輩に縫い直してもらう。

ステージにはセットの内装となる壁はまだないものの、テーブルや椅子といった比較的小さなものが既に用意されている。この家具も市販のものではなく脚本内容に合わせて翔平が拵《こしら》えたものだが、店頭に置けばそのまま売れてしまいそうな完成度だ。

本番と同じ状況、同じ流れ、同じ緊張感で。

僕はステージから降り、客席ほぼ中央に立った。

おもむろに深呼吸を一つ。悪意に鈍感になれと自分に命じてステージ上のキャストたちを見やる。

「では通し稽古いきますっ。第一幕ACT1、スタート！」

実際のところ、舞台装置も衣装も揃えての通し稽古は今までで最も破綻が少なかった。一人として台詞を噛むこともなく、僕がストップを挿し入れたところはほんの二シーンだけだったのだ。

「どうだったあ？」

ステージ上から瑞希に問い掛けられ、僕は迷わず親指を立てる。

「いける」

途端にキャストたちは緊張を解いてハイタッチし合う。でも僕は非情に徹して、ひと言付け加えるのを忘れない。

「いける。ただし、まだまだよくなるはずです。さっきカットを入れた二カ所に留意してください」

「留意するのはもう一つだ」

いきなり背中で低い声がした。

恐る恐る振り返ると、そこには怒りを露わにした壁村先生が立っていた。

「いつからそこにいたんですか」

「正確には劇の中盤近くだ。だから大体は見せてもらった。高梨、何だこのステージは」

壁村先生は乱暴に台本を突き出した。瑞希を通して校長に渡したはずの汐音バージョンの台本だった。僕は機械的にそれを受け取る。

「元のバージョンに戻して上演するんじゃなかったのか。校長の前でそう宣言したよな」

最終日なのでいつかは露見すると覚悟していたけど、こうも早いとは。

「確約した憶えはありません。何とかします、頑張りますと言っただけです。結果として無理なことが判明したので、僕のバージョンで続行しました」

カミナリがいつ落ちるかとひやひやしたが、壁村先生は僕の首を絞めかねないような形相をするばかりで、手を挙げようともしない。

「最初から、わたしと校長を騙すつもりだったのかあっ」

「滅相もありませえんっ」

いつの間にか僕は直立不動になっていた。

「僕の努力が足りなかっただけです」

「ほお、じゃあ騙すつもりはなかった。あくまでも万策尽き果てたから、仕方なく高梨のバージョンに戻した……そういうことだな」

「そういうことですっ」

受け答えだけ聞いていれば、まるで体育会系のやり取りだった。

「そうか」

にこりともせず言うと、壁村先生はくるりと背中を向けた。

「あの、壁村先生……」

振り向いた顔は夜叉《やしゃ》の面のままだ。

「稽古を続けろ」

「えっ」

「時間がないんだろう。早く仕上げて明日に備えろ」

「怒ってますか」

「当たり前だ。姑息な手を使いやがって」

「すみません」

「まだだ。謝るのは明日の本番が終わった直後、校長の前でしろ」

「どうして」

「その方が、効果がある。もちろん劇の出来がいいのが前提だ」

去っていく後ろ姿に、坂崎先輩が声を洩らす。

「……女なのに、どうしてあんなに男気あるんだろ」

同感と相槌を打ちながら、僕は手渡された台本を何気なく捲《めく》っていた。

そして、ある箇所でページを繰る手を止めた。

ト書きの部分に、目が釘づけになった。

「慎ちゃん?」

瑞希の問い掛けにも僕は反応しなかった。いや、できなかった。いったい今まで、僕は何を見聞きしていたのかと呆れた。

そうか。

そういうことだったのか。

思い起こしてみれば公彦兄も二つのバージョンの台本を読んでいる。公彦兄が真相に近づけたのも、二つの台本を読み比べたからだろう。

ようやく僕にも事件の全貌が見えてきた。

3

九月十日、文化祭当日。

「早く起きんか。そろそろ他の生徒たちがやってくるぞ」

体育館の隅に寝泊まりしていた僕たちは壁村先生の声に叩き起こされた。可哀想に拓海や翔平、それに坂崎先輩たちは声だけでなく脇腹を爪先で小突かれて無理やり起こされている。

僕はと言えば壁村先生が体育館に入ってきたのも知っていた。何しろ昨夜から一睡もしていない。

眠れなかった理由は主に二つある。本番を前に興奮が冷めやらないのと、事件の真相が見えたからだ。

「女子はもう全員起きているぞ。お前らも早く顔洗ってこい」

男子たちは眠そうな目を擦《こす》りながら体育館を出る。一番近くで顔を洗える場所といえばグラウンド端の洗い場だ。広いからここの男子どもが順番を待つこともない。

そして僕の背中に先生の声が飛ぶ。

「さすがだな、高梨。顔を洗う前からしゃきっとしているじゃないか」

「ええ、そりゃもう。顧問の先生をだまくらかした罪悪感で一睡もできませんでしたから」

「殊勝なのは嫌いじゃないぞ。ただし本番が終わるまでに舟を漕《こ》ぐような醜態は晒すなよ」

「先生」

「何だ」

「壁村先生は演劇部より、どっか体育会系の顧問の方が性に合ってるんじゃないんですか」

「ああ、わたしもそう思う」

少し遅れて洗い場に到着すると、既に瑞希や汐音たちが洗顔を済ませて脇に立ってい た。どうやら僕たちを待っていたようだ。

「これで全員揃ったわね」

瑞希が僕たちの顔を見まわして言う。ここでラジオ体操でもするつもりなのだろうか。

「みんな聞いて」

瑞希は皆の前で、ついと背を伸ばした。顔には悲壮感が溢れ、演劇部の面々は仕方ないといったように瑞希を注視する。

「この六月から色々なことが起きて……いや、変な風に誤魔化すのはやめます。今まで演劇部を引っ張ってくれていた楓と大輝くんが次々に逝ってしまい、その影響もあって部員は激減しました。普通だったら空中分解して廃部も有り得る状況です。でも、わたしたちはここまできました。少数精鋭という言い方が正しいかどうか知らないけど、わたしたち一人一人がいなくなった人の分までパフォーマンスを上げてきたからです。もちろん新しい部員が参加したことも要因の一つだけど」

瑞希の言葉に反応して全員の目が僕に注がれる。いや、こんな時に注目しなくていいから。

「途中まで不安材料だったセットも何とか完成しました。衣装も小道具も照明も全て間に合いました。キャストの一人として、そして部長として仕上がりを見たけど、今日の段階で個人個人の最大値が発揮されていると思います。あとは上演を待つだけです。大丈夫。ここまでやってこれたら成功しか有り得ません」

瑞希はすうっと右の手の甲を突き出す。

やっぱりそれかよ――思わず吐息が出そうになったが、立ち並ぶ部員たちは半ば呆れ半ば意気に感じたような表情で瑞希の手の上に自分の手を重ねていく。離れていた者も手を伸ばさなければ届かないので、自然に円陣を組む格好になる。

最後に残った僕に、再び皆の視線が集まる。

今はこういう体育会系のノリに付き合う気分じゃないんだけどな。

分かったよ。やればいいんだろ、やれば。

僕が一番上に手を重ねるのと、瑞希が深く息を吸い込むのがほぼ同時だった。

「いくぜええっ」

「おうっ」

全員で気勢を上げて劇の成功を誓う。さっきまで寝惚け気味だった拓海でさえも、やけに昂揚しているようだった。おそらくこの波に乗っていないのは僕一人だろう。

全員が一丸となって云々、というのは僕だって嫌いじゃない。

ただタイミングが最悪だった。


文化祭は九時ちょうどに開幕した。

建前は生徒会ならびに実行委員会の主催なので、この日ばかりはうるさがたの校長や先生たちも外野から見守るほかない。各クラスの演しものは毎度お馴染みの模擬店に、教室を使ったミニアトラクション、そして体育館のステージで繰り広げられる歌と踊りと演劇。ラインナップだけを眺めれば、数多《あまた》ある高校と何も変わらない。

一つだけ違いがあるとすれば、演劇部の演目に対する関心の高さだろう。言っておくが、これは自意識過剰でもなければ妄想でもない。現に僕が客の入りを確認すべく体育館の入口に立っていると、入場してきた何人かが「あの演劇部が」とか「人死にのあった」とか漏らしていた。要は野次馬の関心なのだけれど、公彦兄は野次馬というのはゴキブリと同じで実物を一匹見つけたら十四いるはずだと言っていた。僕が聞き及んだのは三人だったから、公彦兄理論でいけば三十人は同じ関心を持っていることになる。

野次馬根性は生徒にしても同様だった。こちらの方は体育館の中にいれば皮膚感覚で察知できる。演劇部の出番は午後の一番目だったのだが、その時間が近づくにつれ、会場の緊張感が右肩上がりになっていったのだ。近くで関係者の僕が聞き耳を立てているとも知らず、彼らはこんなことを口走っていた。

「〈奇跡の人〉だってよ。知ってるか?」

「それって〈鬼籍の人〉の間違いじゃねーの。二人も死んでるんだしさ」

「いやいや、いっそステージの上で二人とも生き返るとかさ」

くそ、好き勝手なことばかり言いやがって。

一瞬こいつらを殴りたくなったが、すんでのところで止めた。ここに瑞希や汐音がいたら、拳じゃなくて劇の感動で殴れとか言いそうだったからだ。

加えて楓や大輝のこともある。二人とも決して満足して死んでいったはずがない。無念があり心残りがあった。それを完全に晴らせるとは思えないけれど、僕たちが劇を成功させれば、何分の一かは慰めになると思った。

いいだろう、見せてやるよ。

事件の真相という別の気掛かりもあったけれど、今は劇に集中する。三カ月足らずの部活動だったけど、これが今の僕にできる最大の抵抗であり餞《はなむけ》だ。

昼休みを挟んで、いよいよ演劇部の出番が迫ってきた。既に翔平と拓海はセットの設営を終えて、照明のあるフライズに待機している。ステージの袖では瑞希や汐音たちキャストが集結している。

ふと見ると汐音がサバか何かにあたったような顔で俯いていたので、気になった。

「どうしたんだよ、汐音」

「うっさい」

「いや、うるさいのは当然でさ。これから本番だっていうのに主役の一人が今にも死にそうな顔してたら演出担当としたら、そりゃあ気にするだろう」

「……緊張」

「へっ？」

「聞こえなかったの？　緊張してんのよ。今までずっと裏方だったんだから。ステージに立つのはこれが初めてなんだから！」

鉄面皮がスカートを穿《は》いているような汐音にもそんなことがあるのかと、僕は意外な感に打たれた。

でもさすがに瑞希のように場数を踏んだ者は違うのだろう。何しろ去年の舞台でも準主役をこなしているのだから——と彼女に視線を移すと、何と瑞希までが膝から下を小刻みに震わせている。

「お前もかよ」

「悪い？」

瑞希はいつになく下から睨みつけるように僕を見る。

「ひょっとして経験者だからステージ慣れしてるとか思ってるの」

「いや、そりゃ当然そう思うだろ」

「何回やっても慣れないことがあるのよっ、しかも今回責任者だし」

自分の想像力の貧困さが嫌になった。

瑞希の言う通りだった。へらへらと途中から入部していいように皆を引っ掻き回した僕とは違い、彼女はいきなり部の精神的支柱を失い、その上半強制的に部長という大役を押しつけられたのだ。変な言い方になるが、僕は攻める一方で彼女は専守防衛に立たされていた。その不安に考えが及ばないのなら、脚本家失格だと思った。

少し迷ってから、僕はさっきまで胸の裡に溜めていた想いを吐き出すことにした。

「瑞希も汐音も、責任なんか負わなくていい」

二人は、何を馬鹿が馬鹿なことを言い出したという目で僕を見る。

「この〈奇跡の人〉は僕の妄想だ。ウケるとかウケないとか、テーマがあるとかないとか、ど素人にそんな小難しいこと分かる訳がない。それでも瑞希たちが僕の脚本を採用したのは、楓がいなくなって思考回路が麻痺していたからだ。そしていったん乗り換えた列車をさすがにまた乗り換える時間的な余裕はなかった」

「慎ちゃん、何似合わないことをいきなり」

「お前たちは僕に踊らされただけだ。演出上のテクニックも計算も何もない脚本に付き合わされただけだ。それなら観客からウケようが罵声を浴びようが瑞希たちのせいじゃない。だから」

僕は人差し指で瑞希の額を小突いてやる。

「責任は僕に全部おっ被せていってこい」

「慎ちゃん」

「でも、骨は拾ってやんないから」

「……今ちょっとでも見直しかけたあたしがオロカだった」

瑞希は僕を軽く睨んだが、その目は普段通りの強い目だった。汐音はと見ると、彼女も通常モードのどこか冷ややかな眼差しに戻っている。

開演まであと五分。僕は瑞希の肩に手を当ててステージに押し出してやった。よくよく考えれば、この振る舞いも充分に体育会系だと気がついた。

キャスト全員の用意が整い、緞帳《どんちょう》越しに会場の照明が落ちていくのが分かる。スポットライトに照らし出されたステージが、ふわりと浮かび上がる。

そして開幕のベルが鳴った。

『それでは午後のプログラムを開始します。お待たせしました。演劇部による〈奇跡の人〉です』

とても流暢とは言えないアナウンスが終わると、緞帳がするすると巻き上げられていく。煌々《こうこう》としたステージが暗闇の中で輝き出す。

するとと不思議なことが起きた。ステージの袖で見ているだけなのに、僕の心拍数まで上がってきたのだ。しかもそれが少しも不快ではない。不安もあるけど、それよりも期待の方が大きい。これからステージで繰り広げられるドラマがどんな化学反応を起こし、観客にどう伝播《でんぱ》するのか。もしかしたら考えに考え抜いた演出の全てが空回りし、ブーイングの嵐を呼ぶのか。

ヤバい。こんな種類の興奮は今まで感じたことがない。確実に病みつきになるぞ。

ふっと瑞希や汐音たちに嫉妬を覚えた。彼女たちは僕よりずっと前から、このドキドキを味わっていたのだ。なんてずるいヤツらなのだろう。

やがて緞帳が上がりきり、ステージ中央に集まったキャストたちが観客に晒される。セットは中央に設えられたドアによって二分されている。上手の小さな部屋はヘレンの個室で、汐音がパソコン画面に額をくっつけている。パソコンのバックライトが汐音の顔を不気味に照らし出す。下手にはダイニングが広がり、母親ケイト役の香奈先輩と父親アーサー役の坂崎先輩がドアの前に立っている。

ナレーションで状況説明をするなんて愚の骨頂だし、それで事足りるのなら演技なんて必要ない。ただ朗読すればいいだけの話だ。だから幕が上がってもナレーションは一切入れない。その代わりにケラー家の事情は照明を利用して代弁させている。つまりダイニングを照らすライトは光量を多くし、逆にヘレンの部屋は物の輪郭がやっと確かめられる程度にまで絞ってある。

『ヘレン、いい加減にそこから出てきなさい！　これでもう何カ月籠ってると思ってるの』

『そうだぞヘレン。学校に行かないのは仕方がないにしても、せめて部屋から出てきなさい。お前の妹はまだ赤ん坊なんだぞ。それなのにお前に振り回されるママの苦労を考えたことがあるのか』

『パパだってね、折角在宅勤務になったのに、家の中が落ち着かないから作業効率が悪くなったってママに愚痴るのよ。あなたさえ引き籠っていなければ、ママもそんなこと言われずに済むのに』

『おいおいケイト。今の言い方はちょっと引っ掛かるな。わたしは仕事のことで君に愚痴ったことはないはずだぞ』

『言葉に出さなくっても態度で示していれば同じことよ』

『いつわたしがそんな態度をした？　その時の状況を正確に再現してみなさい』

アーサーとケイトはいつの間にかドアの前で夫婦喧嘩を始める。口論が烈《はげ》しさを増すとリビングを照らすスポットライトが赤色に替わる。一方、個室のヘレンは二人の口論など気にも留めない様子でネットサーフィンを続けている。

この辺りから客席からはくすくすと笑い声が洩れ始めた。当然だろう。同名の古典劇を予想していた観客にしてみれば、この設定だけで興味が湧いてくるはずだ。

続くアーサーとケイトの会話で、ヘレンが引き籠りになってしまった理由が説明される。ヘレンはキンダガーデン時代に容姿を馬鹿にされたのがきっかけで、一歩も外に出ようとしなくなったのだ。以来、彼女は食事の時以外はずっと自室に籠り、ひたすらネットに没頭する毎日。十四歳だから辛うじて読み書きはできるもののちゃんとした学校教育を受けていないため、知識はネットからの偏ったものに限定されている。だから常識に欠け、両親に対しても強圧的に振る舞う。

『やっぱりヘレンは施設に預けた方がいいんじゃないのかね。最近では社会不適合者を社会復帰させるセンターがあちこちにあるらしいじゃないか』

『でもあなた。あの子の性格で家族以外の人たちと意思の疎通ができると思いますか。それに、ネットで仕入れた情報だけで、この十年間、一歩も外に出たことのない人間が社会に適合できると思ってるんですか』

ケイトの台詞はいささかエキセントリックに聞こえるかも知れないが、これは計算ずくだ。ケイトに対してアーサーはやや無責任であることを印象づけて、ヘレンがますます孤立していく構図にしてある。

ヘレンを施設に入れるかどうかで夫婦が揉めるシーンは原典からの転用だけれど、そのやり取りで、実はアーサーとケイトも少しずつ病んでいるのを観客に見せる。この辺りは拓海言うところの鬱展開だが、もちろん劇の後半部分で引っ繰り返す効果を狙ってのものだ。

二人は相談の結果、家庭教師を雇うことにした。そして登場するのが瑞希扮するアニー・サリバンだ。

アニーは服装こそおとなしめのワンピースなのに、それには不釣り合いなほど派手なサングラスをしている。立ち居振る舞いはゆったりと優雅で、どこか上流家庭の出を思わせる。

瑞希はこの立ち居振る舞いにずいぶん苦労していた。何しろ上流階級の知人友人なんて皆無だ。楓の仕草を思い出してみろと提案したけど、楓は楓で日常の所作よりは演技中の動作の方が印象的だったというからこれも役に立たない。僕は窮余の一策で皇室関係のニュース映像を研究してくれと命令した。その甲斐あってか、瑞希のアニーはそこそこ上品になった。

『でも先生。お恥ずかしい話、ヘレンは粗暴でわたしたちの説得にも耳を傾けません。カウンセラーに出張をお願いしたこともありますが、そのカウンセラーさえ匙《さじ》を投げてしまったんですよ』

おろおろと事情を説明するケイトだが、観客には彼女の自己憐憫《じこれんびん》が透けて見えるような台詞回しをしている。僕はステージ袖で思わず、「上手い」と呟いた。演劇部の陣容は存外に層が厚く、楓がいた頃は彼女に注目が集まってしまったのだろうけど、香奈先輩の観察力とそれに即した演技力には僕も舌を巻かずにはいられなかった。

ケイトが次々に洩らす愚痴や被害状況に、アニーは微塵《みじん》も気後れする様子を見せない。

『そのカウンセラーが失敗でも、わたしは成功します。必ず娘さんを閉じた部屋から解放し、広い世界に連れ出します』

『自信がおありなんですね』

『少なくとも、そのカウンセラーが持っていないものを、わたしは持っていますから』

『それはいったい何ですか』

『経験です。わたしも一時期、引き籠っていた頃があったんです。それを自力で克服して、今こうしてお二人の前に立っています。わたしにできたことがヘレンさんにできないとは思いたくないでしょう？』

挑発するような物言いはアニーの自信を描くのと同時に、後半部分の崩壊ぶりを際立たせるために瑞希が提案した演技プランだ。ドラマの最初と最後でどれだけ人物像が変化するのか——これがヘレンに限らず全キャストに共通するテーマだ。

ドラマの魅力は変化なのだと、脚本を書く際に参考とした戯曲が教えてくれた。ストーリーの変化か、またはキャラクターの変化。それがなければ演劇はつまらない。割り当てられた上演時間は三十分足らず。それならキャラクターを変化させた方が得策だと判断したのだ。

こうしてアニーはヘレンの家庭教師として雇われる。ただし二週間以内にヘレンを家の外へ連れ出すという条件つきだ。二週間経ってもヘレンが部屋に籠ったままなら、即解雇となる。

ヘレンの教育は、当初アニーが思い描いていたほど生易しいものではなかった。突如現れた闖入者にヘレンは驚き、怯え、激怒し、アニーが部屋に足を踏み入れようものなら、汚い言葉を吐きながら手当たり次第に物を投げつける。

『ヘレン。少しでいいからわたしと話を……』

『くるなあっ、くるなああっ』

『こんな狭いところで一生暮らすつもりなの？　あなたはまだ子供だけど、この先どんどん大きくなる。そうしたら、この部屋はとてもとても窮屈になる』

『くるなっ、くるなあああっ』

ヘレンが投げつける食器や小物は全て百円均一の店で揃えた物だ。本番でどれだけ割れようが大した出費にはならない。それを汐音が抜群のコントロールで投げ、瑞希がこれも抜群の反射神経で躱している。もちろん練習の際は相応の重量を持たせたダミーを使用したのだが、拓海が本物と見紛《みまが》うばかりに作ったものだから二人のアクションは真に迫っている。客席の反応も上々でステージ上の格闘に身を乗り出している。

よし、いいぞ。

もっともっと没入しろ。

ヘレンは周りに投げる物がなくなると、次にアニーの顔に爪を立てた。一瞬怯むアニーだが、ここで負けてはいられない。ヘレンの両腕を摑んで壁に押さえつける。ところが野生児と化したヘレンがおとなしく従うはずもなく、すぐ足蹴りで抵抗する。

『まあ、先生！　お怪我はありませんか……あああっ、額から血が出ているじゃないですか！』

『いえ、これはほんの掠《かす》り傷ですから』

『先生、やっぱり無理です。お願いしてからもう一週間経ちましたけど、あの子はまだ一歩も部屋から出てきません。以前は食事だけは同じテーブルで摂っていたんですけど、最近はそれもなくなりました。失礼ですけど、先生のなさっているのは逆効果じゃないんですか』

『ミセス・ケラー。あなたの態度を見ていてやっと理解しました。あなたは憐れみと甘やかすのを取り違えています。ヘレンに必要なのは理解です。同情ではありません』

『同情って……実の娘なんですよ。哀れな境遇を憐れんでやるのは当然じゃないですか』

『あなたたちが同情して無抵抗なものだからヘレンは暴君になってしまった。愛情と同情があの子をケダモノにしてしまった。今ヘレンに必要なものは勇気と犠牲です』

未練たっぷりの母親と無責任な父親に頼ってはいられない。アニーとヘレンの衝突は激化する。ステージ上ではキャットファイトよろしく瑞希と汐音が摑み合い罵り合いを繰り広げる。演技と分かっていても、僕ですら少し引いてしまうような迫力だが、これも練習の賜物だ。衣装に隠れて見えないけれど、その下にはかなりの傷をこさえているはずだった。

期限の二週間が近づき、さすがのアニーも弱気になる。この場面は瑞希一世一代の演技で、観客に向かって心の裡を吐露する。

『わたしはヘレンの家庭教師として不適格じゃないのだろうか。教えてほしい。どうしたらわたしの心はあなたの胸に届くのだろうか』

見事だと思った。朗々と、そしてまた切々と瑞希は歌うように語りかける。彼女が喋っている間、客席は水を打ったように静まり返っている。

そして遂に最終日、アニーは意を決して勝負に出る。部屋のドアを斧《おの》で叩き割り、無理やりヘレンを家の外へ連れ出したのだ。

『嫌あっ、嫌あっ。外、怖いっ』

『おとなしくしなさいっ』

玄関ドアにしがみつこうとするヘレンを、アニーは力ずくで引き摺り歩く。

『無茶苦茶よっ、どうして放っておいてくれないの』

『あなたをあの部屋から出すのが、わたしの仕事だから』

『どうせあたしみたいな不細工な子は、家の外じゃまともに生きていけないのよ。放して。家に帰して』

『甘ったれんじゃないわよ』

アニーはヘレンと同じ目線に腰を下ろし、掛けていたサングラスを外してみせる。

『太陽の下ならよく分かるはずよ。どう？　サングラスを外した直後で眩しいはずなのに、瞳孔の大きさが全然変わらないでしょ』

ヘレンはおずおずと顔を近づける。

『本当だ……まさか、アニーは目が見えないの？』

『光線の具合で物の輪郭くらいは何とかなるけど、顔や文字になると全然ダメ。でもね、そんなわたしだって外で立派に生活しているのよ』

アニーは語り始める。三年前のボストンマラソン。友人の応援にきていたアニーは競技中に発生した爆弾テロ事件に巻き込まれ、両目をガラス片で傷つけられてしまったのだ。彼女が一年間引き籠ったのも、それが原因だった。

『容姿を笑われたのが小さなことだとは言わないけれど、それ以上の苦しみや困難を抱えても生きている人はわたしの他にも大勢いるわ』

『でも、あたしは』

『聞いて、ヘレン。わたしから提案があるの。これからわたしと二人で生きてみない？』

『えっ』

『元々大学では障害者教育を専攻していたし、二年間の家庭教師の体験で持論を実践することもできた。でも字が見えないんじゃ論文も書けやしない。でもヘレンならわたしの口述を筆記し、ネットで拡散させることができるでしょ』

『あたしが、先生の話をみんなに伝える……』

『あなたはわたしの目に、わたしはあなたの知性になる。そうやって、しばらくは二人三脚で歩いていくの。一人では無理な坂道も二人なら必ず登れる』

アニーが差し出した手を、ヘレンは怖々と、しかし希望に満ちた顔で握り締める。

期せずして客席から拍手が起こった。

僕の中で熱い塊が胸までせり上がる。緞帳が下がり始めて終演を告げると、拍手はより大きなうねりとなって会場を満たす。おざなりの拍手でないのは音の大きさと勢いで分かる。

やった。ウケた！

緞帳が下りきった後も割れんばかりの拍手が続いている。僕が袖から舞台に飛び出すと瑞希と汐音はラストシーンの体勢のまま固まっていた。

「慎ちゃん……」

「お疲れ。どうやら成功したみたいだ」

次の瞬間、僕は瑞希に抱きつかれた。

4

舞台が終わってからも演劇部の面々は軽い躁《そう》状態になっていた。客席で観客の様子を確認していた他の部員からも、評判は上々だったという報告を受けた。

僕たちが集まったステージ裏はちょっとしたお祭り騒ぎになり、今まで渋面しか見せなかった翔平が笑って拓海と肩を組んでいる。何と汐音までが涙で顔をくしゃくしゃにしていた。

「いやー、はらはらした」

「でもさ、すっごいウケたよね」

「ああ。見てたら校長とか他の先生もマジで感動してたみたい。マジかそうでないかって、あんなにはっきり分かるもんなんだな」

「坂崎くん、よかったよ。今までで最高の出来」

「香奈から言われると、ちょっと俺、天狗《てんぐ》になっちゃうぞ」

皆の興奮を眺めながら、僕はこれが多幸感なのかと思った。練習中の不平不満の一切が吹き飛び、全員の表情が歓喜に緩んでいる。

「どうしたのよー、慎ちゃん」

壁に背を預けていた僕に瑞希が駆け寄ってきた。

「一番の功労者は慎ちゃんなんだよ？　もっと嬉しそうにしたらいいのに」

手放しで喜べない理由があるんだよ——もどかしい気持ちをどう伝えようかと考えていると、そこへ壁村先生がやってきた。僕たちに労いの言葉でもかけてくれるのかと思ったが、予想に反して深刻な顔をしている。

「また警察がきた」

吐いた息には申し訳なさが混じっているようだった。

「演劇部の部員から再度事情を訊きたいらしい」

「選《よ》りによってこのタイミングかよ」

拓海は愚痴ってみせたが、僕の考えは違った。

上演を終えた今だから再訪したのだ。きっと公彦兄の思惑が働いているに違いない。客席かどこかから舞台を見守り、終演を確認してから壁村先生の許を訪れたのだ。

もう時間切れということらしい。

僕は腹を括《くく》った。

「それ、事情聴取なんかじゃないですよ」

「どういうことだ、高梨」

「警察は任意で僕たちに訊きにきた。きっと容疑者の目星をつけたんですよ」

壁村先生の表情が一層険しくなる。おそらく先生も薄々気づいていたのだろう。

「今、打ち明けてくれたら自首扱いにする。自首なら罪もいくぶん軽くなる。そう説得しにきたんだと思います」

「いる訳ないっしょ」

拓海が早速まぜっ返す。気持ちは分からないでもないけど、続けない訳にはいかない。

「それがいるんだよ、残念なことに」

僕のひと言で座がしん、となった。

「当時の状況から考えて、大輝を殺したのは演劇部に所属する誰かだ。それは間違いないと思う。だから今のうちだ。前段ステージの昇降ボタンを押したのは自分だと、名乗り出られるのなら名乗り出た方がいい」

「あのさ、慎也くんよ。どーゆー根拠でそれを言っちゃってる訳？　いくら今回の劇の功労者だって言っていいことと悪いことがあんだろ」

「それはさ、拓海。やっぱり当時の状況がそれを教えてくれているんだよ」

「しかし、取りあえず全員にアリバイがあるぜ。かがり先輩は壁村先生とお互いにアリバイを主張しあっている。俺と汐音も同じで、翔平はフライズから下りてくるところを壁村先生に目撃されている。お前と瑞希たちは部室で読み合わせをしていた」

その通りだ、と翔平が割って入る。

「まだ信じてないんだろうが、俺がフライズで作業をしている間に大輝は落ちた。嘘じゃない」

「全くさ、どうしてこんな時に水を差すようなこと言うんだろ」

次に汐音が加勢してくる。

「人の心が読めるシナリオライターだと思ってたけど、空気は読めないのね。幻滅」

「幻滅してくれるのは一向に構わないけど、警察は不特定多数じゃなくて演劇部のメンバーから事情を聴取にきたんだぜ。それって取りも直さず、警察がこの中の誰かを疑っている証拠じゃないか」

汐音は悔しそうに言葉を詰まらせる。

「今、拓海が話した通り、確かに全員アリバイがある。でも、それは果たして警察や検察が納得するほど堅固なものなんだろうか。僕はそうじゃないと思っている」

見回してみると壁村先生以下、部員全員が僕の口元を注視している。自分で言い出したことだけど、これでもう後戻りはできなくなった。

「整理してみる。大輝の死体を発見したのは壁村先生だけど、この時フライズから下りたばかりの翔平と顔を合わせている。そして人を呼びにいった壁村先生は途中でかがり先輩と擦れ違っている。僕と瑞希と汐音、それから拓海と香奈先輩・坂崎先輩は部室で読み合わせ。途中で拓海と汐音はトイレで中座しているけれど、体育館とは逆方向にあってしかも部室とトイレの間で擦れ違っている」

「立派なアリバイじゃないか。どこに文句あるんだよ」

僕は拓海の非難を手で制して言葉を続ける。

「だけど考えてみると、このアリバイはどれも危なっかしい土台の上に成立している。まず翔平だけど、降りた前段ステージに大輝を突き落としてからフライズに戻り、誰か第一発見者の到着を待って慌てて下りてきたふりをすることだって可能だ。おっと早まるなよ、翔平。もちろん死体を放置したまま、来るかどうかも分からない第一発見者を待ち続けるというのが不自然だというのは分かっている。次に壁村先生だけど、もし先生が犯人なら何を好き好んで第一発見者になりたがるのか。第一発見者は常に疑われる。そんな危ない橋を渡るくらいなら、死体を放置して誰か別の人間に発見させた方がよっぽど合理的だ。もちろん、警察がそこまで考えるのを見越した上で、わざと貧乏くじを引いたという可能性もあるんだけどね。それからかがり先輩だけど、壁村先生と擦れ違ったのはほんの偶然だった。だからこの証言も一見信用していいように思える。一見というのには理由があって、実際にはかがり先輩がそっと前段ステージを下げておいてから、第一発見者と擦れ違うためにどこかへ身を隠していた可能性もある。いや、先輩。あくまでも可能性です。あの時、かがり先輩は衣装を抱えていました。衣装を抱えたまま現場をうろつき回るのが、ひどく不自然であるのも分かってます」

今度は壁村先生が感心したように僕を見る。

「……よくもまあ、それだけ整理したものだな。今度は群像劇に挑戦してみたらどうだ」

「皮肉ですか」

「満更それだけじゃない。しかし聞いてみればお前の推理も決め手に欠ける。各自の証言を疑う要素を指摘していても、容疑者を特定するまでには至っていない」

「ええ、ここまでの説明ではその通りです。だから改めて全員に訊きます。この中で、本当は今僕がした説明とは違う行動をしたという人がいたら名乗り出てください」

誰も声を発しない。手を挙げる者もいない。

やっぱり僕が告発することになるかと思うと、胸が苦しくなった。正義の味方、真実の追求者を気取る気など更々ない。とにかく本人の受ける傷ができるだけ小さくなってくれるように祈るだけだった。

「嘘を吐いている人がいます」

皆が黙りこくっているせいだろうか、僕の声は自分でもぞっとするほど通っていた。

「よく考えてみれば単純極まりない嘘です。でも相互に証言を補完しあっているので、すぐには気づかなかったんです」

「慎也くん、それは何よ」

「拓海、お前のことを言ってるんだよ」

拓海は口を半開きにしたまま固まる。

「大輝が殺されたあの時、お前は体育館の反対側にあるトイレに行った。中座の理由としてはもっともだし、往復に要する時間もぴったりだ。だからこそアリバイが成り立っているけれど、もしトイレに行かず、そのまま体育館に向かったとしたらどうだい。これも往復の所要時間はほぼ同じだ」

「ちゃんとトイレで小便した。何回言わせる気だよ」

「いいや、お前は少なくともあのトイレには行っていない」

「見てた訳でもないのに、どうして断言できんだよ」

「本館端の男子トイレは六月から照明の配線が破損していた。あの時点ではまだ業者も来ていない」

あっ、と誰かが短く叫んだ。

「もう夜も遅かったから校内も生徒がいる場所しか明かりが点《つ》いていなかった。本館の端なんて真っ暗で、おまけにトイレの照明は点かない。ほとんど真っ暗闇の中で、どうやって便器に小便したんだよ。もし本当にお前が本館端のトイレに行ったのならそのことを知って、別のトイレに方向転換したはずなんだ」

拓海は黙ったまま僕を睨んでいる。

居たたまれなかった。

「……だから俺が犯人って推理か。俺が体育館に忍び込んで、こっそり前段ステージを降ろして大輝が転落死するように仕向けたってか」

「それも違う」

「何だと」

「拓海はステージの昇降ボタンがどれなのか知らなかっただろ。昇降ボタンを押せたのは別の人物だ」

その人物がわずかに身じろいだ。

「拓海がトイレに行ったのは偽証だ。ということは途中で拓海と擦れ違ったという人間の証言もまた偽証ということになる。そうだよね、汐音」

「待てよ、汐音は関係ねーだろ。俺が読み合わせを中座したのはだな」

「お前が中座したのは、先に席を立った汐音が気になったからだ。でも擦れ違ったのは本館端じゃない。体育館へ続く廊下辺りじゃなかったのか。後になって汐音の行動の意図に気づいたから、あんな偽証をしたんだろ？　汐音のアリバイは成立しない。そして汐音は昇降ボタンの位置をちゃんと把握している」

「どうしてわたしが大輝くんを殺さなきゃいけないのよ」

汐音の言葉はひどく冷えていた。それが精一杯の虚勢であるのはすぐに分かる。厳しい話だけれど、やはり汐音は演技者としては初心者だった。

「汐音には問題物件の兄貴がいたよね。彼は今どうしてる」

答えはない。僕は加虐じみた気持ちを自覚しながら言葉を継ぐ。

「先日、警察は楓に大麻を渡したっていう売人を逮捕したらしい。その売人ってのは汐音の兄貴じゃないのか」

汐音は固く唇を閉じていた。この場の沈黙は肯定と受け取るしかない。

「売人が兄貴だったとしても、学校に来たことのない人間がどうやって楓にクスリを渡したのか。普通に考えたら汐音が二人の仲介をしたとしか思えない。君がクスリを楓に渡すとしたら学校だろう。大輝はその受け渡しの瞬間を目撃したんじゃないのか」

僕はじっと汐音が口を開くのを待つ。

できれば否定してほしかった。僕の素人推理など妄想なのだといっそ罵ってほしかった。

だけど汐音は諦めたように小さく溜息を吐くと、おもむろに口を開いた。

「いつだったか部室でモーツァルトの話題になったの憶えている？」

「うん」

「話が終わって持ち場に移動する時、大輝が『楓先輩の周りにはサリエリもいましたから』と言ったでしょ。それで、ああ大輝には知られたんだと思った。天衣無縫な才能に嫉妬して、でも憧れて、羨望と絶望に引き裂かれてどうしようもなくなって、それで天才に毒を盛る……。それって丸々わたしのことだったからね」

「そんなことが動機だったのか」

「脚本家のくせに人間観察はまだまだね。人間はね、追い詰められたら理性が飛んでしまうのよ。あの時のわたしがそうだった」

「でも、何も殺すことはなかっただろう。君だったら上手く懐柔することもできたんじゃないのか」

「あの楓大好きっ子が、仇《かたき》に易々《やすやす》と懐柔されると思う？　まず無理だったでしょうね。だからわたしには実力行使しかなかった。でもね、まさかステージから転落したくらいで死んじゃうなんて思っていなかったのよ。ちょっとだけ深刻な怪我をして黙っていてくれたらいいと思った。それだけは信じて」

　その後のことは思い出すのも億劫になる。汐音と拓海は壁村先生に付き添われて、警察の聴取に応じた。汐音が全てを自供してしまえば、拓海も彼女を護りようがない。壁村先生によれば、二人とも素直に洗いざらい打ち明けたそうだ。

汐音が楓にクスリを渡していたのは複雑な心理からだったらしい。モーツァルトとサリエリの関係よろしく汐音は楓に嫉妬していたのだけれど、汐音の兄が売人をしているような問題物件であると聞いた刹那、楓の方からクスリが入手できないかと水を向けてきたらしい。当時、楓は演劇に没頭するあまり成績も落ち、両親の期待との板挟みになってずいぶん切実だった。この辺りの事情は翔平が話した通りだ。楓にしてみれば神経を鎮める特効薬を欲していたらしく、以降汐音は望まれるまま、楓の注文を兄貴に伝えていた。つまり楓の要求に応えながら、自分の昏《くら》い目的も遂行していたことになる。

この日の逮捕は演劇部員と学校関係者がそれを知るだけで、一般には公表されなかった。そのため文化祭自体はつつがなく終了し、在校生と来賓たちは昂揚感を充分に満喫した上で帰路に就いた。

そして演劇部はと言えば、真逆の失意と喪失感に苛まれていた。楓と大輝、そして今度は汐音と拓海まで失ったのだ。部の求心力を失くした今、来年度以降も演劇部が存続する可能性はひときわ低くなった。いや、それよりも再来月に迫った区の演劇コンクールへの出場は事実上不可能となり、かがり先輩たちをひどく落胆させた。汐音の代役には自薦も他薦もなく、主役のヘレンを欠いた上演などできるはずもなかったからだ。

一方、僕は僕で打ちのめされていた。

胸に溜めていたことを吐き出すと楽になるなんて、大嘘だった。皆の前で拙い推理を得意げに披瀝《ひれき》し、親友と戦友を警察に突き出すような真似をした。僕には僕なりの配慮があって、どうせ警察に暴かれるのなら自首した方がいいというのも本音だった。しかし、それが免罪符になるなんて微塵も思えなかった。要するに裏切り者だ。僕は要らぬお節介を焼いて、二人を警察に売ったも同然なのだ。

よほどひどい顔をしていたらしい。重い足を引き摺りながら校門を出ると、後ろから追いかけてきた瑞希に呆れられた。

「やだ。ソーダと間違えて重曹飲んだような顔して」

「飲んだことあるのかよ」

「今更だけどさ、慎ちゃんがそんな顔することないよ。慎ちゃんがやったこと、間違ってないよ」

「間違っちゃいない。でも正しくもない」

「じゃあ、どうすればよかったのよ」

「放っておけばよかったのかも知れない」

「汐音のお兄さんが逮捕されてたんでしょ。だったら遅かれ早かれ警察の手は汐音に伸びていた」

「それでも二人の好きにさせておけばよかった。抵抗して抵抗して為《な》す術《すべ》がなくなって、最後にようやく諦める……少なくとも拓海はそうしたかったんじゃないかな」

「拓海くん、必死で汐音を護ろうとしてたんだね」

「本人に聞くまでもない。バレバレだったじゃないか。知られてないと思ってたのは多分拓海だけだ」

「汐音は拓海くんの好意を利用したと思う？」

「拓海が偽証した時点で暗黙の了解はあったんだろうけど……さすがにそこまでは分からない」

ただし僕の中では結論が出ている。拓海は半ば一方的に汐音と辻褄合《つじつまあ》わせをしようとしたに違いない。相手が自分をどう思っていようと、その時汐音を疑惑から護れるのは自分だけだと考えただろうからだ。

あの軽薄そうな、物事をいつも斜に構えて見ていた男の正体はどうしようもないロマンチストで、おまけに告白の一つもできない初心《うぶ》だった。それを知っているからこそ、余計に罪悪感で押し潰されそうだった。

「でも偽証っていうか汐音を庇《かば》っただけなら、そんなに重い罪にはならないんでしょ」

「それを言うなら汐音だって似たようなものだよ。刺すとか直接突き落とすとかした訳じゃない。大輝の背後にあった前段ステージを降ろしただけだ。大輝がそれで確実に落ちるとは限らないからね。調べたらそういうのは未必の故意といって証明が難しいみたいだ」

「だったら」

「それでも僕が二人の秘密を暴いたことに変わりはない」

しばらく二人の間に沈黙が流れた。僕としてはこのまま何事もなく帰りたかったのだけれど、瑞希が台無しにしてくれた。

「証明が難しいって、それなら楓の事件はどうなの」

ああ、どうしてそっちに話を振るんだよ。

「もう放っておこうよ」

「だって気になるじゃない。警察は大輝くんの事件が立件できなくても、楓の事件で汐音を責め立てるんでしょ」

「それは別個の事件だ。汐音は直接関係ない」

「直接って何よ。まさか楓の時は拓海くんと共犯だったなんて」

「楓を殺したのはお前だからだよ」

瑞希の言葉が途切れた。それはそうだろうな。

瑞希は足も止めていた。だから僕との距離も開いていた。これでいい。頼むからこのまま僕を一人で帰らせてくれ。放っておくのが一番なんだ。

だけど瑞希は許してくれなかった。

「どういうことよ。どうしてあたしが楓を殺さなきゃいけないのよ。言っておくけど、あたしは汐音みたく楓の才能に嫉妬したことなんて一度もないのよ。最初からあたしなんかの手の届く才能じゃないって諦めていたし、演劇部が彼女のお蔭で成り立っているのも承知していた」

「違うよ」

「何が違うのよ」

「お前が嫉妬していたのは楓の才能じゃない。好き嫌いの方の嫉妬だよ。楓が美術室から墜落する数カ月前、拓海と見ちまったんだろ、楓と翔平がラブホから出てくる現場。お前、翔平のこと好きだったんだろ」

「……前々から二人の仲は公然だったのよ」

「それでも、そんな現場を目撃したら堪ったもんじゃない。だからあれだって計画的なものじゃなかった。そうなんだろ」

瑞希は反論しようとしない。その沈黙が怖くて、僕は喋り続けるしかなかった。

「気がついたのは〈奇跡の人〉の汐音バージョンを読んだ時だ。僕の脚本では削除されたけど、あれには階段から物を投げつけるヘレンのシーンがあった。演目が決定してから結構な時間、あのバージョンで立ち稽古もしたんだろう。楓は部活以外の休み時間でも練習に余念がなかった。練習場所は休み時間には無人の美術室、練習相手は大抵副部長のお前。ほぼ毎日練習に付き合ってるんだ。楓が時折普通じゃないことくらい承知していたんだろ」

瑞希は答えてくれない。くそ、これも推測通りということかよ。

「楓が常用していたのは大麻だ。解剖結果から考えると墜落直前にも使用していたんだってな。相手がクスリでまともな判断力を失っているんだから赤子の手を捻るようなもんだ。後はもう目に見えるみたいだ。まず楓に目を閉じるよう言う。ヘレンは盲目だから当然の設定で、その演技をするには完全に失明した状態にしなけりゃいけない。薄目を開けてもダメだ。演技熱心な上に大麻を使用した直後の楓なら、練習だという理由だけでお前の指示に従っただろう。後は窓を全開にし、窓枠までの階段代わりに椅子を置けば準備完了だ。意識朦朧のまま目を固く閉じた楓を窓に誘導する。追い詰められたヘレンが階段を四つん這いになって上るシーンだ。手探りで床を這い、椅子に足を掛け、その先にも段があると思い込んだ楓は窓から身体を乗り出す……体重は自然に移動して、楓の身体は宙に投げ出される。校庭が大騒ぎになり、お前は何の後片付けをすることもなく教室へ戻ればよかった。そうじゃないのか」

慎ちゃん、馬鹿なの？　と言ってほしかった。僕の推理など完全な妄想だと大笑いしてほしかった。

けれども瑞希は僕の期待を裏切り、こんなことを言い出した。

「……計画的じゃなかったと信じてくれたのは嬉しいな。ホントにどうかしてたんだ、あたし。あの日も練習に付き合わされて、ああいつものクスリやってるんだと分かった。その途端二人の姿が頭に浮かんで、気がついたら楓に目を閉じさせて、その後ろで窓を開けていた」

やめてくれ。

「こんな簡単に人が操れるなんて思ってもみなかったけど、楓はあたしの思い通りに動いてくれた。うん、慎ちゃんの言う通り、その場で全部考えついたことだった」

やめてくれ。

「でもさっきの未必の故意とかじゃない。あの瞬間あたしははっきり楓に死んでほしいと思って……」

「うるさあああいっ」

僕は声を限りに叫び、駆け出した。

背中から何か追いかけてくるような恐怖があり、後ろも見ずにただ突っ走った。きっと顔に当たる風のせいだ。僕の両目からは涙が吹きこぼれていた。お決まりのコースを無我夢中で走り続けた。

これで幼馴染さえ失った。僕に全てを知られた瑞希はどうするのだろうか。僕を懐柔するのか、無視を決め込むのか。自首するのか、あるいは僕すら口封じしようとするのだろうか。

いったいこの数カ月の間、僕のしたことは何だったのだろう。いくら従兄弟とはいえ警察官の手先になって友人の秘密を嗅ぎ回り、善人面で演劇部に潜入し、たまたま戯れに書いた脚本を褒められていい気になり、皆を鼓舞し、騙し、踊らせ、そして結局は三人の胸に刃《やいば》を突き立てた。諸刃《もろは》の剣《つるぎ》だったから、僕にも三本の傷ができた。こうして走っていても傷口からどんどん血が噴き出てくるようだ。

やがて見慣れた我が家が見えてきたので歩を緩めた。

夕闇に沈み込む寸前の逢魔《おうま》が刻《とき》、玄関前にこれも見慣れた人影が僕を待っていた。

「やあ」

公彦兄は例の、警戒心を骨抜きにするような笑みで僕を迎える。

「瑞希ちゃんと話したのかい」

その瞬間、この従兄弟は全てお見通しだったような気がした。

「全部なくした」

僕の声は情けないくらいに震えていた。

「親友も、同志も、幼馴染も、全部全部なくした。公彦兄のせいだ。公彦兄があんなことを言い出さなきゃ……」

「僕が潜入捜査を頼まなかったら、親友も同志も幼馴染も失わずに済んだのかい。それは違う。売人を逮捕した瞬間からカウントダウンは始まっていたさ。慎也がやったのはタイムアップの前にその三人を最悪の事態から救ったことじゃないのかい」

畜生。

何でこんな時に限っていつもより優しい声なんだよ。

「悲観ばかりするなよ。なくしたなくしたと言うけれど、何も相手が永遠にいなくなった訳じゃない。慎也が本当に必要とするものなら、取り戻す方法を考えればいいだけじゃないか。それに人間というのはなかなか侮れなくて、何かを手放したら別の何かを掴むようにできている。我が従兄弟もご多分に洩れずだ。今度のことで得たものだって結構あるだろ」

僕は心の中でゆっくりと指折り始める。演劇の魅力、創作の愉《たの》しさと興奮、人間観察、自己分析、親しい者を失う辛さ、嫉妬の深さと昏さ、自己否定と自己肯定——。

「叔母さんからご相伴を仰せつかった。今晩はお得意のミネストローネだそうだ」

公彦兄に肩を抱かれ、僕は家の中へ入っていった。

解説

内田剛

いま僕の目の前に十二冊の本の山がある。ハードカバーとソフトカバー取り混ぜた新作の単行本だ。積み上げて測れば三十センチに迫ろうかという分量。合わせると三千五百ページを超えるボリュームだ。これが同じ作家でなおかつ二〇二〇年という一年間に書かれた作品とは。しかも発行元がすべて異なるという離れ業。まさに前代未聞、空前絶後の仕事を繰り出す作家こそが、本書の著者である「中山七里」その人である。

中山七里の人と作品を語る上で「衝撃」と「驚愕《きょうがく》」というワードは欠かせない。この解説の中でもこれから何度もこの二語（および類する言い回し）を使ってしまうだろうが、あらかじめご承知おきいただきたい。

『さよならドビュッシー』で「第八回このミステリーがすごい！　大賞」を受賞してデビューして以来、着実に売れ続け映像化にも恵まれ人気作家としての地位を確立した著者であるが、二〇二〇年は作家生活十周年記念にあたり、驚くべき読者キャンペーンが行われた。

キャンペーンの目玉はふたつ。ひとつは応募したファンの名前が抽選で作品のキャラクターに登場すること。もうひとつは限定オリジナル書き下ろし小説をプレゼントという企画だ。どちらも直筆サイン入りで手元に届く。とことん読者を楽しませたいという著者らしいアイディアだ。これはファンにはたまらない。

冒頭でも触れたようにとにかく作品量が凄《すご》い。一年に二冊から三冊でも筆の早い作家だろう。いくら周年記念の節目であっても毎月一冊単行本を刊行するとは本当に信じられない。とても常人のなせる業ではないと思うのだ（他に文庫化された作品も七タイトルあったことと、映像化された原作本のヒットもあったことを付け加えておきたい）。「中山七里は七人いる」というのは書店員仲間でまことしやかに囁《ささや》かれている都市伝説であるが、本当に「中山七里」という工房があって七人の小人たち（仮に一里から七里と呼ぶ）が執筆し続けでもしないと、到底この物語群を世に送り続けることは不可能と思う。どんなモンスターよりも恐るべきは中山七里というデモーニッシュな怪物だ。

作品数の多さだけではなく質の高さも常に前作を凌駕《りょうが》し続けており、極めてハイレベルだ。二〇二〇年刊行の十二冊の中山山脈とも呼べる作品群を改めて眺めると、この時代と未来までも見えてくる。中山七里作品はこの社会を映し出す鏡であることが明確にわかる。

一月刊行『騒がしい楽園』（朝日新聞出版）は、幼稚園が舞台で待機児童の問題がカギとなるストーリー。四月刊『合唱　岬洋介の帰還』（宝島社）は他シリーズのキャラクターも登場する構想五年の集大成的な一冊。十二月刊『境界線』（NHK出版）は名作『護られなかった者たちへ』の続編で震災と復興を軸とした締め括《くく》りにふさわしい記念碑的作品となっている。より強い著者の主張も伝わってきて、まさに「境界線」の先の風景を見せつける。本当に一冊一冊の漲《みなぎ》り方、充実度、満足感が半端ない。

タイトルを挙げた作品以外も貧困、SNS、報道、薬物、臓器売買、介護、孤独死、感染症、テロ……とテーマを俯瞰《ふかん》すれば社会派作家としての側面が浮き彫りになる。もちろんジャンルも鉄道、音楽、警察、家族、出版、医療、ホラーなど実にバラエティーに富んでいる。どんなSNSよりも頼りになり、どんなメディアよりも新鮮な「現在」を体感できる。時代の最先端、さらにその先を疾走しながら描き続ける中山七里。新聞を読むよりもこの作家を追いかけるほうがこの社会の、時代の病理ともいえる問題点が理解できるのだ。

さて、本書は二〇一八年九月に刊行された単行本作品の文庫化である。アルファベット三文字「TAS（タス）」の語感がまず気になるが、これは「TEACHER AND STUDENT SPECIAL INVESTIGATORS」の最初の頭文字を取ったもの。読んで字のごとく「師弟」が躍動する物語なのだが、中山七里の辞書に「普通」はない。組み合わせが絶妙で楽しませる。

「ねえ。慎也くん、放課後ヒマだったりする?」

物語は学園一の美少女である雨宮楓からの思いがけない誘いの一言から始まる。登場人物だけでなく、読者に向けた小気味よい導入の部分だ。声をかけられたのはどこにでもいそうな帰宅部の僕・高梨慎也。突然の声かけに戸惑う「僕」の心情は読む者にもストレートに入りこんでくる。「放課後、僕に何を告げようとしているのか」と悩む間もなく場面は一転する。校舎の四階から身を投げた楓。おぞましいアスファルト上の血溜まり。まさに息もつかせぬ壮絶な幕開けだ。残酷なまでの美しさ。青春真《ま》っ只中《ただなか》の十七歳。ガラス細工のように繊細な心理を叩《たた》き壊したような強烈なつかみとなっている。

事件か事故か。他殺か自殺か。死の直前に話しかけられた経緯で「僕」は真相の解明に立ちあがる。楓が麻薬常習者であったという噂《うわさ》も広まり、騒然とする学園。これは素人捜査では心もとない。そこで相棒となるのが文字通りの兄貴分、従兄弟であり刑事でもある葛城公彦だ。

中山作品はいずれも正義と相対する闇の部分を容赦なく描き切るが、本書の舞台設定もまた光と影の明滅が鮮やかに練りこまれていて興味をそそられる。特に学校の象徴である「教室」と、演劇の中心となる「舞台」に注目したい。

衝撃的な事件発生のあとの「教室」での学び。校長をはじめとする学校側はメディアを避けて保身に走る。不安だらけの生徒たちは身勝手な大人たちの行動に怒りを感じる。

不穏な空気の先には理不尽を生み出す「巨悪」の存在までも見え隠れする。いじめ、不登校、スクールカーストなど学校にはいくつもの影がある。子どもたちの世界に「健全な」場所など皆無だろう。未来への光を与えるべき学校を覆う暗黒の闇。それは生徒の突然の死をめぐる「犯人探し」の視線でより深まっていくのだ。

事件について語ることを許されない生徒たちは素顔を隠す。表情が見えない仮面を被《かぶ》せられるのだ。日々演技をしながら生きる人々。ここでもう一つのキーとなる「舞台」が繋《つな》がってくる。伝えたいメッセージを脚本にこめて華やかなステージで躍動する演劇。スポットライトを浴びる主役と、脇役や舞台裏のスタッフたちという明確な光と影の存在もまた人生や運命の道筋とオーバーラップする。持って生まれた才能は光を眩《まぶ》しくすると同時に色濃く影を落とす。虚構であるはずの舞台上の演技が真実に迫り、仮面を脱ぎ捨てた生身の人間の姿が明らかにされていく様は、ミステリーのトリックを暴いていくようなスリルを感じるのだ。

「警察故事」「師弟出馬」「龍兄虎弟」「ダブルミッション」「奇蹟《きせき》」というジャッキー・チェンの映画に由来するサブタイトルを持つ五章仕立ての構成の妙にも触れておこう。寸分の隙もなくストーリーに引きつけさせる引力はもちろんのこと、特筆すべきはそれぞれの章に思わずページを二度見してしまうようなサプライズが用意されていることだ。導入部分で用意されたヒロインの死は、ほんの序章に過ぎなかったことはすぐにわかる。

「僕」はより深く事件を探るために、楓が部長として情熱のすべてを注いでいた演劇部に入部する。追いかけるように師匠の公彦は教育実習生としてクラスに潜入。兄弟に近い師弟のタッグはまさに「竜虎」のような関係性で「ダブルミッション」を遂行し、学園内での捜査が繰り広げられる。まったく予期せぬ死を招いた第二の事件も含めて驚きの連続。演劇部が真剣勝負で取り組む舞台劇は「奇跡の人」。三重苦を背負いながら人生の壁を乗り越えたヘレン・ケラーの姿は、懊悩《おうのう》しながら自分の生きる道を手繰り寄せる若者たちそのものだ。ここに物語から生み出される「奇蹟」が見えてくる。

「僕」がそれほど関心のなかった演劇の魅力に取りつかれるシーンも印象的だ。何気なく手にした初めての戯曲「ファンキー！　宇宙は見える所までしかない」（松尾スズキ）を読んで景色が一変する。「とにかく面白い」そして「演劇ってこんなに自由なんだ」と気づき脚本を手掛けることになる。先入観をもたずに何かに打ち込めば新たな可能性の扉が開かれる。出会い方さえよければ、自分も気づかなかった才能は思いがけずに発露し、青春時代に特有の情熱の嵐が吹き荒れる。内面に眠っていた素晴らしき「何か」は誰にでもある。逆に天がすべてを与えたようなアイドル的な存在の少女の方が、闇を抱えて死を引き寄せてしまう運命の皮肉。ここでも光と影が眩しく煌《きら》めく。

　にわか教師である公彦の授業もまた魅力的である。テキストで使われるのは教科書でもお馴染《なじ》みの梅崎春生《うめざきはるお》『猫の話』。猫の死という題材がクラスメイトの死に直面した生徒たちをダイレクトに刺激するが、公彦が教えるのは解釈は人それぞれに違っていいという柔軟な発想。型に囚《とら》われない文学の愉《たの》しみ、これこそ今の教育現場に必要なアプローチなのだろう。自由という翼を与えられた生徒たちは、自分の意志で感性を磨く大切さに気づくのだ。

この物語は青春、学園、部活、成長、刑事、社会派、謎解き、ミステリー……と多様な要素が溶け合っている。しかし決して曖昧模糊《あいまいもこ》となることはない。問題が複雑になるほど著者の筆は冴《さ》えわたり、むしろ特異な「師弟」ものという武器を存分に尖《とが》らせて強くて確かなメッセージが伝わってくるのだ。

終盤の盛り上がりは絶対安定の名人芸の域。鮮やかに畳みかけるラストの展開は「どんでん返しの帝王」の真骨頂だ。まさに想像力を鍛え人生を豊かにするエンターテイメントの極み。心に激しい痛みを伴ういくつかの喪失を味わって「僕」は成長を遂げた。生きることは厳しいほど素晴らしい。出会ったことのない「師弟」から教わった「自由」を謳歌《おうか》する尊さは決して忘れることができない。王道の楽しみにプラスした上質な「学び」の世界がここにある。

（うちだ・たけし　ブックジャーナリスト）

本書は、二〇一八年九月、集英社より刊行されました。

初出　「小説すばる」二〇一六年一月号〜十月号

集英社文庫

TAS《タス》　特別《とくべつ》師《し》弟《てい》捜《そう》査《さ》員《いん》

2021年４月25日　第１刷
2022年11月６日　第３刷

定価はカバーに表示してあります。

著　者　中山《なかやま》七《しち》里《り》

発行者　樋口尚也

発行所　株式会社 集英社
東京都千代田区一ツ橋2-5-10　〒101-8050
電話　【編集部】03-3230-6095
【読者係】03-3230-6080
【販売部】03-3230-6393（書店専用）

印　刷　凸版印刷株式会社

製　本　凸版印刷株式会社

フォーマットデザイン　アリヤマデザインストア　　マークデザイン　居山浩二

ISBN978-4-08-744233-5 C0193